D0779625

THÉRÈSE ET PIERRETTE
À L'ÉCOLE DES SAINTS-ANGES

Collection dirigée par Hubert Nyssen et Sabine Wespieser

© LEMÉAC, 1980
ISBN 2-7427-0592-9

Illustration de couverture :
Alfred Pellan, *Fillette à la robe bleue* (détail), 1941
Galerie nationale du Canada, Ottawa

MICHEL TREMBLAY

THÉRÈSE
ET PIERRETTE
À L'ÉCOLE
DES SAINTS-ANGES

roman

BABEL

À Camille, à John, parce que je les aime.

À Denise Filiatrault, Michelle Rossignol et Amulette Garneau
que j'ai essayé d'imaginer enfants pour les personnages
de Thérèse, Pierrette et Simone.

*Imagining something is better
than remembering something.*

JOHN IRVING, *The World According to Garp*

En écoutant la 4ᵉ symphonie de Brahms...

PREMIER MOUVEMENT

Allegro non troppo

Lundi, premier juin

«Les lilas sont déjà finis.» Pierrette avait posé son sac d'école sur la marche, à côté d'elle. «Sont déjà tout bruns, tout chesses.» Thérèse se dandinait d'un pied sur l'autre devant son amie. Elle aurait bien aimé commencer une partie de «ciel, purgatoire, enfer», mais elle savait qu'elles n'auraient pas le temps de la terminer avant de partir pour l'école. Elle s'arrêta, le temps de se gratter un mollet. «Les lilas sont finis mais les cœurs-saignants s'en viennent. Moé, j'aime mieux les cœurs-saignants.» Pierrette prit un air buté. «C'est vrai que c'est beau mais ça sent rien... Les fleurs qui sentent pas...» Thérèse avait poussé un petit cri qui avait coupé la phrase de Pierrette en deux, laissant le premier tronçon, inutile, se perdre dans le soleil du matin. «Maudite marde, j'pense que ma jarretière vient encore de se détacher!» Elle s'assit à côté de Pierrette et toutes deux plongèrent la tête sous ses jupes. «Ben oui, gard' donc ça! Chus pas mal tannée, là! Chus t'obligée de me rattacher dix fois par jour!» «Ta mère, a't'en achète pas des neufs?» «Ma mère a'dit que ceuses-là sont bonnes pis que c'est moé qui gigote trop! Trouves-tu que je gigote trop, toé?» La jarretière enfin rattachée, Thérèse rabaissa sa jupe et regarda son amie. Pierrette sembla réfléchir intensément avant de répondre. «Tu gigotes beaucoup. Tu grouilles tout le temps.» «Tu penses que tu grouilles pas, toé?» «Peut-être, mais mes jarretières se détachent pas tout le temps, moé ! » Thérèse s'était relevée pendant que Pierrette lui répondait et avait fait mine de s'éloigner. Elle s'arrêta pour donner un coup de pied sur une petite pierre qui partit dans une tout autre direction que celle qu'elle aurait voulu lui voir·prendre. « Si a' sort pas, on va être en retard, là ! » Toutes deux levèrent la tête vers la fenêtre du troisième étage, là où habitait leur amie Simone, leur inséparable complice qui venait, tout juste la veille, de rentrer d'un séjour à l'hôpital et dont c'était la première sortie depuis plusieurs semaines. Pierrette se leva, s'approcha de Thérèse et parla tout bas, comme pour dire un secret. « A'l'a peut-être honte ? » « Honte ? De quoi ? » « Ben, de son opération, c't'affaire ! A'nous avait dit que ça paraîtrait peut-être pour un petit bout de temps... » « Ça va peut-être *toujours* paraître mais c'est quand même supposé d'être mieux qu'avant ... » La porte de l'escalier intérieur qui menait du deuxième au troisième étage s'ouvrit. Thérèse se tut. Pierrette posa la main sur le bras de son amie. « Mon Dieu, Thérèse, d'un coup que c'est aussi pire qu'avant ! Que c'est qu'on va dire ! » « On va dire que c'est moins pire pis on s'en confessera, c'est toute ! » Une minuscule fillette précédée d'un énorme sac d'école descendait l'escalier extérieur en tenant son barda à bout de bras. « Allô, Simone ! » Thérèse et Pierrette avaient parlé en même temps, exactement sur le même ton, au même rythme, d'un seul souffle. La fillette s'arrêta au milieu de l'escalier et posa son sac sur une marche. « Ça paraît-tu ? » Elle avait parlé d'une voix nasillarde où perçait une pointe de panique mal contrôlée. Thérèse et Pierrette furent quelques secondes sans répondre. Pierrette avait froncé les sourcils et scrutait le visage de Simone. Thérèse s'était remise à se dandiner tout en vérifiant avec la main si sa jarretière était toujours attachée. Pierrette fut la première à parler. «T'es trop loin, Simone, descends...» Un petit vent doux du matin se leva pendant que Simone descendait les dernières marches. Il releva un peu la jupe de la fillette et découvrit ses jambes maigres et ses genoux rouges. Thérèse sursauta. «Comment ça se fait que tu portes des bas golf? Comment ça se fait que t'as pas tes bas longs?» Simone s'était arrêtée pile et retenait sa jupe contre ses jambes avec une main. «Môman a dit qu'est-tait tellement énarvée qu'a'l'a oublié de me raccommoder mes bas longs... Mais laissez faire les bas... Ça paraît-tu ben gros?» Thérèse et Pierrette contemplèrent un long moment la fine ligne de chair rose qui barrait verticalement la lèvre supérieure de Simone, trop visible à leur goût mais tellement moins laide que l'affreux bec-de-lièvre dont avait toujours été affligée leur amie. Simone s'assit dans les marches et posa ses coudes sur ses genoux. «Je le sais que ça paraît. Mais môman, a'dit que c'était pour disparaître, que ça fait pas assez longtemps que j'ai été opérée, que c'est pour ça que c'est rouge de même...» Simone était sur le bord de pleurer. Elle évitait le regard de ses amies qu'elle savait posé sur sa lèvre, cette malédiction qu'elle traînait depuis sa naissance, cette tare au beau milieu d'un visage au demeurant fort joli qui avait vite fait d'elle la risée de l'école des Saints-Anges malgré la compassion et la magnanimité de certaines religieuses qui étaient même allées jusqu'à punir les fillettes qui se permettaient des propos trop durs ou des moqueries à son sujet; cette déformation, cette distorsion qu'on lui avait promis de faire disparaître complètement mais dont elle retrouvait quand même une sorte d'ombre rouge, comme une marque au fer, un rappel pour la mémoire, une insinuation, alors qu'elle avait été convaincue qu'elle pourrait désormais se planter devant tous les miroirs qu'elle croiserait et se trouver belle. Mais soudain la pudeur enfantine qui retenait Thérèse et Pierrette s'envola d'un coup et les deux fillettes se jetèrent littéralement sur leur amie en poussant des hurlements de joie, clouant Simone dans son escalier, la chatouillant, l'embrassant, lui ébouriffant les cheveux et lui transmettant cette part de joie qui lui revenait de droit : le bonheur de se retrouver, Thérèse, Pierrette et Simone, les trois inséparables, le noyau amputé enfin reconstitué, et de retourner à l'école en se tenant par la taille et en chantant *Mes jeunes années* ou *J'irai la voir un jour*, se moquant des jarretières éventées et des lèvres fendues et, surtout, savourant la présence des autres, pleine, totale, enveloppante, à la fois promesse et certitude d'une vie d'où la solitude est à jamais bannie. « Mais c'est ben beau, Simone ! » « Ça paraît quasiment pas ! » « T'es quasiment pas reconnaissable ! » « Mais t'es ben belle ! » « T'es ben belle, Simone ! » Oui, c'était la première fois. Et Simone sanglotait de bonheur.

Elles laissèrent la rue Fabre derrière elles et tournèrent à gauche dans la rue Gilford. Elles n'avaient que deux coins de rue à marcher pour se rendre à l'école des Saints-Anges : elles tourneraient à droite dans la rue Garnier et monteraient jusqu'au boulevard Saint-Joseph qu'elles traverseraient sérieusement, en regardant à droite et à gauche, lissant leurs cheveux avec la main ou époussetant leurs jupes de peur de voir une religieuse les montrer du doigt à l'entrée de la cour d'école si elles n'étaient pas absolument impeccables. Simone avait repris sa place entre Thérèse et Pierrette, son énorme sac d'école serré contre elle, les bras de ses amies autour de son cou et de sa taille. C'est toujours ainsi qu'on les voyait déambuler dans la rue Gilford depuis quelques années, les deux grandes encadrant la petite, la protégeant, la guidant comme si elle avait été aveugle ou très fragile. Elles avaient toutes les trois le même âge, onze ans, et deux ans auparavant elles avaient été de la même grandeur, du même poids et de la même blondeur un peu foncée qui s'était peu à peu transformée, chez Thérèse comme chez Pierrette, en un brillant châtain clair alors que la pauvre Simone qui n'avait ni grandi ni engraissé gardait sa teinte fadasse et mate. Là où Thérèse et Pierrette s'étaient développées, poussant brusquement comme de la mauvaise herbe au grand dam de leurs familles qui n'arrivaient plus à fournir les vêtements et les chaussures qu'elles ne semblaient pas vouloir prendre la peine d'user, trop pressées de se métamorphoser, de sortir de la gangue de l'enfance pour se jeter à corps perdu dans la grande aventure de l'adolescence, Simone, elle, restait irrémédiablement petite, comme pour protester de la rapidité avec laquelle ses deux amies se transformaient et souligner par le fait même sa fragilité et sa laideur. Autant Thérèse et Pierrette mettaient de l'énergie à devenir belles, autant Simone semblait s'entêter à rester le pitoyable petit animal né avec un bec-de-lièvre et une santé douteuse qui chancelait à la moindre occasion, lui faisant perdre de grands pans d'années scolaires et la reléguant aux derniers rangs, parmi les élèves indésirables alors qu'elle adorait étudier. Simone ne s'était pas toujours tenue entre Thérèse et Pierrette, subissant leur protection et faisant semblant de toujours l'apprécier, non, pendant les premières années où elles s'étaient toutes les trois rendues à l'école, elle avait souvent pris Thérèse ou Pierrette par la taille et les avait soumises à son autorité, parlant haut et riant fort pour impressionner ou pour dominer, mais voilà que depuis deux ans, depuis le jour où elle s'était rendu compte que ses deux amies commençaient à la dépasser d'un demi-pouce, puis d'un pouce complet et ensuite de plus en plus, elle s'était elle-même réfugiée au centre de leur triangle, courbant l'échine et devenant frileuse, quêtant caresses et baisers alors que sa nature profonde l'aurait plutôt portée à régenter leur groupe et même à le tyranniser. Simone était un tyran dans une enveloppe de victime et comme toutes les fausses victimes elle exagérait son infériorité, savourait méchamment son malheur et s'en repaissait tout en rêvant de se transformer d'un seul coup pour montrer enfin au monde son vrai visage, sa force, son autorité tant frustrée. Mais ce matin, une grande partie de son masochisme avait sombré avec les larmes, les caresses et les compliments de ses deux amies et Simone semblait un peu plus grande que d'habitude alors qu'elles tournaient le coin de la rue Garnier en chantant, marquant le pas et battant la mesure avec leurs têtes. Simone sentait qu'elle pouvait maintenant sourire sans automatiquement devenir monstrueuse. Oh ! il y avait bien la cicatrice, si rouge et si visible, mais n'était-ce plus qu'un trait négligeable là où avait si longtemps régné ce trou dégoûtant qui avait gâché toute son enfance ? Ce matin, donc, Simone se sentait enfin prête à grandir ; la chrysalide allait commencer à percer son cocon. Et le monde n'avait qu'à bien se tenir. Dans la rue Garnier elles longèrent le côté est de l'église Saint-Stanislas-de-Kostka, entre la rue Gilford et le boulevard Saint-Joseph. C'était une des plus grosses églises de Montréal, qui arborait orgueilleusement ses deux clochers, ses dorures et son célèbre plafond bleu ciel au cœur d'une paroisse en majeure partie très pauvre mais dont l'élite, composée de médecins, de dentistes, de notaires et d'avocats ayant pignon sur rue le long du boulevard Saint-Joseph, essayait de relever la réputation à grands coups de dons personnels, de bals de charité et de ferveur trop appuyée, clinquante, vulgaire. La grand-messe du dimanche, à l'église Saint-Stanislas-de-Kostka, avec ses apparats et son sermon trop long, était un prétexte à politesses douteuses, à civilités crochues et surtout à pavanes grotesques au cours desquelles se décidaient l'avenir de la paroisse, sa ligne de conduite, sa pensée, au milieu de la toux sèche des dames de Saint-Anne et des voix tonitruantes des marguilliers en mal de faveurs. Alors que les petites gens, gênés par le faste de cette messe de dix heures qui les faisait avoir l'air encore plus crottés, se contentaient la plupart du temps du soubassement, des vicaires et des messes bâclées, les fortunés, eux, trônaient au milieu de leurs ors, de leur curé, des chants faux mais forts et des gargouillements d'orgue. Saint-Stanislas-de-Kostka était une catin riche qui montrait impudiquement ses seins gorgés de lait aux nantis du boulevard Saint-Joseph et son cul carré et quelconque aux pauvres du reste de la paroisse. Un jour, Albertine, la mère de Thérèse, avait demandé à la grosse femme, sa belle-sœur, pourquoi la devanture de l'église se trouvait sur le boulevard Saint-Joseph plutôt que sur la rue Gilford et celle-ci lui avait répondu, simplement : « Si les riches étaient obligés d'entrer à l'église par en arrière comme nous autres, y viendraient pus. » Et Albertine était retournée à son travail sans discuter. « Tant qu'à ça... C'est eux autres qui donnent le plus... » Mais à partir de ce moment-là on avait souvent vu Albertine, endimanchée et pigeonnante, entrer à l'église par la porte du boulevard Saint-Joseph et faire claquer ses talons sur le marbre blanc du plancher. Thérèse, Pierrette et Simone durent courir pour entrer dans la cour d'école, car il approchait dangereusement huit heures et demie et quiconque était surpris dans la rue après la sonnerie de la cloche qui annonçait le début des cours était sévèrement puni. C'est donc en courant, essoufflée et rouge, que Simone fit sa rentrée à l'école après cette longue absence tant remarquée par toutes parce qu'il avait manqué pendant de longues semaines un morceau au célèbre trio « Thérèse pis Pierrette ». C'était en effet sous ce nom qu'on les connaissait toutes les trois à l'école des Saints-Anges. Tout le monde connaissait « Thérèse pis Pierrette », mais personne n'aurait pu dire pourquoi le nom de Simone n'y était pas intégré. On aurait probablement répondu que « Thérèse pis Pierrette » c'était plus facile à dire que « Thérèse, Pierrette, pis Simone » mais alors pourquoi pas « Simone pis Pierrette » ou « Thérèse pis Simone » ? Mais voilà : Thérèse et Pierrette étaient des premières de classe, des chouchous, adorées des religieuses, et Simone n'était qu'une quantité négligeable, une traîne-la-patte, une erreur, un défaut qu'on pardonnait aux deux autres comme on pardonne un zézaiement ou de trop grosses taches de rousseur sur le nez. Certaines religieuses prétendaient même que si Thérèse et Pierrette s'intéressaient à Simone, c'était uniquement parce qu'elles habitaient toutes les trois la même rue et avaient à faire exactement le même trajet pour se rendre à l'école. Jamais elles n'auraient accepté une amitié vraie et profonde entre l'élite de la sixième année, ces deux fillettes si brillantes malgré leur pauvreté, et sa plèbe, cette Simone à problèmes, laide et chétive, qui faisait comme une tache entre Thérèse et Pierrette. Simone était donc considérée comme la plèbe de la plèbe : pauvre *et* nulle en classe. « "Thérèse pis Pierrette" sont au grand complet, à matin ! » C'était Lucienne Boileau qui arrivait en courant, ses deux nattes lui battant le dos comme toujours. Elle était un peu grasse et très gaie, et elle aurait bien voulu constituer la quatrième roue de leur chariot mais comme avait si bien dit Pierrette, un samedi après-midi où Lucienne était partie de sa rue Papineau natale pour essayer de venir s'intégrer en vain à leurs jeux : « Lucienne, est ben fine, mais est toujours fine trop longtemps ! » Effectivement, Lucienne était ce qu'on pourrait appeler une insisteuse. Sans s'en rendre compte et pour son grand malheur, elle perdait systématiquement toutes ses amies à force d'insistances trop appuyées. Elle n'aimait pas ses compagnes de classe, elle les dévorait. On la trouvait d'abord absolument charmante mais au bout de dix minutes on avait envie de l'étrangler parce que tant de gentillesse était en fin de compte inhumain. Même les religieuses, pourtant si sensibles à la flatterie, l'avaient surnommée « la teigne », c'est dire à quel point cette enfant était collante ! Mais elle ne se décourageait pas et tournait sans cesse autour du trio « Thérèse pis Pierrette », caressant probablement le secret espoir que viendrait un jour sa grande chance. Lucienne était dans la classe de Thérèse et lui disputait souvent la première place en religion ou en calcul, alors que Simone était dans la classe de Pierrette et se contentait d'admirer son amie de loin. On ne mettait jamais Thérèse et Pierrette dans la même classe, à l'école des Saints-Anges ; elles étaient trop fortes et auraient fait baisser la moyenne des autres. Cette séparation les avait d'abord grandement dérangées, mais elles s'étaient vite rendu compte que les retrouvailles aux récréations ou à la sortie n'en étaient que plus agréables alors elles avaient pris leur mal en patience. Aucune des trois amies ne put répondre à Lucienne, car la cloche se mit à sonner d'une façon hystérique et le silence tomba sur la cour d'école, pourtant très bruyante, en moins de quatre secondes. Les six cents petites filles qui remplissaient le grand carré d'asphalte ceint d'une très haute clôture de bois se mirent toutes à courir en même temps vers les différents points où leurs classes respectives devaient faire la queue. Simone et Pierrette embrassèrent Thérèse. Lucienne aurait bien voulu se faire embrasser aussi mais elle fut repoussée, silencieusement, mais fermement. Avant de partir à la suite de Thérèse, Lucienne prit soudain conscience du grand changement qui s'était effectué dans le visage de Simone depuis la dernière fois qu'elle l'avait vue. Elle poussa un cri strident qui fit se tourner les six cents têtes présentes. « Mon Dieu, Bec-de-Lièvre, mais t'es pus infirme ! » La sœur directrice, mère Benoîte des Anges, étira un peu le cou, reconnut la fautive et prononça la sentence d'une voix égale mais qui porta jusqu'à l'autre bout de la cour d'école : « Un point de moins pour la sixième année B et une retenue pour l'élève Lucienne Boileau !» Sœur Sainte-Philomène, la titulaire de la sixième année B, leva les yeux au ciel pendant que Lucienne, rouge de honte, prenait sa place dans le rang. Simone, elle, souriait. Maintenant, tout le monde savait !

Mère Benoîte des Anges se postait toujours au pied d'un des deux énormes escaliers de bois qui flanquaient l'école à chaque bout pour regarder les élèves monter en rangs silencieux mais quand même bruyants à cause des lames de métal qui bordaient les marches, les protégeant contre l'usure. C'était une femme opulente mais dont le regard, gris et froid, niait en quelque sorte la générosité qu'aurait pu laisser deviner son corps rondelet. Lorsqu'on apercevait de loin la silhouette de mère Benoîte des Anges, on imaginait immédiatement une femme joyeuse, liante, d'abord facile et très chaleureuse, mais dès qu'on apercevait son œil gris, froid et tranchant comme un couteau à viande, on était complètement désarçonné et on se sentait trahi. C'était d'ailleurs là l'effet que recherchait toujours mère Benoîte des Anges : elle était parfaitement consciente de l'impression contraire que produisaient sa silhouette et son visage, aussi s'en servait-elle volontiers, mettant d'abord ses interlocuteurs en confiance avec cet air bonhomme que lui donnait sa démarche dandinante, puis les désarmant totalement avec son visage fermé et sa voix blanche, sans aucune intonation et dont chaque mot était ciselé, parfaitement prononcé et projeté juste ce qu'il fallait pour inquiéter ou impressionner. En fait, elle était la terreur de l'école des Saints-Anges, et le grand cauchemar de chacune des six cents et quelques fillettes qui y passaient chaque jour était de se retrouver seule avec elle. Les fillettes l'avaient d'ailleurs surnommée « mère Dragon du Yable » mais ça, elle ne le savait pas. C'était une des seules choses qu'elle ignorait dans la vie de l'école des Saints-Anges : on avait vraiment trop peur de ses foudres pour s'échapper devant elle ! De toute façon, mère Benoîte des Anges (née Benoîte Trudeau, fille unique d'un médecin d'Outremont qui avait cessé de pratiquer dès qu'il avait appris que sa fille entrait au couvent : « À quoi ça sert de travailler si c'est pour donner son héritage en dot à une congrégation infiniment plus puissante et plus riche que soi ? » et s'était mis à boire de dépit), n'avait jamais beaucoup aimé les enfants. Les élèves étaient d'ailleurs pour elle l'aspect le moins intéressant de la tâche qui lui était assignée lorsque son tour était venu d'être nommée directrice d'école, selon la hiérarchie de sa communauté. Elle aimait gérer des biens, diriger et brasser des affaires à la façon d'un chef d'entreprise, aussi avait-elle tendance à négliger l'aspect humain que comportait sa fonction. On la respectait à cause de son indéniable efficacité mais on ne la vénérait pas comme on avait vénéré son prédécesseur, mère Saint-Pierre-André, qui avait laissé dans le cœur de toutes les religieuses enseignantes et des grandes de neuvième qui avaient connu la fin de son règne, un souvenir brûlant, toujours vivace, indéracinable. On avait adoré mère Saint-Pierre-André, on craignait mère Benoîte des Anges. Depuis huit ans qu'elle était là, mère Benoîte des Anges avait redressé l'état financier de l'école des Saints-Anges tout en décevant au plan humain. Même sa grande amitié avec monseigneur Bernier, le curé de la paroisse, ne trompait personne : tous deux aimaient l'argent et le pouvoir, et les nombreuses visites qu'ils se faisaient chaque mois se soldaient presque toujours par un contrat ou un arrangement quelconque, aussi minime, aussi insignifiant fût-il. Le curé de la paroisse et la directrice de l'école primaire des filles s'échangeaient des services pour le seul plaisir de signer des ententes, d'échanger des papiers et de se soupçonner l'un l'autre de tricherie ou de mensonge. Mère Benoîte des Anges avait posé une main sur le poteau de métal qui terminait la rampe de l'escalier menant au troisième étage et elle donnait un petit coup de tête à chacun des professeurs qui passaient devant elle, savourant la peur qu'elle lisait dans les yeux des religieuses, retenant même un sourire lorsqu'une fillette trop impressionnée s'enfargeait dans une marche. Elle fronça les sourcils lorsque Lucienne passa devant elle. La pauvre enfant eut tellement peur qu'elle se fourra dans la bouche la natte qu'elle triturait nerveusement. Lorsque la sixième année A commença à défiler devant elle, la directrice chercha Simone du regard. Tout le monde à l'école connaissait le surnom de « Bec-de-Lièvre » qu'on avait donné à Simone et lorsque mère Benoîte des Anges avait entendu Lucienne Boileau le prononcer après la cloche, elle s'était dit : « Tiens, notre petite malade est enfin de retour... On va bien voir de quoi retourne cette histoire d'hôpital... » Sœur Sainte-Catherine, la titulaire de la sixième année A, baissa la cornette en passant devant sa directrice, mais celle-ci l'arrêta en posant une main sur son bras. « Vous m'enverrez Simone Côté, sœur Sainte-Catherine. Je veux la voir dans mon bureau aussitôt la prière terminée. » Toute la classe entendit et les regards se tournèrent vers la pauvre Simone qui se mit à marcher tout croche et à s'agripper à la main courante pour ne pas tomber. Pierrette se pencha sur son amie et lui parla doucement pour l'apaiser. Mère Benoîte des Anges n'éleva même pas la voix, mais Pierrette sursauta et se mit à trembler à son tour : « Pierrette Guérin, vous êtes la première de votre classe mais dites-vous bien que vous n'êtes pas pour autant dispensée du silence qui est exigé dans les escaliers de cette école ! Vous ferez votre prière à genoux, ce matin, et comptez-vous chanceuse que je ne sévisse pas plus sévèrement ! » Sœur Sainte-Catherine se détourna d'une façon tellement brusque que mère Benoîte des Anges crut bon de lui donner une leçon, à elle aussi. « Sœur Sainte-Catherine, j'aurais à vous parler, à vous aussi ! Présentez-vous à mon bureau, à la récréation, je vous prie ! » Sœur Sainte-Catherine ne se retourna pas pour lui signifier qu'elle avait compris. La directrice plissa les yeux. « Cette petite jeunesse a un peu trop de front à mon goût... » Mère Benoîte des Anges attendit comme toujours que toutes les classes fussent entrées dans l'école avant de se diriger vers son bureau situé au deuxième étage, en plein cœur de l'école. Elle attendit même d'entendre les voix ânonnantes des élèves qui récitaient la prière du matin avant de refermer sa porte. Elle s'installa dans son fauteuil de cuir vert et se mit à fixer la porte. Elle savait que la petite Simone Côté allait arriver d'un instant à l'autre et elle voulait que la première chose qu'apercevrait l'enfant en entrant dans le bureau soit son regard qui la scruterait jusqu'au fond de l'âme.

Pierrette avait fait sa prière du matin à genoux comme l'avait exigé la directrice, mais elle était trop énervée par ce qui attendait Simone pour être humiliée par une aussi petite punition. Quand une élève était convoquée au bureau de mère Benoîte des Anges, toutes ses compagnes de classe en étaient affectées; on avait souvent vu des fillettes sortir de chez la directrice complètement défaites, en larmes, tremblantes et parfois même les mains meurtries. Les coups de règle de la directrice étaient tristement célèbres dans toute la paroisse et personne n'avait jamais osé intervenir tant l'autorité de la directrice était définitive. Lorsqu'une élève passait la porte du bureau de mère Benoîte des Anges, rien au monde ne pouvait intervenir en sa faveur. Les religieuses enseignantes savaient pourtant très bien que leur directrice ne connaissait rien aux enfants et que ce qu'elle ne pourrait arranger avec des paroles affectueuses ou de judicieux conseils elle essaierait de le régler à grands coups de règle sur les doigts, mais jamais elles n'intervenaient, jamais elles ne protestaient: mère Benoîte des Anges était leur supérieure et elles avaient fait vœu d'obéissance. Aussi était-il très rare qu'une religieuse envoyât l'une de ses élèves au bureau de la directrice. Cela se faisait pourtant dans toutes les écoles et à l'époque de mère Saint-Pierre-André cette coutume s'était longtemps pratiquée sans que personne jamais ne s'en plaignît. Maintenant, on attendait que mère Benoîte des Anges exige de voir une fillette pour la lui envoyer. Et lorsqu'elle faisait venir une élève à son bureau, c'était toujours pour d'obscures raisons de bienséances ou d'argent, rarement pour cause de discipline, la directrice ignorant à toutes fins pratiques ce qui se passait à l'intérieur des classes.

Pendant la prière du matin, les élèves dont les pupitres étaient placés près de celui de Simone avaient chacune à son tour jeté un regard à la fois navré et curieux à leur compagne ; navré à cause de ce qu'elle risquait en se rendant au bureau de la directrice et curieux à cause de la grande transformation qui s'était opérée en elle : Bec-de-Lièvre n'était plus la même, Bec-de-Lièvre était presque belle ! Simone, de son côté, avait reçu la sommation de la sœur directrice comme un coup de masse sur la tête. Si grande était sa terreur qu'elle restait figée à sa place, incapable de former une seule syllabe de sa prière, le cerveau vidé de toute image excepté celle de mère Benoîte des Anges le bras levé au-dessus d'elle pour la frapper. « A' va pourtant pas me punir parce que j'me suis faite opérer, maudit ! Qu'a' me fasse redoubler ma sixième mais qu'a' me touche pas ! » La prière terminée, toutes les élèves s'étaient assises à leurs pupitres sauf Simone qui était restée debout. « Y faut-tu que j'y alle tu-suite, ma sœur ? » Sœur Sainte-Catherine s'était lentement approchée de Simone et l'avait prise par les épaules. Elle avait parlé d'une voix qui se voulait réconfortante mais où perçait malgré tout une pointe d'inquiétude. « Simone, vous n'avez aucune raison d'avoir peur. Si la directrice vous a convoquée à son bureau c'est probablement pour vous demander comment les choses se sont passées à l'hôpital et comment vous vous sentez maintenant que vous êtes revenue parmi nous. Votre opération est très réussie, vous savez, vous serez très jolie lorsque la cicatrice aura disparu. » Simone était rose de joie. Sœur Sainte-Catherine l'avait souvent défendue auprès de ses compagnes les plus méchantes, mais c'était la première fois qu'elle s'approchait d'elle ainsi, au point de la toucher. Son cœur était soudain plus léger et elle sentait la jalousie des autres élèves monter au fur et à mesure que leur titulaire lui parlait. « Tout le monde me regarde ! Pis c'est pas pour rire de moé ! » Envolée, la peur d'être punie ; pulvérisée, la terreur d'avoir à affronter mère Benoîte des Anges. Simone exultait. « Je vais aller vous reconduire au bureau de la directrice, Simone, et j'essaieral de lui expliquer moi-même la merveilleuse chose qui vient de vous arriver. Vous comprenez, sœur directrice ne connaît pas toutes les élèves de l'école et parfois elle a besoin qu'on lui explique un cas... » Un silence de mort s'était fait dans la classe. C'était la première fois qu'une religieuse prenait l'initiative d'intervenir auprès de la directrice en faveur d'une élève et la réputation de Simone s'en trouva d'un coup changée : par ce seul geste sœur Sainte-Catherine faisait passer Simone Côté d'élève négligeable et peu intéressante à élève privilégiée et respectable. Simone le sentait très bien et elle faillit se jeter au cou de la religieuse, mais sœur Sainte-Catherine s'esquiva juste à temps en se dirigeant vers la porte qu'elle ouvrit doucement. « Venez, Simone, elle nous attend. » Simone sortit de la classe sans jeter un seul regard derrière elle, même pas à Pierrette qui aurait bien aimé lui faire un sourire d'encouragement. Avant de sortir, la religieuse se tourna vers ses élèves. « J'espère que vous aurez la décence d'être discrètes pendant notre absence... » Un gros « Oui, ma sœur ! » s'éleva dans la classe puis le silence retomba pendant que sœur Sainte-Catherine refermait la porte. Quelques têtes se tournèrent vers Pierrette qui se gonfla d'orgueil. Son amie dont on avait tant ri venait d'être promue élève privilégiée, presque chouchou, et personne n'oserait jamais plus l'appeler Bec-de-Lièvre !

« Vous aviez peur qu'elle se perde ! » Mère Benoîte des Anges s'était levée à la vue de sœur Sainte-Catherine, mais elle avait tout de suite regretté ce mouvement d'humeur : sœur Sainte-Catherine lui avait bel et bien fait rater son effet sur la petite Simone Côté et cela la contrariait grandement. Elle avait tout de suite réalisé qu'elle n'aurait pas dû montrer son mécontentement. Après tout, une directrice d'école ne devait-elle pas passer à travers tout sans broncher, sans jamais laisser deviner la moindre émotion ? Mère Benoîte des Anges était habituée à tout régler du regard et de la voix et lorsqu'elle se vit debout derrière son bureau, le cœur battant et la main sur le bord de se mettre à trembler, lorsqu'elle s'entendit dire cette réplique si peu digne d'elle : « Vous aviez peur qu'elle se perde ? », sa colère redoubla. Elle avait perdu le contrôle pendant à peine cinq secondes et déjà elle considérait qu'elle avait fait preuve d'une grande faiblesse. Surtout que sœur Sainte-Catherine n'avait pu réprimer un petit sourire narquois qu'elle avait d'ailleurs laissé flotter assez longtemps, comme une accusation. Pour se donner bonne contenance, mère Benoîte des Anges fit le tour de son bureau et s'approcha de la porte, chose qu'elle ne faisait que rarement, soit pour accueillir une importante personnalité, soit pour signifier à un visiteur qu'il était inutile d'entrer, qu'elle allait elle-même le suivre dans le vaste corridor. Elle reprit très vite son calme et foudroya sœur Sainte-Catherine du regard en arrivant près d'elle. Simone Côté, la tête basse, s'était réfugiée dans la jupe de sa titulaire et lui tenait la main désespérément. « Et vous avez laissé votre classe sans surveillance ! Je vois déjà le chahut d'ici ! J'ai dit, sœur Sainte-Catherine, que je voulais vous voir pendant la récréation de dix heures moins dix, pas avant ! Retournez à votre tâche et essayez d'inculquer un peu de savoir à vos trente et une cruches, si vous en êtes capable ! » Sœur Sainte-Catherine avait ouvert la bouche pour répondre à sa supérieure, mais avait jugé plus prudent de se taire. Elle avait baissé les yeux en signe de soumission comme l'exigeaient les lois de la communauté et avait reculé de deux pas, laissant Simone Côté entre elles, comme une denrée précieuse convoitée par deux ennemies jurées. Elle s'était ensuite éloignée dans un grand mouvement de voile. « Entrez, Simone ! » C'était la première fois que Simone pénétrait dans le Saint des Saints de l'école des Saints-Anges. Tout dans le bureau de la directrice était fait pour impressionner. Les murs, le plancher, le plafond recouverts du même bois verni assombrissaient la pièce de telle façon que la fenêtre, pourtant assez grande, n'arrivait pas à laisser filtrer assez de lumière pour qu'on s'y sentît à l'aise. L'électricité était donc toujours allumée (un puissant plafonnier de porcelaine blanche diffusait une clarté blafarde qui vous donnait un air malade), ce qui faisait souvent dire aux religieuses les plus braves que pour une directrice qui avait la réputation d'être radine, mère Benoîte des Anges était bien généreuse quand il s'agissait de son propre bureau. Les nombreux visiteurs qui se présentaient chaque jour à l'école ne manquaient jamais d'être impressionnés par cette libéralité, cependant qui leur faisait croire que la directrice était une femme franche, qui n'avait rien à cacher et qui vivait en permanence dans la lumière crue où tout mensonge est impossible. La directrice pouvait donc mentir tout à son aise et farfiner honteusement sans que ses victimes n'en sachent jamais rien. Au beau milieu de la pièce trônait une sorte de monstre en acajou qui servait de bureau à mère Benoîte des Anges, mais qui aurait tout aussi bien pu passer pour un énorme coffre-fort ou un tombeau de famille à l'aise. À lui seul il faisait bien le tiers de la surface du plancher, ne laissant aux visiteurs pour s'asseoir qu'un espace restreint entre la porte et la fenêtre. D'ailleurs la chaise qui leur était destinée était minuscule et dure et n'encourageait absolument pas à la paresse ni aux épanchements. Seul monseigneur Bernier avait droit à un peu plus d'égards : lorsqu'il venait visiter la directrice, celle-ci lui cédait son fauteuil de cuir vert et prenait humblement la chaise du visiteur, ce qui avait l'heur de flatter le curé et de lui donner l'impression d'être chez lui aussi bien ici que dans son propre presbytère. (Bien sûr, mère Benoîte des Anges s'abaissait devant son curé pour mieux le mater et le déjouer sans qu'il s'en aperçoive.) Simone entra donc dans ce cénacle le souffle coupé et les yeux grands comme des assiettes à soupe. Elle avait tellement entendu parler de cet endroit et des tortures qui s'y pratiquaient qu'elle s'attendait presque à découvrir au mur des anneaux de métal rougis de sang, une panoplie de fouets et de poignards et, près de la fenêtre, une estrade de bois façon moyen âge où la directrice dispensait coups de règle et autres supplices sous les yeux des passants. Elle restait debout, raide et pâle, devant le bureau de la directrice et s'attendait presque à voir le ciel lui tomber sur la tête sous la forme d'une religieuse rendue folle par la rage et qui fesserait partout en même temps comme un gros oiseau noir qui se jette sur sa proie en battant furieusement des ailes. Mais mère Benoîte des Anges s'était calmement rassise dans son fauteuil et scrutait le visage de Simone. Elle finit par parler de cette même voix sans intonation qui remplissait les cauchemars des six cents petites filles qu'elle s'amusait à terroriser parce qu'elle ne les comprenait pas. « C'est donc ça... Cette petite visite à l'hôpital, c'était pour une raison d'esthétique ! » Simone n'avait jamais entendu ce mot et crut y deviner une maladie très laide, probablement contagieuse, en tout cas mortelle. « Non, ma sœur, c'est pas ça que j'avais... J'avais juste un bec-de-lièvre pis y me l'ont arrangé... » Sa voix tremblait, ses yeux étaient pleins d'eau et un peu de morve commençait à couler de ses narines. « Mouchez-vous ! » Simone se mit à chercher désespérément son mouchoir, ne le trouva pas et, sentant que la situation devenait dramatique, se passa une manche sous le nez, ce qui eut pour effet de redoubler la colère froide de mère Benoîte des Anges. « Vous oseriez vous représenter devant votre classe avec une coulisse de morve sur le bras ! Et vous osez rester debout devant moi avec ce qui vous coule du nez ! » Elle tendit à la fillette son propre mouchoir en tournant la tête vers la fenêtre. « Tenez, mouchez-vous et essuyez-vous les yeux ! Vous demanderez à votre mère qu'elle le lave ! Et bien ! Et qu'elle le lave tout seul, je ne veux pas que mes choses personnelles soient mêlées à celles de votre famille ! » Simone n'avait pas d'autre alternative que d'accepter le mouchoir de la directrice. Elle se moucha longuement en sanglotant comme un enfant qu'on vient de punir à tort. Elle enfouit ensuite le mouchoir dans sa poche et le sentit contre sa cuisse comme une brûlure. Mère Benoîte des Anges revint au visage de Simone Côté où la cicatrice qu'elle avait aperçue plus tôt avait un peu rougi pendant la crise de larmes de la fillette. «Ainsi donc, mademoiselle Simone Côté, vous êtes trop pauvre pour vous abonner à *l'Estudiante* mais pas assez pour que cela vous empêche de subir une intervention chirurgicale inutile et sûrement très onéreuse!» Simone avait quelque difficulté à comprendre le langage de la religieuse. Les mots qu'employait la directrice ne faisaient pas partie de son vocabulaire et chaque fois qu'elle entendait un terme inconnu elle se surprenait à se demander comment sa mère l'aurait prononcé ou quel autre mot plus simple elle aurait utilisé. Mère Benoîte des Anges, qui trouvait les élèves de son école affreusement ignorantes et étonnamment peu curieuses, le sentait très bien et s'amusait presque à regarder Simone réfléchir et essayer de traduire dans sa langue des rues ce qu'elle lui disait. «Au début de cette année scolaire, nous vous avons demandé deux dollars de cotisation pour votre abonnement à *l'Estudiante* et vous nous avez dit que vos parents étaient trop indigents. Et nous vous avons crue! Nous vous avons fait la charité toute l'année et voilà que vous nous revenez, à la veille des examens, au terme d'une longue et suspecte absence, avec une bouche neuve qui a dû coûter une fortune! Quel jeu jouez-vous, Simone Côté?» Simone sursauta. Un changement de sujet aussi brusque l'étonnait. Au beau milieu d'un paquet de bêtises, voilà que la directrice lui demandait à quel jeu elle jouait! Elle serra ses mains contre son cœur et rassembla toutes ses énergies pour répondre. «Mon jeu préféré, c'est la corde à danser, mais

36

Thérèse pis Pierrette aiment mieux le ciel, purgatoire, enfer, eux autres ! » Mère Benoîte des Anges s'était redressée d'un seul coup, blême de rage, et Simone pensa que ça y était, que le plafond était sur le point de s'écrouler autour d'elle. « Sortez de cette pièce immédiatement, petite effrontée ! Disparaissez de ma vue avant que je vous étouffe ! Insolente ! Je vais appeler votre mère et nous verrons bien si des pauvres ignorants de la rue Fabre réussiront ainsi à rire d'une directrice d'école ! Si vous n'apportez pas cet après-midi les deux dollars que vous nous devez, vous n'entrerez pas à l'école ! Vous avez compris ? Et vous passerez vos examens de fin d'année une autre année ! » Mère Benoîte des Anges s'aperçut soudain que les yeux de la fillette étaient fixes depuis quelques secondes et elle crut que Simone allait faire une crise. Elle contourna précipitamment son bureau et courut vers la porte pour appeler de l'aide. Mais elle s'arrêta soudain, pétrifiée. Un filet d'urine coulait le long des jambes de Simone et faisait sur le plancher ciré une mare qui allait s'agrandissant. Mère Benoîte des Anges sortit de son bureau en hurlant. « Sœur Saint-Georges ! Sœur Saint-Georges ! On pisse dans mon bureau ! » Simone voulait mourir. Et lorsqu'elle s'évanouit, elle crut apercevoir des anges qui descendaient vers elle dans un doux bruissement d'ailes froufroutantes.

« Pour moé, a' l'a mangée ! » Thérèse et Pierrette s'étaient retrouvées à la récréation et cette dernière venait de raconter à son amie que Simone n'était jamais revenue de sa visite chez la directrice. Comme toujours, la grosse Lucienne avait essayé de venir se mêler à leur conversation, mais Thérèse l'avait remise à sa place d'un retentissant «Chenaille, fatigante, tu vois pas qu'on veut pas de toé!» qui avait laissé la fillette quelque peu stupéfaite. Habituellement quand on la rejetait c'était avec une certaine délicatesse, mais là... Lucienne s'était éloignée, la tête très basse, un bout de natte dans la bouche et ses grands yeux bleus de bonne vache un peu plus humides qu'à l'ordinaire. Thérèse et Pierrette s'étaient réfugiées dans les marches de ciment d'un des deux petits perrons de ciment de la cour d'école. «Penses-tu qu'a' peut l'avoir gardée en punition?» Thérèse rattacha sa jarretière en grommelant: «Pourquoi c'qu'a' l'aurait gardée en punition? Simone peut pas avoir rien faite pour mériter une punition, est revenue à matin!» Pierrette soupira. «Peut-être que mère Dragon du Yable y fait faire le tour des classes pour montrer sa nouvelle bouche à tout le monde...» «A'serait venue nous rejoindre à la récréation... Pis à part de t'ça, depuis quand que mère Dragon du Yable s'occupe des élèves comme ça! A' s'est jamais occupée de nous autres, que c'est qui y prendrait, tout d'un coup... Non, non, j'te dis, moé, qu'y'a quequ'chose de mystérieux qui se passe dans c'te bureau-là!» «Faismoé pas peur de même, Thérèse, si jamais chus t'obligée d'aller là, m'as mourir!» «J'ai ben envie d'aller voir...» «Fais pas ça! Si a' te pogne, on te reverra pus jamais pis m'as rester tu-seule!» Pierrette s'était blottie contre son amie qui lui avait passé un bras autour de la taille. «Arrête donc de toujours croire c'que je dis! Tu sais ben que j'aime ça conter des peurs, Pierrette! On va attendre jusqu'à midi, là, pis chus sûre qu'on va toute savoir c'qui s'est passé...» Les cordes à danser étaient particulièrement déchaînées dans la cour d'école en ce lundi matin. On pouvait entendre de sonores : «Salade, salade, limonade sucrée ! Dites-moi le nom de votre cavalier ! » ponctués de coups de talons ferrés, ou des : *One two, button' my shoe, three four, shut the door...* tellement déformés que ce qu'il en sortait de la bouche des fillettes n'avait plus rien à voir avec la langue anglaise et sonnait à peu près comme ceci : *One two, botte, émail, chou, tree fore, chat dehors...* On ne savait pas au juste d'où provenait ce jeu anglais ni comment il était parvenu jusqu'à l'école des Saints-Anges mais, comme par hasard, c'était le jeu le plus populaire durant les récréations et les fillettes s'y lançaient avec passion, sautant sur deux pieds ou sur un seul, les bras croisés ou relevés au-dessus de la tête, les yeux ouverts ou fermés, les nattes battant les dos et les jupes volant au vent. Les religieuses enseignantes passaient entre les groupes de sauteuses, distribuant sourires et encouragements ou menaçant de punition celles parmi les élèves qui semblaient trop exténuées, trop essoufflées. Thérèse se pencha vers Pierrette. «Sœur Sainte-Catherine est pas encore revenue, elle non plus... » «J'te dis que mère Dragon du Yable va avoir faite un gros repas à matin ! » Les deux fillettes ne purent s'empêcher d'éclater de rire malgré leur inquiétude. Lucienne, décidément sans orgueil, en profita pour tenter un retour. Elle s'assit à côté de Pierrette dont elle avait moins peur et participa à leur fou rire, bêtement, sans même savoir de quoi il retournait. Elle riait très faux et se tapait sur les cuisses à s'en faire rougir la peau. Thérèse s'arrêta brusquement de rire et la foudroya du regard. «Maudite sans-dessine ! Tu ris pis tu sais même pas pourquoi ! T'es ben épaisse ! Maudite espionne ! » Lucienne recula sous l'insulte.

« Moé, espionne ! » Thérèse s'était levée, avait contourné Pierrette et en était venue se planter devant Lucienne qui s'était mise à faire le potte, comme un bébé. « Si t'es pas une espionne, t'es rien qu'une porte-panière ! Que c'est que t'avais tant à aller hurler à Simone qu'est-tait pus infirme *après* la cloche, hein ? Tu voulais que tout le monde t'entende, c'est ça ? T'espionnes le monde pis après tu vas les vendre, maudite vendue ! » Elle se mit soudain à frapper Lucienne et à lui tirer les nattes avec une telle violence que même Pierrette, qui la connaissait pourtant bien, en fut étonnée. Lucienne se mit immédiatement à hurler comme un goret qu'on égorge. Et juste à ce moment-là la cloche se fit entendre. Toutes les cordes à danser s'immobilisèrent. Les fillettes se mirent à se rassembler par classes. Mais Thérèse continuait de frapper Lucienne en hurlant : « Tiens ! Envoye ! Encore ! T'aimes ça quand tout le monde t'entend, ben crie, la grosse, crie ! Envoye ! » Pierrette avait bien essayé de calmer Thérèse mais celle-ci, emportée par sa colère, l'avait repoussée en la traitant de peureuse. Ce fut un beau charivari sur le petit perron. Quelques religieuses se jetèrent dans la mêlée pour faire cesser la bataille et on dut se mettre à quatre pour séparer les deux petites filles. Lucienne était en pleine crise de nerfs. Thérèse semblait presque possédée tant sa colère était profonde. Sœur Sainte-Philomène, la titulaire de Thérèse et de Lucienne, une femme énorme et rougeaude qui avait beaucoup de difficulté à dissimuler ses gigantesques seins sous son uniforme, était blême de honte. Elle souleva Thérèse par la peau du cou et se mit à la secouer comme on fait des petits arbres dont on veut faire tomber les fruits. « Chez la directrice ! Immédiatement ! Et vous,

Lucienne, baissez votre jupe, vous êtes indécente ! » Avant d'entrer dans l'école, Thérèse se tourna vers Pierrette qui n'avait pas bougé : « On va toujours ben savoir... Si tu me revois pas, dis-toé que j'aurai servi de dessert ! » Sa colère était tombée d'un coup et Thérèse se dirigea en sautillant vers le bureau de la directrice.

Sœur Sainte-Catherine avait retrouvé sa directrice dans un état lamentable. Elle ne l'avait jamais vue comme ça et crut tout d'abord que mère Benoîte des Anges avait eu une attaque. La vieille femme était prostrée dans son fauteuil, l'œil absent, les mains blanches posées à plat sur son buvard couvert de petites taches d'encre, comme éteinte ou encore sous le choc d'une horrible révélation ou d'une apparition divine. La directrice n'avait tout d'abord pas semblé se rappeler pourquoi elle avait fait venir sœur Sainte-Catherine, vasant, se perdant en généralités et en propos obscurs, puis elle avait lentement secoué sa torpeur et avait fini par émerger de sa catalepsie plus enragée que jamais (d'abord de s'être fait prendre en flagrant délit de faiblesse, en état de défense plutôt qu'à l'attaque comme l'exigeait son image, puis surtout de s'être laissé démonter par l'ignorance crasse et la stupidité d'une pauvre fillette qui, après tout, n'avait voulu que répondre à ses questions). Mère Benoîte des Anges était d'autant plus furieuse que sœur Sainte-Catherine arborait une sorte de sourire mi-narquois mi-soumis qui la déconcertait. Jamais une religieuse n'avait osé lui manquer de respect et mère Benoîte des Anges sentait que la titulaire de la sixième année A était sur le point de poser un geste qui les mènerait toutes les deux trop loin, peut-être même jusque dans les méandres de la haine mortelle, là où aucun coup bas n'est défendu et où seul l'écrasement d'un des deux partis peut arriver à régler leur différend. Mère Benoîte des Anges n'était prête à endurer aucune agression aussi bénigne fût-elle, cependant que sœur Sainte-Catherine, de son côté, ressentait une irrésistible envie d'attaquer pour le seul plaisir de provoquer, de déclencher une crise qui les plongerait, sa directrice et elle, dans les sentiers de la guerre totale. Les lois de la vie en communauté étaient ainsi faites que la moindre chicane, le plus petit malentendu ou le conflit le plus ridicule prenaient rapidement des proportions démesurées, exigeant d'être vidés comme des bubons trop mûrs, d'être menés à terme comme si le sort du monde en dépendait et même d'être portés à bout de bras comme des bannières, scindant la communauté en camps ennemis, faisant naître d'autres crises et de nouvelles haines, traînant parfois pendant des années puis finissant par sombrer dans l'oubli mais jamais dans l'indifférence, l'effet toujours prêt à bourgeonner et à faire des petits mais la cause enterrée dans quelque recoin reculé de la mémoire. (Par exemple, si on avait demandé à sœur Saint-Georges, qui faisait office de portière à l'école des Saints-Anges depuis bientôt trente ans, pourquoi elle haïssait tant sœur Sainte-Philomène, la titulaire de la sixième B, elle n'aurait su le dire. Pourtant c'était cette même sœur Sainte-Philomène qui, un jour où la sœur portière avait refusé de lui ouvrir la porte d'en avant et avait exigé qu'elle fasse le tour de l'école et qu'elle entre comme tout le monde par la cour, lui avait donné ce surnom de « sœur Pied-Botte » qui lui était resté et avait fait d'elle la risée de la paroisse. Sœur Pied-Botte souffrait journellement de ce quolibet qui la dépeignait si bien, elle dont le travail consistait, malgré une grave infirmité à la jambe gauche, à émerger d'une espèce de cabanon obscur qu'on avait pompeusement baptisé «le bureau de la portière» chaque fois qu'un visiteur se présentait à la porte de l'école des Saints-Anges, et à descendre en claudiquant les treize marches (les treize maudites marches qu'elle aurait volontiers démolies à grands coups de hache tant elle avait toujours détesté sa tâche) pour aller cueillir la carte d'identité, le renseignement ou le panier magique qui ferait qu'elle deviendrait tout sourires ou froide comme une banquise, onctueuse et servile ou déchaînée et intraitable avec l'intrus. Lorsque sœur Saint-Georges et sœur Sainte-Philomène se croisaient dans un corridor, leurs regards se fuyaient, elles détournaient la tête et même parfois soupiraient exagérément, mais aucune n'aurait su dire pourquoi. Elles ne s'en souve-naient plus. Et sœur Saint-Georges continuait de boitiller dans son escalier, ployant les épaules sous l'insulte qu'avait tricotée pour elle cette amie qu'elle avait tant chérie et qui était devenue sa bête noire, son bour-reau.) Si grandes étaient les rivalités et si vicieuses parfois les vengeances à l'intérieur de l'école des Saints-Anges que sœur Sainte-Catherine, à son arrivée, en avait été effrayée. À la maison mère où on l'avait formée à devenir un outil utile, dévoué et consentant, la vie avait semblé un paradis à cette fille pieuse et délicate qui était entrée en communauté un peu parce qu'elle avait cru entendre l'appel de son Dieu et beaucoup parce qu'elle avait peur du monde. Ses camarades et elles avaient été couvées, aimées, nourries physiquement et intellectuellement comme elles ne l'avaient probablement jamais été dans leurs familles et la vie en commun leur avait semblé le refuge idéal pour les cœurs blessés, les natures fragiles et inquiètes ou les écorchées vives que formaient la majorité d'entre elles. On les avait cependant prévenues que la vie dans les différentes écoles où leur congrégation œuvrait serait très différente, beaucoup plus dure en tout cas que dans l'espèce de cocon confortable et chaud que représentait la maison mère, mais sœur Sainte-Catherine, qui s'appelait encore à l'époque Catherine Valiquette, avait tellement hâte de se dévouer corps et âme à l'enseignement qu'elle s'était dit que l'affection et la reconnaissance des fillettes à qui elle dispenserait tout son savoir avec amour et même avec passion suffiraient à pallier les vétilles et les accrocs de la vie quotidienne, aussi pénibles ou cuisants fussent-ils. Mais elle avait compté sans le caractère acariâtre, le sans-gêne envahissant, la hargne de certaines religieuses qui, sorties de la maison mère depuis de longues années et ayant quelque peu perdu leurs illusions quant à la densité ou à la pertinence de leur vocation, s'étaient beaucoup endurcies, formant dans chaque école un noyau de femmes ambitieuses et chicaneuses dont la tâche première aurait dû normalement être celle d'enseigner malgré tout à ces petites filles souvent indifférentes, toujours agressives, qui remplissaient à longueur d'année leurs classes, sans jamais se plaindre et en remerciant humblement Dieu, mais dont le souci principal était vite devenu de s'attirer les grâces des religieuses influentes par quelque moyen que ce soit, la flatterie autant que la fausse affection, la soumission hypocrite autant que la dénonciation ou plus carrément le mensonge, pour pouvoir ensuite les supplanter, les écraser sans merci comme des quantités

44

négligeables dont on n'a même plus à se bâdrer. Sœur
Sainte-Catherine n'avait jamais voulu grimper l'échelle
de la hiérarchie de sa communauté par ces moyens ridicules et enfantins qu'elle réprouvait, aussi se retrouvait-
elle souvent seule devant la jalousie, l'envie,
l'indélicatesse de ses consœurs qui sentaient qu'elles
n'avaient aucune emprise sur elle, aucun moyen de la
démolir parce qu'elle se tenait en quelque sorte en dehors
du circuit des pitoyables complots et des risibles cons-
pirations. Elle était là pour enseigner et elle aimait passionnément ses élèves qui le lui rendaient bien car elles
sentaient la franchise et la droiture dans le dévouement
de leur professeur. Mais ce matin-là, dans le bureau de
la directrice dont elle condamnait chaque geste et presque
chaque respiration depuis huit ans et endurait sans un
soupir d'impatience les colères froides, les injustices fla-
grantes et les insultantes mesquineries, sœur Sainte-
Catherine eut envie, pour la première fois, de porter un
grand coup ou de résister jusqu'au bout à l'attaque que
lui préparait depuis quelque temps sa directrice (elle le
voyait très bien aux sourires entendus qu'elle avait surpris sur les lèvres des préférées de mère Benoîte des
Anges). « Simone Côté n'est pas revenue en classe, ma
mère... » « Simone Côté s'est trouvée mal et est
retournée chez elle, sœur Sainte-Catherine. Sœur Saint-
Georges a eu la gentillesse d'aller la reconduire jusqu'à
sa porte ! » « Simone Côté est une enfant délicate... »
« Simone Côté est une impertinente qui nous rit à la figure
derrière ses airs de petite sainte... » « Vous ne la connaissez pas... » « Suffit ! C'est moi qui choisis les sujets
de discussion dans ce bureau, sœur Sainte-Catherine, ne
l'oubliez pas ! » Sœur Sainte-Catherine réprima un soupir

d'impatience. La directrice tapotait distraitement son buvard avec ses doigts. «Ma parole, on croirait presque que vous me prenez pour une menteuse!» «Je ne vous prends pas pour une menteuse, ma mère, mais votre tâche ici est énorme et c'est normal que vous ne connaissiez pas *toutes* les enfants de l'école...» «Je ne connais peut-être pas très bien *toutes* les élèves de cette institution mais je connais assez bien Simone Côté pour savoir que faire avec elle! Je la vois promener sa difformité depuis quelques années et je l'ai jugée depuis longtemps, le petit démon: il est évident qu'elle traîne derrière elle un énorme complexe d'infériorité qui en fait une élève difficile, indisciplinée, presque indésirable...» «La psychologie de vos propos est très primaire, ma mère. La vérité au sujet de Simone Côté est un peu plus complexe...» Le coup de poing qu'avait alors donné mère Benoîte des Anges sur son buvard avait fait sursauter sœur Sainte-Catherine qui ne s'était pas attendue à ce que sa directrice se fâche aussi rapidement. «Primaire!» Deux grosses veines bleues, presque obscènes, que sœur Sainte-Catherine n'avait jamais vues, étaient apparues au front de mère Benoîte des Anges dont le visage avait pris une teinte rouge brique assez inquiétante. «Vous, une titulaire de sixième année, vous venez me dire que ma psychologie est primaire!» «Ce que j'ai voulu dire...» «Taisez-vous! Vous allez aggraver votre cas! Vous répondrez quand je vous poserai une question!» Mère Benoîte des Anges s'était levée, s'était penchée au-dessus de son buvard et sœur Sainte-Catherine pouvait maintenant sentir son haleine suspecte, mélange très désagréable d'odeurs de dents cariées et de dentifrice à bon marché. «Ma mère, vous perdez votre sang-froid...» Sœur Sainte-

Catherine avait parlé d'une voix égale qui ressemblait étrangement à celle qu'adoptait mère Benoîte des Anges quand elle voulait faire perdre pied à un adversaire particulièrement redoutable. Cette imitation que sœur Sainte-Catherine faisait d'elle-même n'échappa pas à la directrice qui resta abasourdie quelques secondes, respirant fort et suant sous les couches de tissus superposées de son costume. «Vous me faites la leçon?» Mère Benoîte des Anges avait retrouvé un ton à peu près normal, mais où pointait quand même encore un peu de la rage blanche qui la secouait tout entière. «Loin de moi l'intention de vous faire la leçon, ma mère, mais vous nous avez souvent dit qu'il est inutile et même parfois dangereux pour des chargées d'âmes comme nous de perdre son sang-froid...» «C'est bien ça, vous me faites la leçon! J'aurai tout entendu!» Mère Benoîte des Anges se rassit lentement et s'obligea à prendre de longues respirations pour calmer la tempête qui la secouait du plexus solaire au cerveau, faisant littéralement frémir sa colonne vertébrale et trembler ses membres. C'était la première fois qu'elle laissait ainsi paraître sa colère et la deuxième fois en une heure qu'elle perdait le contrôle devant quelqu'un. L'humiliation était si cuisante que deux grosses larmes, qu'elle ne put contrôler elles non plus, montèrent à ses yeux. Sœur Sainte-Catherine recula d'un pas tant elle fut surprise. Mère Benoîte des Anges pleurait! Cette femme insensible avait donc réussi à amasser assez d'eau au fond de son cœur sec pour produire ces deux gouttelettes qui coulaient maintenant dans son cou et allaient se perdre bientôt dans le col de son uniforme! Mais n'était-ce pas plutôt une nouvelle tactique? Du chantage sentimental? Une ruse pour la faire fléchir, elle, de façon à donner à la directrice le temps de se reprendre et de bondir ensuite pour l'assommer d'un seul coup de patte bien placé ? Sœur Sainte-Catherine décida de porter son grand coup tout de suite avant qu'il ne soit trop tard, de profiter de son avantage pour consolider sa position et s'assurer ainsi une victoire peut-être un peu rapide et beaucoup trop facile, mais quand même jouissante ! Elle vint appuyer ses cuisses sur le bord du bureau et continua de parler sur le ton qu'elle avait emprunté à sa directrice et dont elle commençait à goûter les douceurs. « Quand nous avons des problèmes avec une élève, ma mère, il nous arrive souvent de les régler nous-mêmes sans avoir recours à vous et vous devriez comprendre qu'il est normal que nous ne voulions pas que vous vous en mêliez... Vous n'avez jamais enseigné et vous ne connaissez pas l'atmosphère d'une classe, ses lois et ses détresses, ses affections, ses joies et ses intimités. Vous êtes une grande gérante, mère Benoîte des Anges, vous avez travaillé dans les bureaux de la communauté toute votre vie à cause de ce grand don que le Seigneur vous a accordé et l'école des Saints-Anges vous est énormément reconnaissante de tout ce que vous avez fait pour elle, depuis huit ans, pour consolider sa situation financière, mais vous ne connaissez rien à la psychologie enfantine et vous devriez avoir l'humilité de l'avouer et de nous laisser, nous dont c'est le devoir, nous occuper des enfants dont nous avons la charge... » L'explosion fut si subite et si brusque que sœur Sainte-Catherine tressaillit comme si elle avait reçu une décharge électrique. En moins d'une demi-seconde le visage de mère Benoîte des Anges était contre le sien et la directrice, penchée encore une fois au-dessus de son bureau, lui tenait les deux épaules comme pour la clouer sur place, les ongles traversant le tissu de son uniforme et s'imprimant dans sa peau. L'odeur de dents cariées et de dentifrice inefficace envahissait maintenant tout le corps de sœur Sainte-Catherine qui avait envie de vomir de dégoût. «Sœur Sainte-Catherine! Non seulement vous passez outre à mes recommandations et même à mes ordres depuis bientôt huit ans, non seulement vous faites la tête à chaque nouveau règlement que j'introduis dans la vie de cette école et non seulement vous essayez de monter contre moi les nouvelles religieuses qui arrivent ici à chaque début d'année scolaire, mais vous osez maintenant vous permettre de vous présenter devant moi pour me faire la morale! J'endure vos soupirs et vos sarcasmes depuis assez longtemps, ma fille, le temps de sévir est arrivé! Je vous bannis, et le mot "bannis" n'est pas trop fort, je vous bannis de cette école pour aussi longtemps que j'y serai moi-même et je vais écrire dès aujourd'hui un rapport vous concernant qui vous fermera à jamais la porte des écoles faciles et tranquilles de cette partie de la ville! Je vous promets que dès l'année prochaine vous aboutirez dans une des écoles les plus difficiles de cette ville où vous aurez à apprendre à vos frais les joies de la discipline et de l'obéissance! Jamais personne ne m'a mise dans l'état où je suis actuellement et je veux que vous disparaissiez de ma vue pour oublier à jamais la colère que je suis en train de faire! Faites votre valise, immédiatement, et à midi juste je veux que vous soyez dans l'autobus qui mène à la maison mère avec la lettre que je vais écrire et que vous porterez vous-même à mère Notre-Dame du Rosaire!» Elle se rassit aussi brusquement qu'elle s'était levée; sœur

Sainte-Catherine perdit un peu l'équilibre et partit par en avant, se reprenant juste à temps pour éviter de tomber à plat ventre sur le bureau de sa directrice. Malgré la nausée qui la secouait, sœur Sainte-Catherine décida d'user du dernier petit argument qu'il lui restait, bien fragile, soit, mais dont elle était à peu près certaine. Elle redressa lentement la cornette qui lui avait glissé sur le front et lissa son voile sur ses épaules. Elle réussit à rassembler assez de courage pour reprendre le même ton qu'elle avait employé plus tôt. « Vous oubliez, ma mère, que c'est jeudi la Fête-Dieu, et que je suis responsable du reposoir. » Ceci acheva d'écraser mère Benoîte des Anges qui resta figée deux longues minutes, la bouche ouverte, les yeux fixés sur ceux de sœur Sainte-Catherine qui vit passer toute une gamme d'émotions, la surprise, l'indignation, le mépris et, surtout, la haine, sur le visage de sa directrice. Puis celle-ci se gourma bruyamment en prenant un feuillet à sa droite, sur lequel elle se mit à écrire avec rage. Elle parla à sœur Sainte-Catherine sans lever les yeux. « Soit. Je vous donne jusqu'à vendredi matin. Et arrangez-vous pour que ce reposoir soit votre plus beau, car ce sera certainement votre dernier ! » Elle avait réussi à reprendre son ton des plus beaux jours. Sœur Sainte-Catherine sortit du bureau en ricanant.

Lorsqu'on avait offert à sœur Sainte-Catherine de s'occuper du reposoir, cinq ans auparavant, elle avait commencé par refuser, ne voulant attirer sur elle ni l'attention ni surtout les foudres de mère Benoîte des Anges. D'ailleurs le reposoir avait depuis longtemps été le fief de sœur Saint-Jean-Chrysostome qu'on venait de perdre dans un bête accident de tramway (les journaux avaient subtilement titré l'événement: «Une sœur coupée en deux» et «La sainte broyée à mort») et qu'on pleurait encore. Sœur Saint-Jean-Chrysostome avait fait du reposoir de la paroisse Saint-Stanislas un objet de curiosité et d'admiration qu'on venait contempler de tous les coins de Montréal, en solitaire, en famille, en groupe, en autobus. Comme l'école des Saints-Anges était située exactement en face de l'église Saint-Stanislas, sœur Saint-Jean-Chrysostome avait imaginé de déménager le reposoir, qui jusque-là avait toujours été érigé dans les marches du sanctuaire, dans l'énorme escalier de ciment qui menait à la porte de sœur Pied-Botte. Le reposoir ferait ainsi face à l'église au lieu de lui tourner le dos et comme l'avait si bien dit sœur Saint-Jean-Chrysostome dans son exaltation: «La Sainte Vierge va pouvoir envoyer la main à Saint-Stanislas au lieu de juste lui montrer son auréole!» L'idée fut donc jugée excellente et sœur Saint-Jean-Chrysostome s'était mise à l'œuvre avec cette énergie qui allait bientôt devenir légendaire. Son premier reposoir avait coûté très cher à la paroisse et monseigneur Bernier avait poussé les hauts cris, mais son faste naïf et ses excès qui frisaient de très près la vulgarité avaient tellement plu que même les journaux en avaient parlé, faisant l'apologie de cette paroisse qui n'avait pas peur de glorifier en plein boulevard Saint-Joseph son grand amour de Dieu et de faire éclater sa joie de Le fêter d'une façon originale et colorée tout en demeurant respectueuse. Alors le curé s'était tu et avait accepté avec un humble sourire les compliments qui lui pleuvaient sur le dos des quatre coins de la province. Il avait même déclaré à un journaliste du *Canada*: «Cette

paroisse n'est pas riche, mais son amour de Dieu l'est »,
ce qui était vite devenu une des citations favorites de
tous les curés de Montréal lorsque venait le temps de
quémander de l'argent pour reconstruire un quelconque
recoin d'église ou ajouter un troisième foyer en marbre
au presbytère déjà outrageusement riche. En deux ou trois
ans, le reposoir de sœur Saint-Jean-Chrysostome était
donc devenu le clou de la Fête-Dieu dans l'île de
Montréal. Par le fait même l'école des Saint-Anges,
chaque année, pendant la première semaine de juin, du
lundi matin au jeudi soir, soir de la fameuse procession
au terme de laquelle le curé venait placer l'ostensoir au
cœur du reposoir clinquant et criard après avoir sillonné
les rues de la paroisse au milieu des prières, des chants
et des drapeaux papaux, devenait une ruche bourdonnante dont la reine-abeille, sœur Saint-Jean-Chrysostome,
énorme, luisante, soufflante et postillonnante, menait la
destinée d'une main brouillonne et très peu contrôlée.
L'anarchie parcourait les corridors et les classes remplis de petites filles qui fabriquaient des chaînes de papier
plomb et de religieuses qui faisaient un nouveau maquil-
lage à la statue de la Vierge ou coupaient et cousaient
des robes de taffetas et de point-d'esprit pour les futurs
anges de dix ans qui feraient semblant pendant près de
quatre heures de souffler dans des trompettes de papier
mâché recouvertes de poussière d'argent ou de paillettes
de couleur. Oubliés les examens qui approchaient à
grands pas et qui jusque-là avaient fait battre les cœurs,
les récitations absurdes qui épuisaient les cerveaux, les
cinq cents et quelques inepties du petit catéchisme dont
on devait savoir parfaitement par cœur toutes les réponses
et toutes les questions par leurs numéros correspondants

(« Numéro 302, Simone Côté ! » « Euh... » « Vous me le copierez douze fois en lettres majuscules et douze fois en lettres minuscules ! Et essayez de le comprendre, si vous le pouvez ! »), remises à la semaine prochaine les compositions ardues et idiotes (« Imaginez que vous êtes au paradis et que votre Père vous parle. » « Mon père ? Quel père ? Le bon Dieu ? Popa ? Si c'est popa, c'est ben la première fois qu'on y donne une lettre majuscule ! Si c'est le bon Dieu, ça serait ben la première fois qu'y s'abaisserait à me parler, d'habetude faut toujours passer par la sainte Vierge, par saint Jean-Baptiste ou ben donc par saint Stanislas de Kostka que parsonne connaît mais qui est supposé d'être ben fin pareil ! Eh, seigneur... Ben 'coudon, j'vas parler un peu des deux ») et, surtout, relégués aux oubliettes les lois, les règles, les semonces et les reproches : c'était la fête et il fallait en profiter ! Et on en profitait grandement ! Quand arrivait le grand jour, le free for all était à son comble. Au fur et à mesure que le reposoir s'élevait, de plus en plus important et de plus en plus coloré, l'école des Saints-Anges, à l'intérieur, devenait une sorte de champ de bataille où les statues qui n'étaient pas encore terminées et qui gisaient par terre dans les corridors figuraient les morts et où les enfants à demi costumées et mortes de trac faisaient office de soldats épuisés qui rêvent que l'assaut est terminé et que leur mère les borde en disant doucement : « C'tait ben beau, mais c'était ben énarvant ! » Et lorsque venait le temps d'aller se placer dans le resplendissant reposoir, les saintes peinturlurées, les anges aux auréoles de papier plomb, la première en catéchisme déguisée en Vierge Marie et les porteuses de fleurs déjà rouges d'épuisement avaient toute envie de faire pipi et les toilettes se remplissaient d'enfants énervées qui ne voulaient pas tacher leurs beaux costumes ni briser leurs ailes de bois trop larges pour les cabines et qu'il fallait enlever à toute vitesse et appuyer contre les cuvettes de porcelaine. Le reposoir tant admiré de sœur Saint-Jean-Chrysostome avait quelque chose de profondément païen qui ne semblait frapper personne, mais qui donnait pourtant à cette fête très religieuse un petit arrière-goût d'orgie latente ou de vente d'enfants maquillés. Seul le docteur Sanregret avait un jour dit à Ti-lou, la louve d'Ottawa, qu'il avait amenée assister à la procession et à la cérémonie qui suivait : « Cette mascarade a quelque chose de sexuel qui m'ébahit chaque année. Voyez ces enfants offerts, immobiles, qu'on oblige à poser et qu'on admire pendant des heures au bord des transes. L'inconscience est vraiment la mère de toutes les cérémonies religieuses... » Ce à quoi Ti-lou avait répondu avec son bel accent anglais affecté : « Chez nous, à Ottawa, dans ma maison de la rue Roberts, c'était le reposoir à l'année longue ! » Sœur Sainte-Catherine avait donc longuement hésité avant d'accepter l'écrasant héritage de sœur Saint-Jean-Chrysostome. Surtout que mère Benoîte des Anges, qui ne l'aimait déjà pas beaucoup, lui préférait la pâle et indolente sœur Sainte-Thérèse de l'Enfant-Jésus qui ne prendrait sûrement aucune initiative et se contenterait de restituer fidèlement année après année l'exacte réplique des réjouissances de sœur Saint-Jean-Chrysostome. Mais sœur Sainte-Thérèse de l'Enfant-Jésus avait en quelque sorte retiré elle-même sa candidature en tombant malade (les méchantes langues avaient prétendu que c'était une maladie diplomatique : sœur Sainte-Thérèse de l'Enfant-Jésus était sûrement trop peureuse pour dire franchement à la directrice qu'elle ne voulait pas de cette responsabilité et avait probablement préféré «tomber malade», quitte à resourdre comme si de rien n'était aussitôt le successeur de sœur Saint-Jean-Chrysostome nommé) et sœur Sainte-Catherine était restée seule en lice. Mais elle non plus n'était pas intéressée à revirer l'école à l'envers chaque première semaine de juin pour offrir à la paroisse un spectacle qu'elle jugeait quelque peu trouble et ambigu. Mais mère Benoîte des Anges, voyant que sœur Sainte-Catherine allait refuser définitivement, et par pur esprit de contradiction, avait un matin décidé d'imposer cette tâche à la titulaire de la sixième année A et s'était fait une joie de le lui apprendre elle-même, hilare derrière son masque froid. Sœur Sainte-Catherine s'était donc jetée avec l'énergie du désespoir dans ce qu'elle appelait «la parade du Père Noël d'en Haut», mais à son grand étonnement y avait trouvé un plaisir vif et aigu, plongeant avec ravissement les mains dans la naïveté des croyances catholiques et leur indéniable charme bon enfant, jonglant avec ces images primaires et presque violentes qu'on jetait en pâture au peuple pour le garder dans le «droit chemin», découvrant sans trop se l'avouer les délices de la puissance en jouant parfaitement bien son rôle de petit dictateur de paroisse. Mais sous sa férule la Fête-Dieu avait quand même pris un air un peu plus civilisé : là où sœur Saint-Jean-Chrysostome était toujours restée brouillonne, faisant du reposoir un énorme foutoir désorganisé et presque anarchique, sœur Sainte-Catherine, avec exactement les mêmes éléments, avait élevé dans les marches de l'école des Saints-Anges une espèce de livre d'images contrôlé et sage qui avait d'abord étonné les paroissiens puis avait fini par les séduire par son côté plus léché et plus propre. Sœur Sainte-Catherine était aussi beaucoup plus calme que son prédécesseur et sous ses ordres la semaine préparatoire à la Fête-Dieu se passait dans la joie plutôt que dans la nervosité. Les préparatifs allaient donc commencer en ce lundi matin premier juin 1942 et sœur Sainte-Catherine, toute à ses préoccupations, retourna à sa classe en oubliant presque immédiatement la scène qui venait de se dérouler dans le bureau de la directrice.

«J'me sus bataillée dans'cour d'école...» Thérèse, les mains derrière le dos, se dandinait d'un pied sur l'autre. Sœur Pied-Botte la regarda des pieds à la tête, comme pour chercher les vestiges de cette chamaille qu'elle avait manquée. «T'as pas dû te batailler ben ben fort, t'es même pas sale...» «J'ai tapoché sus Lucienne Boileau. A's'est pas défendue...» Sœur Saint-Georges avait froncé les sourcils. «Dans quelle classe que t'es, toé?» «Sixième année B, ma sœur.» «On a de la misère avec les sixièmes à matin! C'est sœur Sainte-Philomène qui t'envoie?» «Oui.» «Est pourtant assez grosse pour te punir tu-seule!» Sœur Pied-Botte était la seule religieuse dans toute sa communauté à tutoyer les enfants. On avait bien essayé de lui faire passer cette fâcheuse habitude, mais en vain (on lui avait dit que ça ne faisait pas très poli, ce à quoi elle avait répondu: «Ces filles-là sont pas polies avec nous autres, j'vois pas pourquoi j'me fendrais en quatre pour leur dire vous!»; on lui avait ensuite fait comprendre que ça donnait une mauvaise image à la communauté et elle s'était mise à rire: «J'aime mieux leur dire *tu* et les respecter que de leur dire *vous* et varger dessus à tour de bras comme d'autres font! C'est certainement pas moi qui donne une mauvaise image à la communauté!»). De plus, sœur Saint-Georges ne s'était jamais départie de son accent de l'est de Montréal, ce qui avait l'heur d'exaspérer mère Benoîte des Anges qui lui disait souvent: «En défigurant notre langue, sœur Saint-Georges, vous défigurez aussi notre uniforme!» Mais sœur Pied-Botte avait la tête dure et se contentait de sourire en haussant les épaules. Elle était la doyenne des religieuses de l'école des Saints-Anges et, sans avoir jamais enseigné (elle avait été aide-cuisinière à la maison mère avant de devenir portière), bénéficiait quand même de l'affection des élèves qui retrouvaient en elle seule leur langage vert et leur familiarité. Les fillettes adoraient se faire tutoyer par sœur Pied-Botte qu'elles considéraient toutes un peu comme une vieille tante qui aurait mal tourné. Thérèse ne put réprimer un sourire en entendant sœur Saint-Georges parler de sœur Sainte-Philomène. Tout le monde à l'école des Saints-Anges était au courant de la guerre qui sévissait depuis si longtemps entre les deux religieuses et on s'en amusait ferme. «Tu t'en vas te faire passer au bate par la sœur directrice pis t'as encore le cœur à sourire?» «C'est parce que chus narveuse...» «Ben, j'voudrais pas être à ta place, ma p'tite fille! Mère Benoîte des Anges a eu assez de problèmes comme c'est là, à matin, a' s'ra pas ben ben contente de te voir resourdre!» Au même moment la porte de la directrice s'ouvrit et mère Benoîte des Anges traversa à grands pas le hall d'entrée qui séparait son bureau de celui de sœur Saint-Georges. Elle poussa du bras Thérèse qui était restée figée dans la porte et tendit une enveloppe à la sœur portière. «Il faut que cette lettre parte immédiatement pour la maison mère, sœur Saint-Georges. Si vous ne trouvez personne pour la livrer, allez-y vous-même. C'est urgent.» Elle allait retourner à son bureau lorsqu'elle sembla prendre conscience de la présence de Thérèse. «Qu'est-ce que vous faites là, vous?» Thérèse, les yeux grands comme des soucoupes, les lèvres serrées et blanches, ne bougea pas. Mère Benoîte des Anges se tourna vers sœur Saint-Georges. «Allez la reconduire dans sa classe avant qu'elle ne fasse un dégât comme son amie...» «Est-tait venue pour vous voir, ma mère...» «Eh bien, elle m'a vue, c'est suffisant!» Mère Benoîte des Anges retraversa à la hâte le palier qui sentait fort l'encaustique et le propre et referma la porte de son bureau derrière elle. Thérèse avala sa salive dans un bruit de gorge assez déplaisant qui fit sourire sœur Saint-Georges. «Tu peux te compter chanceuse! J'en connais pas gros, moé, des petites filles qui ont eu la chance de garder leurs mains derrière leur dos comme toé!» Le cabanon de sœur Pied-Botte faisait aussi office d'antichambre au bureau de la directrice. Quiconque avait l'intention de visiter mère Benoîte des Anges devait d'abord s'adresser à sœur Saint-Georges qui connaissait toutes ses allées et venues, ses humeurs et ses goûts et pouvait ainsi juger si tel problème ou telle personne valait la peine qu'on la dérange, ou s'il n'y avait pas plutôt lieu de tout remettre carrément à plus tard. Sœur Saint-Georges était un excellent chien de garde et filtrait les visites de la directrice avec grande efficacité. C'était d'ailleurs là la raison pourquoi mère Benoîte des Anges avait préféré la garder auprès d'elle plutôt que de s'en débarrasser comme elle avait d'abord eu l'intention de le faire. Sœur Pied-Botte prit dans un casier un petit feuillet vert déjà étampé au chiffre de la directrice et le signa. « Tu diras à sœur Sainte-Philomène que t'as vu la directrice pis qu'a l'a faite une grosse colère... » « Ça va être un mensonge... » « A' t'a vue, non ? » « Ben, oui... » « Bon, c'est le principal... Sa colère, a'l' l'a faite avant de te voir mais a'l' l'a faite pareil ! » Elle tendit le billet à Thérèse qui le prit timidement. « C'est tu rapport à Simone que la directrice a faite une colère ? » Sœur Pied-Botte regarda Thérèse longtemps avant de lui répondre. « Ferme la porte derrière toé. » Thérèse obéit. « T'es t'inquiète pour ton amie, hein ? » Thérèse acquiesça. « Tranquillise-toé, est retournée chez eux. A' va revenir après-midi. » « Est-tait-tu malade ? » « Narveuse, plutôt. Mais ça va s'arranger. J'ai été la reconduire moé-même à sa mère... » La reconnaissance qu'elle lut dans le regard de Thérèse chavira le cœur de sœur Saint-Georges. « Ça y'a faite du bien, son opération, à ton amie, hein ? » « Oui, a' va être belle, à c't'heure... » « Oui, a' va être belle. » Thérèse partit en courant. Sœur Saint-Georges prit l'enveloppe que lui avait laissée mère Benoîte des Anges et sortit de son bureau en boitillant.

Simone tremblait comme un lapin effrayé. Sa mère, penchée sur elle, appliquait sur son front des compresses d'eau froide qu'elle changeait aussitôt qu'elles n'étaient plus fraîches. « Dis-lé à moman, c'que t'as faite ! Moman, a' te promet qu'a' te chicanera pas ! » Mais la gorge de Simone était trop serrée, rien n'en sortait, que de petits grognements plaintifs qui rappelaient à Charlotte Côté un chien qu'elle avait eu, enfant, et qui était mort dans ses bras. « Dis-lé, mon p'tit chien... C'est-tu quelqu'un qui t'a faite du mal ? C'est-tu toé qui as faite quequ'chose de pas correct ? » Lorsque sœur Saint-Georges avait sonné chez elle, Charlotte Côté, en l'apercevant à travers les rideaux de dentelle de coton, avait tout d'abord cru que les religieuses faisaient encore une fois du porte-à-porte afin de ramasser de l'argent pour l'une de leurs trop nombreuses œuvres de bienfaisance. (Presque chaque mois Simone revenait à la maison avec une petite boîte en métal qu'il fallait remplir de sous pour acheter et faire baptiser des petits Chinois, ou une enveloppe bleue ou verte dans laquelle il fallait glisser un billet de banque pour acheter et faire baptiser des petits Africains, ou de petites choses insignifiantes fabriquées, tricotées, crochetées par les sœurs pour acheter et faire baptiser des petits Malais ou des petits Japonais ou des petits Indochinois. Ulric Côté grimpait alors sur ses grands chevaux en hurlant, inévitablement : « Pour que c'est faire que tes pisseuses demandent pas au monde de remplir des kécanes de binnes vides pour acheter, faire baptiser pis stuffer de ragoût de pattes de cochons des petits Canadiens français, tabarnac ! On est pauvres comme la gale pis y faudrait donner c'qu'on a à du monde qu'on verra jamais ! Du monde qu'on va engraisser comme des cochons pis qui risquent de venir nous chier dans'face dans vingt-cinq ou trente ans ? Jamais ! Tu diras à ta pisseuse que ton père a pas une cenne à donner à du monde qui sont venus au monde jaunes comme des citrons pis noirs comme le yable ! J'vas-tu quêter chez eux, moé ? » Simone retournait toujours à l'école avec sa petite boîte vide, sa petite enveloppe vide ou ses petits objets non vendus et il se trouvait toujours quelqu'un pour dire méchamment : « Les Côté sont toujours aussi pauvres ! Le pére devrait moins boire de biére, un peu, sa famille crèverait moins de faim pis y y resterait peut-être quequ'cennes pour faire la charité ! » Simone, trop gênée pour invoquer les raisons de son père, encaissait en ravalant ses larmes.) Mais lorsqu'elle avait vu Simone, tremblante et morvante, à côté de la sœur infirme, Charlotte s'était précipitée dans l'escalier et avait ouvert la porte en criant : « Que c'est qui s'est passé, donc ? » Sœur Pied-Botte n'avait rien dit. Elle s'était contentée de pousser Simone vers sa mère et leur avait tourné le dos. Charlotte Côté était alors sortie sur le balcon. « Vous pourriez quand même me dire que c'est que mon enfant a ! Vous me la ramenez en morceaux pis vous disparaissez comme si ça vous faisait rien ! » Sœur Pied-Botte s'était arrêtée au milieu de l'escalier extérieur et s'était tournée vers elle. « Appelez la directrice. Moé, j'sais rien. Excusez-moé... » Charlotte avait pris Simone dans ses bras, avait grimpé l'escalier intérieur en courant et était entrée dans la maison en sacrant. La robe de Simone était encore toute mouillée et Charlotte avait pensé que la pauvre enfant avait dû faire pipi sans pouvoir se retenir comme cela lui était déjà arrivé et que les religieuses l'avaient renvoyée chez elle pour qu'elle se change. Mais elle s'était rendu compte que Simone ne pouvait plus parler comme lorsqu'elle était sous le coup d'une trop grande émotion et avait compris que quelque chose de plus grave s'était produit. Elle avait déshabillé sa fille, l'avait lavée dans une grande bassine d'eau tiède en lui chantant la berceuse qu'elle avait tant aimée, enfant, et l'avait ensuite couchée dans son propre lit, récompense rare que la fillette n'avait même pas semblé apprécier.

« Ta gorge doit aller mieux, là, Simone, ça fait quasiment une heure que t'es revenue... Essaye de parler doucement... Essaye, au moins, sinon j'vas être obligée d'appeler la directrice... » Chaque fois que sa mère mentionnait la directrice, Simone s'accrochait à son bras en secouant la tête. Soudain, Charlotte crut comprendre et se pencha sur sa fille. « C'est-tu à cause de ton opération ? Y'a-tu quelqu'un qui a ri de toé à cause de ton opération, Simone ? » Simone tourna la tête vers le mur. Charlotte soupira et déposa un léger baiser sur la main moite de sa fille. « Okay, d'abord. Moman comprend. Quand tu seras prête, tu m'en parleras. Essaye de dormir, en attendant. Moman va aller préparer le dîner, ton frère va arriver de l'école dans pas longtemps... » Elle sortit de la chambre en laissant la porte ouverte. Elle avait toujours senti que l'opération de Simone amènerait des problèmes compliqués et graves ; elle connaissait bien sa fille, sa trop grande sensibilité et sa susceptibilité maladive et savait que le choc de la transformation serait difficile pour elle. Ce n'est que pendant sa première année à l'école que Simone avait pris conscience de son infirmité. Elle n'avait tout d'abord pas compris pourquoi les fillettes de sa classe riaient d'elle puis, au bout de quelques jours, s'était rendu compte qu'elle était la seule à avoir cette lèvre tordue dont on ne parlait jamais chez elle (même pas son frère Maurice qui aimait pourtant la taquiner) et qu'elle avait fini par oublier. Cette découverte avait été catastrophique et Simone avait refusé de retourner à l'école pendant des semaines, hurlant vingt fois par jour : « Pourquoi vous me l'avez pas dit que j'étais laide ! », frappant, griffant et injuriant quiconque essayait de l'approcher. Puis, avec l'aide de Pierrette et de Thérèse qui la protégeaient et la couvraient de tendresse et de certaines religieuses qui avaient expliqué aux fillettes de leurs classes qu'un bec-de-lièvre est une chose horrible à supporter et qu'on doit respecter et plaindre ceux qui en sont affublés, elle avait fini par sembler accepter sa différence et avait complètement cessé d'en parler. Elle en souffrait quand même profondément puisque régulièrement quelque méchante enfant venait lui rire à la figure ou lui faire des grimaces en criant : «Farme ta bouche, Bec-de-Lièvre, on voit tes dents sales !» Elle se contentait alors de hausser les épaules en tournant le dos à l'agressante. Mais quelques mois auparavant, alors que Maurice, l'aîné de Simone de trois ans, toussait à fendre l'âme et faisait cent deux de fièvre, le docteur Sanregret, que tout le quartier adorait à cause de sa douceur et de sa grande compréhension, était venu à la maison et avait longuement examiné la lèvre supérieure de Simone en prenant des notes et en fronçant les sourcils. Ulric Côté avait alors pris le docteur à part et lui avait dit d'une façon très agressive : «Mettez pas dans la tête de c't'enfant-là l'idée de se faire opérer, docteur ! Vous savez aussi ben que moé que j'aurai *jamais* les moyens d'y payer ça ! C'est Maurice le plus vieux pis c'est pour lui que j'vas me saigner si jamais y me reste du sang ! Non, le mieux, avec elle, c'est de jamais y parler de ça. Jamais ! A' finit par l'oublier, pis nous autres itou...» Le docteur n'avait rien répondu. Mais il était revenu une semaine plus tard en disant qu'un de ses collègues chirurgiens était prêt à opérer le bec-de-lièvre de Simone gratuitement, comme expérience chirurgicale, à condition que la famille Côté ne mentionne jamais son nom pour éviter que la nouvelle ne se propage.

En fait, le mensonge était bien gros : le docteur Sanregret, qui s'était pris d'affection pour Simone qu'il avait mise au monde dans des conditions particulièrement difficiles, avait lui-même payé l'opération, espérant voir Simone se transformer du laideron qu'elle était en la fillette normale, bruyante, achalante, collante et envahissante qu'elle aurait dû être. Charlotte Côté avait cependant commencé par refuser l'offre du vieux docteur, prétextant qu'il pouvait être dangereux de se voir changer aussi radicalement du jour au lendemain. « J'la connais, c't'enfant-là, docteur, pis j'sais qu'y'a au fond d'elle un feu qui pourrait la brûler à tout jamais si y sortait trop vite ! S'il vous plaît, demandez à votre ami d'attendre encore quequ's'années... Attendez qu'a' comprenne plusse que c'est qui y'arrive... » Le docteur avait alors doucement posé une main sur le bras de la femme. « C'est aujourd'hui ou jamais, madame Côté. Y'est même peut-être un peu tard. D'habitude on fait ça quand y sont très jeunes... Si on attend encore, on pourra rien faire. Pensez pas aux problèmes que vous allez avoir si on l'opère, pensez plutôt à sa vie gâchée si on l'opère pas... » Charlotte Côté avait donc cédé mais non sans avoir prévenu le docteur Sanregret qu'elle le tiendrait responsable des séquelles psychologiques qu'entraînerait sans aucun doute l'intervention chirurgicale. Lorsqu'on avait appris à Simone qu'elle allait se faire opérer et que son bec-de-lièvre disparaîtrait presque complètement, elle avait aussitôt couru jusqu'à la salle de bains, s'était étirée sur la pointe des pieds pour se voir dans le miroir au-dessus du lavabo, s'était regardée cent fois : « J's'rai pus laide ! J's'rai pus laide ! J's'rai pus laide... » Charlotte Côté ouvrit le dessus de la glacière où trônait un morceau de glace de vingt-cinq livres tout neuf et s'en brisa un petit morceau à l'aide du pic qu'elle gardait toujours à proximité. Elle revint dans la salle à manger en suçant son glaçon. Elle s'assit dans sa chaise favorite et alluma l'appareil de radio qui se mit à produire des bruits très désagréables au bout de quelques secondes. « Voyons, qui c'est qui a joué avec mon radio, encore ! » Elle tourna le bouton, arrêta l'aiguille devant le numéro 70 et aussitôt la voix nasillarde de Nicole Germain s'éleva dans la maison. Mais pour une fois, Charlotte Côté, pourtant maniaque des romans-fleuves de Radio-Canada, n'écoutait pas les mélodramatiques rebondissements de *Francine Louvain, la dramatique histoire d'une dessinatrice de mode et celle de sa fille*. Elle suçotait son morceau de glace qui lui fondait dans la bouche, les yeux rivés sur la petite lumière jaune du cadran de l'appareil de radio comme tous les jours entre onze heures et onze heures quinze, mais ce matin-là Francine Louvain aurait pu déclarer qu'elle était devenue lesbienne ou que sa fille s'était fait couper en petits morceaux par un fou depuis le dernier épisode (le vendredi précédent), elle n'aurait même pas frémi, perdue qu'elle était dans ses inquiétudes, ses appréhensions. « J'le savais que ça finirait de même ! Je le savais donc ! Comme si on n'avait pas assez de problèmes d'avance ! » Soudain, alors que Francine Louvain, au téléphone comme à son habitude, donnait des conseils à sa fille sur un ton faussement compréhensif (« Fais ce que tu voudras, mon enfant, mais n'oublie pas que je suis ta mère, que j'ai souffert et que je connais la vie mieux que toi ! Rien ne peut me choquer, sauf la vulgarité ! Alors, raconte-moi tout... »), Charlotte Côté se leva d'un bond et se dirigea d'un pas ferme vers le téléphone qui était accroché au mur (hors de la portée des enfants) dans le corridor. « J'vas toujours ben en avoir le cœur net ! » Elle composa le numéro de l'école des Saints-Anges après l'avoir trouvé dans le bottin.

Ses mains étaient tachées de sang et sa bouche pleine de vomissures, mais elle continuait quand même de fouiller dans les entrailles de mère Benoîte des Anges. Elle faisait éclater le foie, les intestins, la vessie avec un plaisir sadique qui la dégoûtait, l'exténuait et la ravissait tout à la fois. La dernière leçon d'anatomie de sœur Sainte-Catherine trouvait enfin son utilité : elle pouvait nommer par leur nom les parties qu'elle arrachait du corps de la grosse religieuse, elle connaissait leur fonction et pouvait presque ressentir la douleur qu'elle causait en les arrachant. La directrice avait la bouche ouverte dans un cri d'au-delà de la douleur et du désespoir mais pas un son n'en sortait. Elle était comme un masque figé dans l'expression de l'horreur. Ses mains frôlaient celles de la fillette dans de petits gestes inutiles de supplication, elle les enfonçait elle-même dans ses propres entrailles pour essayer de retenir celles de sa tortionnaire mais celle-ci les repoussait en ricanant. Soudain, sans aucune transition, elle se désintéressa complètement du ventre éclaté de mère Benoîte des Anges pour s'emparer d'une énorme paire de ciseaux qu'elle avait apportée avec elle. C'étaient des ciseaux de tailleur, pareils à ceux de son père, pesants, encombrants et au fil irrégulier, dentelé, qui laissait après usage un dessin joli mais assez inquiétant. Elle entendait encore la voix de son père :

«J'te défends de te sarvir de ces ciseaux-là pour couper tes p'tits maudits papiers d'école, tabarnac! J'gagne ma vie avec ça, oublie-lé pas! Si tu manges à ta faim, c'est parce que ces ciseaux-là se font aller le cul toute la journée, ça fait que casse-les pas!» Elle se jeta sur les ciseaux en criant: «Essaye pas de me les ôter, popa, sans ça, j't'la coupe avec!» Ils étaient froids. Elle se mit à trembler en se tournant lentement, très lentement, trop à son goût, vers sa victime. Cette dernière avait levé ses bras vers le ciel et ses mains rouges faisaient comme deux drapeaux privés de vent, inutiles, morts. Elle revint s'asseoir à côté de mère Benoîte des Anges et lui passa les doigts sur le front, le nez, la bouche en murmurant doucement: «Une belle p'tite lèvre dentelée! Une belle p'tite bouche dentelée! Une belle p'tite directrice dentelée!» Elle prit la lèvre supérieure de la religieuse entre son pouce et son index et tira. Elle ouvrit les ciseaux, les approcha de la lèvre. «Mère Benoîte des Anges, dites-moé que vous m'aimez, sans ça j'vous tue!» La directrice se transforma aussitôt en une minuscule sauterelle. Il faisait très chaud et Thérèse et Pierrette jouaient aux devinettes. Elle avait attrapé une sauterelle verte et lui disait: «Donne-moé du miel ou ben donc j'te tue!» Mère Benoîte des Anges laissa une traînée brunâtre sur la main de Simone qui l'écrasa en souriant de son sourire tout neuf.

«Votre fille est une enfant difficile, madame, vous le savez! Elle est inattentive, paresseuse, instable et très indisciplinée... J'ai devant moi le rapport que nous gardons de chacune de nos élèves et je vous assure qu'il n'est pas brillant. Il est assez évident, je pense, que votre fillette aura beaucoup de difficulté à terminer ses études...

et même son cours primaire. Je ne veux pas dire par là que vous devriez la retirer de l'école, loin de moi cette idée, mais je voudrais que vous réalisiez à quel point nous aurons à travailler, vous autant que nous, pour que Simone devienne une jeune fille convenable et présentable. Sans compter que nous l'acceptons ici sans *aucuns* frais ! L'école est gratuite, certes, mais vous n'êtes pas sans savoir que les élèves doivent débourser quelque argent pour les fournitures, la littérature édifiante que nous leur fournissons par l'entremise de notre revue hebdomadaire, *l'Estudiante*, et le matériel exigé pour certains cours spéciaux tels que la couture et le tricot. Depuis que Simone est entrée à l'école des Saints-Anges, il y a de cela quatre ans, tout lui a été fourni gratuitement parce que vous vous disiez trop pauvre pour payer les surplus. Je veux bien que vous soyez pauvre et j'en suis fort désolée pour vous, mais voilà que ce matin votre fille me revient après un mois d'absence avec le visage transformé par une opération qui a dû coûter les yeux de la tête ! Mettez-vous à ma place, madame Côté ! Si vous avez assez d'argent pour payer une telle opération à votre fille (qui en avait bien besoin, j'en conviens, mais qui aurait vécu sa vie avec son ancienne bouche en finissant par l'oublier), vous devez avoir la décence de m'envoyer les deux dollars pour l'abonnement à *l'Estudiante*... Je ne vous demande rien de plus, madame Côté, remarquez bien... Je pourrais exiger l'arrérage, soit huit dollars pour un abonnement de quatre ans, mais le passé est le passé, n'en parlons plus... Montrez-moi votre bonne volonté en m'envoyant par votre fille elle-même ces deux dollars et nous oublierons cette petite... chicane inutile. Considérez cela comme une légère punition pour le vilain mensonge que vous avez fait conter à Simone depuis toutes ces années... Au revoir, madame, et prenez bien soin de notre petite malade. » Charlotte n'avait pu placer un seul mot. Le flot de paroles de mère Benoîte des Anges, son ton péremptoire, ses expressions recherchées et la rapidité avec laquelle elle s'exprimait l'avaient subjuguée, la laissant sans mot, la bouche ouverte, le regard incrédule. En reposant le récepteur, elle s'imagina la pauvre Simone devant ce moulin à paroles, impuissante et terrorisée devant la mauvaise foi et la cruauté adultes, et elle sentit la colère lui monter le long de la colonne vertébrale, plus puissante, plus froide encore qu'auparavant. « Les sœurs ont toujours aimé ça nous humilier ! Pourquoi c'qu'on endure ça ! Pourquoi c'qu'on endure ça ! » Elle revint vers sa chambre, entrebâilla la porte doucement et jeta un coup d'œil sur Simone qui s'était tournée sur le côté en dormant et qui rêvait, la bouche ouverte, les sourcils froncés. Elle entra sur la pointe des pieds et s'assit sur le bord du lit, ravagée par l'inquiétude et la rage. « Parsonne va faire du mal à mes enfants ! Parsonne ! » Maurice et Simone étaient les deux consolations de sa vie de femme irrémédiablement pauvre qui se battait comme elle pouvait depuis toujours contre la dèche sans jamais réussir à s'en sortir, mariée à un homme qu'elle adorait et qui l'adorait, mais dont le métier de tailleur pour hommes était sous-payé, sous-estimé et même un peu ridiculisé. Ulric Côté, malgré tous ses défauts, la boisson n'en étant pas le moindre, travaillait d'arrache-pied pour nourrir convenablement sa famille, mais en ces temps de guerre où tout manquait, son métier était devenu presque inutile, la plupart des gens gardant leurs économies pour s'acheter le nécessaire au marché noir plutôt que de dépenser pour se vêtir. Simone poussa un léger gémissement et ouvrit les yeux. «J'rêvais fort!» Elle se leva debout dans le lit et se réfugia dans les bras de sa mère. «T'as pus de misère à parler, là, ma chouette?» Comme sous le choc d'un souvenir particulièrement désagréable, Simone recula en plissant le front. «Je r'tournerai jamais à l'école! Jamais!» «Voyons donc, Simone, j'ai appelé la directrice... pis a'm'a dit que tout était correct...» «C'est pas vrai! Toute est pas correct, moman! Toute est tout croche! A'l'aurait voulu que j'reste laide parce qu'on est pauvres!» Charlotte s'approcha de sa fille et, caressante, souriante, tendre, passa une main dans ses cheveux. «Pense pas à ça. Toute va s'arranger.» Simone, butée, se réfugia sous les draps en se carrant dans les oreillers. «J'vas rester icitte, pis j'vas garder ma nouvelle bouche!» Charlotte ne put s'empêcher de rire. «Ça s'rait pas mal dur de te remettre l'autre...» Simone rit à son tour. «C'est vrai, ça coûterait ben que trop cher...» Charlotte souleva le drap, prit la main de sa fille dans la sienne. «Pense pus à l'argent, Simone. C'est pas ton problème. C'est notre problème à nous autres, moé pis ton père. Toé, continue d'aller à l'école, essaye d'être bonne fille, travaille pis réussis tes examens, c'est tout c'qu'on te demande...» «Pis la directrice, elle? A' veut deux piasses après-midi, sans ça j'rentre pus jamais à l'école!» «La directrice, j'm'en charge! Essaye de dormir encore un brin. Tu retourneras pas à l'école, aujourd'hui; juste demain. Repose-toé, reste dans mon lit, pis laisse-moé faire.» Simone remonta le drap jusqu'à son menton. «J'ai presque pas vu Thérèse pis Pierrette avec tout ça!»

Le réfectoire résonnait de rires clairs et de joyeux chuchotements. Les relents qui y flottaient étaient pourtant fort déprimants : l'odeur de l'éternelle soupe « aux restes de la veille » se mêlait à celle, plus prononcée parce qu'exactement toujours la même, omniprésente, incrustée jusque dans la capine des sœurs cuisinières, du navet bouilli qui accompagnait invariablement le plat du jour. Les plus jeunes religieuses avaient d'ailleurs baptisé sœur Jeanne au Bûcher, qui veillait sur la cuisine comme une chatte sur ses petits et y régnait en maîtresse femme qu'elle était, « sœur Saint-Navet », ce qui avait l'heur d'exaspérer la pauvre cuisinière qu'on entendait souvent hurler : « J'fais cuire c'qu'on me donne à cuire ! C'est pas moi qui décide ! Si y'existait quequ'chose de moins cher que le navet, c'est ça que vous mangeriez, plaignez-vous pas ! » Mais les religieuses, tout de suite après le bénédicité que mère Benoîte des Anges disait dévotement, les yeux baissés, la main tendue au-dessus de son petit pain rond, oubliaient ce qu'elles avaient dans leurs assiettes pour se raconter leur matinée ou leur après-midi. Les cuillers tintaient au fond des bols à soupe, mais personne ne goûtait le liquide tiédasse où flottait parfois un morceau de viande gêné de se retrouver là ou une nouille trop molle qu'on avalait sans s'en rendre compte. Personne, sauf sœur Sainte-Philomène, la titulaire de Thérèse et Lucienne, dont l'une des deux grandes passions était de manger (l'autre se trouvant être le calcul) et qui engouffrait à chaque repas une double ou même une triple portion de tout sans jamais regarder autour d'elle, les yeux rivés sur la table, heureuse lorsqu'elle avait la bouche pleine au point de ne pouvoir mastiquer qu'avec difficulté et comme perdue ou déroutée lorsqu'elle avait fini un plat et que son assiette la dévisageait, vide, prête à être placée dans l'armoire sans être lavée tant la religieuse l'avait essuyée, nettoyée, polie avec son pain. On disait d'ailleurs qu'elle avait « attrapé » ses yeux globuleux et pâles comme du lait bleuté à force de chercher des restes de nourriture au fond de son assiette et certaines religieuses particulièrement naïves le croyaient. Pendant tout le repas, alors que ses compagnes racontaient les dernières frasques ou les nouvelles finesses de leurs souffre-douleur ou de leurs chouchous au milieu des commentaires acerbes et des gloussements d'appréciation, sœur Sainte-Philomène mastiquait bruyamment, rotait sans s'excuser et même, parfois... « Sœur Sainte-Philomène ! Franchement ! Une bonne chance que c'est le printemps et que les fenêtres sont ouvertes, sinon il faudrait évacuer le réfectoire ! » « La nature, c'est la nature, ma sœur ! On n'y peut rien ! Il faut laisser sortir ce qui est pas bon pour faire de la place au reste ! » Mère Benoîte des Anges avait souvent envie, tout simplement, d'assommer cette grosse femme vulgaire qu'on avait probablement acceptée dans la communauté sans connaître ce grave défaut ou parce qu'elle apportait une énorme dot (« Vous savez, les ciments Godin... ») et qu'on était obligé de cacher à la cuisine lorsqu'un visiteur venait partager le repas des religieuses. Sœur Sainte-Philomène ne se formalisait pas de cette honte dont elle aurait dû ressentir la cuisante humiliation ; au contraire, lorsqu'elle se voyait dans l'obligation de manger à la cuisine, elle en profitait pour fouiller partout et pour gratter le fond des chaudrons avec des louches en fer qu'elle maniait avec une surprenante dextérité. Un jour, mère Benoîte des Anges, par pure exaspération, avait essayé de refiler sœur Sainte-Philomène à sœur Jeanne au Bûcher mais la cuisinière avait fait une telle crise que la directrice, si forte pourtant, en avait été toute chavirée et avait fini par plier. Après les pleurs, les grincements de dents, les supplications et les menaces, sœur Sainte-Jeanne au Bûcher avait conclu par un sonore : «Qu'a' pète pis qu'a' rote en dehors de ma cuisine ! Ici, c'est propre pis ça va le rester ! Gardez la dans le réfectoire pis les mouches viendront jamais dans ma cuisine !» Mais sœur Sainte-Philomène était un extraordinaire professeur de calcul, peut-être le meilleur de la communauté, et, chose curieuse, mère Benoîte des Anges devait se battre chaque année pour la garder à l'école des Saints-Anges. Cette situation contradictoire la mettait d'ailleurs hors d'elle, car chaque été elle se voyait dans l'obligation de manœuvrer, de finauder, de courtiser pour garder ce professeur hors pair qu'elle exécrait et qu'elle méprisait, parce que toutes les écoles primaires qui étaient sous la tutelle de sa communauté se l'arrachaient tant sa réputation était grande. Sœur Sainte-Philomène, sans qu'on sût très bien comment elle s'y prenait, faisait des merveilles avec les élèves les plus épaisses et les plus nulles en calcul, les prenant à part après les classes, s'enfermant avec elles et leur expliquant chiffres, calculs et opérations avec une patience d'ange et une passion d'amoureuse transie. Ce midi-là, des poireaux dégorgeaient leur trop-plein d'eau et leur sable qui croquait sous la dent à côté d'une boulette de viande naine mais grasse, d'une couleur indéfinissable et pourtant très précise : celle de la viande cuite à feu trop doux et qui grisonne au lieu de rôtir. Mais sœur Sainte-Philomène passait déjà minutieusement son pain dans son assiette vide alors que sœur Pied-Botte, installée à côté d'elle (pour la punir, prétendait-elle), attaquait à peine la boule de viande dure qui s'effritait sous la fourchette. Sœur Sainte-Philomène était à la droite de la portière et celle-ci avait pris l'habitude de pousser sa propre assiette un peu à sa gauche, ce qui l'obligeait à se tourner dans l'autre direction pour manger. L'immense table était dressée exactement au milieu de la pièce et les vingt religieuses de l'école des Saints-Anges étaient réparties des deux côtés, les deux bouts étant réservés à la directrice et à un éventuel visiteur. On n'invitait jamais plus d'une personne à la fois et presque toujours un homme (le curé de la paroisse qui aurait voulu se voir ailleurs, l'évêque du diocèse qui offrait ce sacrifice pour ses péchés, le docteur Sanregret appelé au chevet d'une religieuse malade qui, franchement, aurait pu attendre au milieu de la nuit pour se trouver mal et lui éviter ainsi un repas infect). Aussi, lorsque sœur Sainte-Philomène parla, toutes les têtes se tournèrent-elles d'un seul coup dans sa direction tant la surprise fut grande. Sœur Sainte-Philomène, de mémoire de religieuse, n'avait jamais rien fait d'autre à table que manger et éructer ! Après avoir libéré un rot gras et profond que personne ne remarqua sauf sœur Pied-Botte qui se dit : « Ça y est, a'l'a encore volé des oignons dans'cuisine ! », sœur Sainte-Philomène leva la tête, regarda en face d'elle en direction des deux places vides que tout le monde avait remarquées mais dont personne n'avait osé parler et dit sur un ton goguenard : « Sœur Sainte-Catherine et sœur Sainte-Thérèse de l'Enfant-Jésus sont pas venues manger ? C'est drôle ça ! » Mais l'incrédulité des religieuses prit fin lorsque la titulaire de la sixième année B ajouta avec un air de convoitise qui barbouilla le foie de mère Benoîte des Anges: «Ça veut dire qu'y reste des boulettes!» Quelques religieuses baissèrent la cornette pour rire, d'autres levèrent les yeux au ciel; mère Benoîte des Anges prit une longue respiration pour ne pas exploser. C'est alors que sœur Pied-Botte posa un geste tellement étonnant qu'il allait défrayer la chronique de la communauté pour de longues années à venir et la faire entrer dans la légende: elle se leva brusquement, prit son assiette, en vida énergiquement le contenu dans celle de sœur Sainte-Philomène en s'aidant de sa propre fourchette et hurla, exaspérée: «Tiens, mange, grosse truie, mange! Pis quand t'auras fini on ira chercher les restants dans les vidanges!», après quoi elle sortit du réfectoire en faisant claquer la porte derrière elle. Sœur Sainte-Philomène n'avait même pas semblé touchée par les paroles de son ancienne grande amie, et avait attaqué la boulette à peine entamée d'une fourchette alerte et précise. Mère Benoîte des Anges trouva que la semaine commençait bien mal.

Thérèse et Pierrette se tenaient sur le pas de la porte du deuxième étage, les yeux baissés, les pieds par en dedans, Thérèse se dandinant comme toujours et Pierrette jouant avec le bord de sa jupe. Ces enfants qui pouvaient mourir de rire, exploser de joie, fulminer quand on les contrariait, pousser des colères démentielles pour un rien, se taper dessus à grands coups de livres d'école et se déchirer le linge sur le dos quand elles décidaient qu'elles n'étaient plus d'accord, devenaient ridiculement gourdes et maladroites quand venait le temps de demander des nouvelles d'une amie malade. Elles avaient attendu, pétrifiées de gêne, cinq bonnes minutes devant la porte des Côté avant de se décider à sonner. En fin de compte ce fut la faim qui les tiraillait qui les avait poussées à presser le bouton électrique. «On est quand même pas pour s'éterniser icitte, on va finir par passer en dessous de la table! Quand chus t'en retard, ma mère haït ça c't'effrayant parce que Marcel veut pas manger tant que chus pas arrivée! Envoye, sonne!» Au lieu de s'exécuter, Pierrette avait posé une de ces questions que Thérèse détestait tant parce qu'elles demandaient des réponses qu'elle ignorait la plupart du temps: «Que c'est que ça veut dire, s'éterniser, Thérèse?» Thérèse avait vivement rattaché son bas qui avait commencé à lui descendre le long de la jambe. «Eh! Que t'es fatiquante! J'pense que ça veut dire passer son éternité dans les toilettes mais j'me sus dit que ça marchait peut-être aussi pour dire rester longtemps ailleurs... L'aut'jour, mon cousin Richard, t'sais le grand niaiseux, là, ça faisait quasiment une demi-heure qu'y était dans les toilettes pis on entendait rien... Ça fait que sa mère y'a crié: "Richard, éternise-toé pas là, là, t'es t'encore trop jeune!" C'est là que j'ai appris ça... Envoye, sonne!» Lorsque la porte s'était ouverte et que madame Côté leur avait crié «Entrez!» du troisième étage, les deux fillettes étaient restées pétrifiées. Elles ne se regardaient plus, elles n'osaient pas lever la tête vers la mère de leur amie qui était pourtant gentille, et qu'elles aimaient beaucoup mais qu'elles ne connaissaient qu'à travers Simone et avec qui elles ne s'étaient jamais trouvées seules. «Vous voulez des nouvelles de Simone?» Silence. Thérèse rattachait une jarretière qui pour une fois n'était pas détachée, Pierrette tortillait le bord de sa jupe qui commençait à prendre de faux plis. Charlotte Côté sourit en secouant la tête. «Bon, ben, si vous montez pas, j'vas finir par refermer la porte, là! J'ai pas rien que ça à faire, vous attendre!» Thérèse et Pierrette se regardèrent enfin mais ne levèrent pas la tête vers elle. «Vas-tu falloir que je descende vous charcher?» Thérèse se décida la première. Elle s'engagea prudemment dans cet escalier qu'elle avait tant de fois grimpé dans un vacarme de pieds trop pesants et de cris stridents, les yeux baissés sur les marches, cette fois, comme si elle avait perdu quelque chose de précieux. Pierrette la suivit. Deux condamnés qui montent à l'échafaud. Elles passèrent devant Charlotte en examinant la pointe de leurs souliers et s'arrêtèrent net sitôt la porte franchie. «J'vous ai déjà connues plus tannantes que ça... J'vous dis que des fois j'arais donné cher pour vous voir tranquilles de même!» Charlotte laissait souvent entrer les deux amies de sa fille, surtout l'hiver, et la chambre de Simone devenait alors un terrain de jeux où poupées à découper, cahiers à colorier, crayons de cire et pinceaux mouillés envahissaient le plancher au milieu d'éclats de rires qui n'en finissaient plus et de chicanes infantiles qu'il fallait arrêter d'une menace lancée de la cuisine ou du salon. D'instinct, Thérèse et Pierrette se dirigèrent vers la chambre de Simone mais Charlotte les arrêta. «Est pas dans sa chambre, est dans la mienne.» Les deux fillettes se regardèrent, affolés. Elles ne connaissaient de cet appartement que la chambre de leur amie et le salon. La chambre de monsieur et madame Côté, elles le savaient parce que Simone le leur avait dit, était celle qui donnait dans la salle à manger. Elles avaient donc une grande partie de la maison à traverser pour retrouver leur amie. «Vous demandez même pas de ses nouvelles?» Elle leur poussait dans le dos pour les faire avancer plus vite. «Comment c'qu'a va, Simone?» Encore une fois, Thérèse avait pris l'initiative. Malgré le sérieux de la situation, Pierrette pouffa de rire. Thérèse se tourna vers elle. «Que c'est que t'as à rire de même, toé, maudite niaiseuse?» «J'trouve ta question nounoune, c'est toute! Ça sert à rien de le demander, on le sait qu'a va pas ben, est disparue de l'école aussitôt rentrée!» «T'es donc smatte, Pierrette Guérin! Que c'est que tu voulais que je dise, d'abord? "Est-tu morte?" On est venu icitte pour demander de ses nouvelles, ben j'en demande!» Dans la salle à manger, sur le bout de la table que sa mère avait dressée pour lui, Maurice mangeait stoïquement son sandwich au baloney. Lorsqu'il aperçut Pierrette, il pâlit puis rougit violemment, il avala sa bouchée tout croche et se mit à tousser en donnant des coups de poing sur la table. «Bon, je l'avais oublié, celui-là!» Pierrette gonfla les joues pour laisser échapper l'air de ses poumons, ce qui produisit un désagréable bruit de cheval qui s'ébroue. Maurice, du haut de ses quatorze ans bien sonnés, boutonneux et trop souvent cerné, la poursuivait de ses assiduités depuis de longs mois, soupirant sur son passage, glissant des billets brûlants de passion dans sa boîte aux lettres, rougissant jusqu'aux oreilles lorsqu'elle daignait jeter un regard sur lui, blêmissant de rage contenue lorsqu'elle passait devant lui en levant le nez. Pierrette avait tout d'abord été très flattée de cette marque d'intérêt mais Maurice lui avait vite tombé sur les nerfs avec ses yeux de vache pleins d'adoration béate et même franchement gourde et le jour où il avait osé lui demander un bec (c'était un samedi de mai où il pleuvait à boire debout et où les deux fillettes s'étaient réfugiées dans la chambre de Simone), elle l'avait remis à sa place en lui criant assez fort pour que sa mère l'entende : «Laissez-moé donc tranquille, toé, maudit fatiquant ! Pis garde tes becs sales pour toé ! Les grands de neuvième m'intéressent pas !» Maurice avait été puni (pas de dessert au souper) et gardait rancune à Pierrette de l'avoir ainsi évincé. Il continuait de l'adorer, cependant, mais de loin, lui souhaitant désormais autant de mal que de bien. Charlotte poussa la porte de sa chambre et jeta un coup d'œil dans la pièce. Simone dormait profondément, cette fois, calme et presque souriante. Charlotte ouvrit alors la porte toute grande mais retint les deux fillettes qu'elle sentait prêtes à se jeter sur leur amie en poussant des cris de victoire. «Faut pas la réveiller. A'l'a eu pas mal de misère à s'endormir.» Elle s'accroupit entre les deux fillettes qu'elle prit par les épaules. Elle parla très doucement, tendrement, comme lorsqu'on explique un problème particulièrement délicat à quelqu'un qu'on aime. «Simone a eu ben de la peine, les filles. C'est tout un choc, vous comprenez, de se retrouver... belle, comme ça, du jour au lendemain... pis... y'a quelqu'un, à l'école, qui a pas été fine avec elle... A'va y retourner, demain, mais j'voudrais que vous preniez ben soin d'elle, si vous pouvez. Encore plus qu'avant. Toute sa vie va changer, vous comprenez, pis y faudrait que ça soye pour le mieux... Mais... avec vous autres, chus pas inquiète...» Maurice, qui était revenu de son étouffement, éclata de rire, soudain. «Thérèse, ton bas est encore ravalé, tu vas rester vieille fille !» Sa mère se tourna vers lui d'une façon si brusque qu'il en

sursauta. «Toé, le gnochon, mange ton baloney pis farme-
toé donc, innocent!»

Sœur Sainte-Thérèse de l'Enfant-Jésus aurait
hypothéqué une partie de son âme pour voir le visage
de sœur Sainte-Catherine s'illuminer d'un sourire, fût-
il le plus triste du monde. Cette dernière avait donné ses
cours jusqu'à onze heures et demie sans trop repenser
à sa scène avec la directrice, mais sitôt la porte de sa classe
franchie, alors que les fillettes dévalaient les escaliers
en chuchotant, car crier eût été faire une grave entorse
à la discipline de l'école des Saints-Anges, elle était
tombée dans les bras de sœur Sainte-Thérèse de l'Enfant-
Jésus, incapable de retenir plus longtemps les larmes qui
lui baignaient maintenant le visage et le faisaient reluire
comme s'il avait été ciré, déclarant à son amie d'une
voix rauque: «Je ne veux pas quitter l'école des Saints-
Anges! Je ne veux pas vous quitter, Sainte-Thérèse!»
Elles s'étaient toutes les deux réfugiées dans le grand
hangar, derrière la maison des religieuses, qui abritait
les décors, les costumes et les accessoires qui allaient
permettre encore une fois aux gens de la paroisse Saint-
Stanislas-de-Kostka de faire reluire aux yeux de toute
la province de Québec leur grand amour de Dieu. La
maison des religieuses, sise rue Garnier, était une sévère
construction de brique rouge, accotée à l'école des Saints-
Anges comme pour l'épauler ou la soutenir. Une
vingtaine de femmes y vivaient en supposée parfaite har-
monie. Quelqu'un qui aurait osé pénétrer dans ce cénacle
n'aurait pas pu, à l'ordre qui régnait, à l'odeur de propre
qui imprégnait tout, aux plantes grasses honteusement

en santé qui vous jetaient à la figure leurs verts presque trop parfaits, au silence qui hantait les corridors, deviner les passions, les rivalités, les trahisons, les pactes qui étaient le ciment de cette belle maison où tout semblait tellement facile et si plaisant. Derrière chaque porte trop bien vernie à la poignée trop bien astiquée était tapi un recoin d'ombre, un pan de grisaille, parfois même un mur aveugle de désespoir que les religieuses devaient cacher sous un masque uniforme, imposé par la communauté, un visage où flottait un vague sourire, mais jamais franchement hilare ni totalement chagrin. Les sœurs les plus tristes avaient quelque difficulté à composer ce masque qui leur ressemblait si peu et les plus joyeuses, celles aux pommettes trop rouges et aux yeux scandaleusement brillants, étaient encore plus à plaindre : comment cacher, en effet, ce bonheur qu'elles avaient convoité, qu'elles avaient atteint et qu'elles étaient obligées de nier, sous ce visage commun qui aurait pu être celui de chacune de leurs compagnes autant que le leur propre et, surtout, pourquoi ? Celles qui avaient vraiment cherché et rencontré Dieu se trouvaient très souvent parmi les plus gaies, mais les règles de leur communauté exigeaient qu'elles cachent leur vraie joie sous un vernis uniformément impersonnel qui les rendait mal à l'aise parce qu'il les obligeait à tricher sans cesse. Sœur Sainte-Thérèse de l'Enfant-Jésus était de celles-là qui devaient sans répit lutter contre leur nature profonde et à qui le personnage commun n'allait absolument pas ; au fond, elle n'était qu'une enfant joyeuse, insouciante mais brillante qui avait tellement bien appris à jouer le rôle de composition de la religieuse type, qui avait tellement bien réussi à camoufler sa vraie personnalité qu'on la jugeait pâle et sotte alors qu'en fait elle était tout le contraire. Seule sœur Sainte-Catherine connaissait son rire de clochette qui s'agite dans le vent et son visage si facilement illuminé de bonheur ou de reconnaissance. Après qu'elle eut réussi à éviter la tâche de diriger la procession de la Fête-Dieu, sœur Sainte-Thérèse de l'Enfant-Jésus était malicieusement venue s'offrir comme assistante et sœur Sainte-Catherine avait deviné au fond de ses yeux une moquerie qui l'avait ravie. Elles étaient depuis devenues les amies les plus liées de l'école des Saints-Anges, ce qui n'était pas sans faire rager mère Benoîte des Anges qui avait longtemps voulu protéger sœur Sainte-Thérèse de l'Enfant-Jésus mais que celle-ci avait gentiment repoussée en se déclarant indigne de la tutelle d'une si haute autorité. Ces couples d'amies qu'on voyait à l'heure de la promenade du soir ou pendant les récréations déambuler bras dessus bras dessous n'étaient pas rares dans la communauté ; on peut même dire que chaque religieuse rêvait de rencontrer un jour cette âme sœur qui partagerait ses joies et ses déboires en l'aidant à garder l'apparence extérieure neutre qu'on exigeait d'elle. (Sœur Saint-Georges et sœur Sainte-Philomène avaient formé l'un de ces inévitables couples pendant de longues années avant l'incident de la porte d'en avant et leur rupture avait choqué autant qu'étonné tant les religieuses avaient vu leur relation avec un œil ému et quelque peu envieux.) Lorsqu'on voulait vraiment punir une religieuse, on la transférait d'école sans faire suivre sa grande amie : c'était là la condamnation la plus cruelle et la plus difficile à vivre et c'est ce qu'essayait de faire mère Benoîte des Anges en bannissant sœur Sainte-Catherine avant la fin de l'année scolaire sans lui dire où elle avait l'intention de l'envoyer. Sœur Sainte-Catherine avait évidemment tout raconté à son amie ; étonnamment, sœur Sainte-Thérèse de l'Enfant-Jésus n'avait pas semblé très secouée par la nouvelle. La peine qui se lisait sur le visage de sœur Sainte-Catherine était trop déchirante pour que sœur Sainte-Thérèse de l'Enfant-Jésus s'arrêtât à en étudier les causes ; il fallait d'abord adoucir la douleur, nettoyer les plaies et les couvrir de baume avant de s'attaquer à leur pourquoi et d'essayer d'enrayer complètement la maladie. « Si la situation n'était pas si sérieuse, je pense que je vous taquinerais, Sainte-Catherine... Vous êtes drôle, comme ça, installée dans le trône de la Sainte-Vierge... Je vous dis que vous êtes loin d'avoir l'air d'une reine... » Sœur Sainte-Catherine avait en effet pris place dans ce banc de bois massif et peu élégant, recouvert de peinture dorée écaillée par plaques, qui avait servi de trône à la fillette qui, l'année précédente, avait été choisie pour représenter la Vierge au reposoir et qui avait catégoriquement refusé de rester debout pendant des heures... « La Sainte Vierge va me pardonner d'être aussi triste dans son trône, vous savez... Qu'est-ce qu'on va faire, Sainte-Thérèse ? » Sœur Sainte-Catherine avait posé une main sur l'épaule de sœur Sainte-Thérèse de l'Enfant-Jésus qui était assise à ses pieds, sur un petit banc à trou qui avait autrefois servi à traire les vaches mais qui faisait maintenant office de prie-dieu pour un des archanges agenouillés du reposoir. « On va commencer par oublier tout ça pour cette semaine, pis on verra après. La semaine qui nous attend est trop grosse pour qu'on se fasse des drames par-dessus le marché ! Préparons une belle Fête-Dieu, la plus belle possible, consciencieusement, avec amour, puis je suis certaine qu'une récompense va nous attendre au bout! » Sœur Sainte-Catherine enviait à sa grande amie cette naïveté qui fonctionnait aux récompenses, aux indulgences, à la Grande Banque de l'Église catholique qui promettait le bonheur pour chaque bonne action posée; elle aurait, elle aussi, aimé croire que chaque bonne action est couronnée, que chaque prière est portée au crédit de votre compte en banque, que chaque sacrifice est admiré, apprécié à sa juste valeur et distingué par le Très-Haut lui-même en personne qui écoute tout, voit tout, trie, compile, tranche et règle tout personnellement. Non pas que sœur Sainte-Catherine fût une sceptique; elle croyait en Dieu, l'adorait et lui vouait sa vie, mais les moyens que prenait l'Église pour dispenser Sa parole et faire rayonner Sa bonté la gênaient souvent, l'irritaient toujours. Ainsi, cette cérémonie dont elle allait une fois de plus polir les ors, malgré qu'elle l'eût sensiblement transformée au cours des ans, la mettait encore mal à l'aise tant la crédulité des paroissiens serait encore mise à profit. « Si vous saviez comme j'ai pas le goût, cette année, de m'embarquer là-dedans... » « Pensez à la ferveur de ces enfants qui ont toujours tant de difficulté à se concentrer, qu'on chicane à l'année longue et qui nous en veulent mais qui, ce soir-là, sont rayonnantes de joie grâce à nous ! » La porte du hangar s'ouvrit brusquement et sœur Pied-Botte entra en boitillant. Elle passa sans se signer, tant sa nervosité était grande, sous l'immense dais doré qui allait couvrir le curé et son ostensoir, pendant la procession à travers les rues, les cachant partiellement à la vue des paroissiens restés sur leurs balcons et qui se plaindraient comme toujours d'avoir mal vu le bon Dieu. « Votre absence a été remarquée... M'est avis que vous allez être punies, toutes les deux... » Elle était essoufflée, rouge, gênée par la caresse de la main de sœur Sainte-Catherine sur l'épaule de son amie, n'osant y faire face franchement et laissant plutôt son regard errer sur ces objets lourds qu'il faudrait une fois de plus dépoussiérer, déplacer, transporter, rafraîchir et donner en pâture aux élèves surexcitées qui les maltraiteraient dans leur hâte de voir le reposoir terminé. « J'pense qu'on a été assez punies, sœur Saint-Georges... C'est assez comme ça... » Sœur Pied-Botte dénoua le tablier blanc qu'elle tenait à bout de bras en guise de panier. « J'vous ai apporté des fruits, des tomates pis un restant de gâteau qui risquait de sécher sur le bord de la pantray... » Sœur Sainte-Thérèse de l'Enfant-Jésus partit d'un grand éclat de rire qui résonna longuement dans le hangar sombre à l'odeur de moisi. « Que vous êtes donc fine, sœur Saint-Georges ! J'pense que j'aurais eu ben d'la misère à tenir jusqu'au souper... » La sœur portière déposa fruits et gâteau sur un autre petit banc à trou peint en rose corset pendant que sœur Sainte-Catherine s'assoyait près de son amie. « Vous ne mangez pas avec nous, sœur Saint-Georges ? » « J'sais pas si j'devrais... J'voudrais pas vous déranger dans vos préparatifs pour la Fête-Dieu... » Sœur Sainte-Thérèse de l'Enfant-Jésus tapota le plancher à côté d'elle. « Voyons donc, sœur Saint-Georges, vous nous dérangez jamais... » Rose de plaisir, la portière, malgré son pied bot qui rendait la tâche quelque peu compliquée, réussit à s'asseoir par terre elle aussi. « Vous auriez dû vous installer sur le trône... » « Non, non, non, ça fait longtemps que j'ai pas faite ça, m'asseoir à terre, comme ça... Longtemps... J'appelle pus ça longtemps, j'ai l'impression que ça fait une éternité... J'pense que j'étais p'tite fille, la dernière fois... » Elles mangèrent joyeusement au milieu des tristes costumes raidis par l'humidité, riant la bouche pleine et prenant tout de suite après des mines contrites qui faisaient naître d'autres fous rires et d'autres larmes de gaieté. Au milieu d'un éclat de rire particulièrement jouissant, sœur Saint-Georges porta sa main à sa bouche comme si elle venait de commettre une grosse faute. « J'vas peut-être me sentir coupable plus tard, mais là, j'vous dis que j'ai du fun rare ! » Lorsque le frugal repas fut terminé et que sœur Sainte-Catherine eut dit les grâces, la tristesse lui revint d'un coup et elle soupira. « Je pense que je n'ai pas le courage de m'occuper de tout ce barda-là, aujourd'hui. Remettons donc tout ça à demain... Trois jours de préparations, c'est amplement suffisant, après tout... » « Mais c'est les confessions, demain, Sainte-Cathe... j'veux dire sœur Sainte-Catherine... » Sœur Saint-Georges fit celle qui n'a rien entendu et avala son dernier quartier de pomme qu'elle mastiquait depuis une bonne minute pour en extraire tout le jus. « On fera confesser nos élèves très tôt, demain matin, sœur Sainte-Thérèse... Pour aujourd'hui, je crois que je vais prendre mon après-midi de congé, je suis vraiment trop nerveuse... » Sœur Sainte-Catherine se tourna vers sœur Saint-Georges qui vit la question venir et rougit violemment tant son bonheur était grand : « Sœur Saint-Georges, me remplaceriez-vous, dans ma classe, cet après-midi ? Je vais essayer de me reposer quelques heures... » La sœur portière se leva d'un bond sans que ses amies aient à l'aider et se dirigea sur-le-champ vers la porte du hangar. « J'vas y'aller tu-suite, moé, faut que j'alle sonner la cloche dans pas

longtemps... C'est quoi, comme cours, après-midi ? »
Sœur Sainte-Catherine ne put s'empêcher de sourire.
Sœur Saint-Georges n'était pas autorisée à enseigner,
mais il fallait quand même, c'était la moindre des choses,
flatter son amour-propre : « Faites-leur faire une composition... sur le sujet de votre choix. » Sœur Saint-
Georges ne boitait pas lorsqu'elle sortit du hangar, elle
volait.

« J'peux pas toute faire, ici-dedans, mère Benoîte des
Anges ! Vous m'avez demandé d'aller reconduire la p'tite
Côté chez elle, j'y ai été. Vous m'avez donné une commission à faire, j'ai pas eu le temps ! Pis j'ai trouvé personne pour le faire à ma place... Mallez-la, c'te lettre-là,
a' va finir par se rendre pareil, vous savez ! » Le vacarme
des rires et des cris des six cents fillettes qui commençaient à brûler les calories de leur repas du midi
obligeait sœur Saint-Georges à parler fort, à articuler en
grimaçant. Elle n'avait jamais parlé à sa supérieure sur
ce ton ; cette dernière se demanda ce qui s'était produit
chez cette pauvre vieille infirme pour la rendre ainsi
nerveuse, impatiente, visiblement anxieuse de s'éloigner,
elle habituellement trop collante à son goût. (Mère
Benoîte des Anges appréciait fort le travail de subalterne
que sœur Saint-Georges abattait si bien, mais les défauts
de la portière commençaient à lui peser. La supérieure
considérait sœur Saint-Georges comme l'un de ces êtres
qui marchent droit tant qu'on tient les laisses bien en
main, mais qui se mettent à caracoler dès qu'on leur laisse
un peu de liberté, alors qu'en fait la portière était une
émotive qui fonctionnait à l'affection, aux attentions, sous

son masque d'éternelle bougonneuse.) « Je vous avais pourtant dit que ce message était urgent ! » Mère Benoîte des Anges avait cueilli sœur Saint-Georges alors que cette dernière sortait, radieuse, du hangar qui empiétait quelque peu sur le terrain de jeu de l'école des Saints-Anges. Sœur Saint-Georges avait semblé très ennuyée de cette rencontre fortuite et avait tout de suite pris cet air mi-rusé, mi-coupable qui choquait tant la directrice. « C'est la deuxième fois que je vous prends en faute en trois quarts d'heure, sœur Saint-Georges ! » La portière baissa les yeux. Soupira. « Suivez-moi dans mon bureau, nous finirons de nous expliquer entre quatre murs plutôt qu'ici ! » Mère Benoîte des Anges était assez éloignée du hangar lorsqu'elle se rendit compte que sœur Pied-Botte ne la suivait pas. « Sœur Saint-Georges ! » Quelques fillettes tournèrent la tête et la directrice dut revenir vers son assistante pour éviter de hausser la voix. « Ma parole, sœur Saint-Georges, vous me désobéissez encore ! » L'interpellée se racla la gorge, avala bruyamment avant de lui répondre. « C'est parce que... voyez-vous... sœur Sainte-Catherine m'a demandé de la remplacer, après-midi... » Mère Benoîte des Anges accusa le coup sans broncher. Elle connaissait la grande passion de sœur Saint-Georges pour ces demi-journées bénies où la portière pouvait se prendre pour un professeur, trônant sur son estrade comme une reine, le menton levé, la cornette agressive, le ton péremptoire et ridicule. Demander à sœur Saint-Georges de remplacer une titulaire malade était lui faire un cadeau sans prix et la supérieure ne se sentit pas le courage de le lui retirer ; tout allait vraiment trop mal sans qu'elle se mît en plus cette assistante à dos ! La directrice se demanda même si sœur Sainte-Catherine n'avait pas fait exprès de demander à sœur Saint-Georges de la remplacer, empêchant ainsi la lettre de se rendre. «Sœur Sainte-Catherine ne connaît pas l'existence de cette lettre... Si je deviens paranoïaque par-dessus le marché, nous ne verrons jamais la fin de cette histoire...» Elle se trouvait dans une situation très délicate : elle ne voulait pas punir sœur Saint-Georges en la privant d'un après midi de ourveillance (elle avait d'ailleurs déjà renoncé à la châtier pour avoir quitté la table sans permission, comprenant son mouvement d'humeur contre sœur Sainte-Philomène, appréciant même beaucoup son geste), mais elle voulait que cette lettre se rende le jour même à la maison mère ; elle voulait sévir contre la trop intelligente sœur Sainte-Catherine mais sans toutefois causer d'esclandre avant la Fête-Dieu. «C'est pourtant mon autorité qui est en jeu ! Je mollis, en vieillissant... Où est ma belle assurance d'antan !» Sa confiance en elle lui revint comme un coup de fouet ; elle prit sa décision en moins de trois secondes. «Sœur Saint-Georges, cette lettre doit être livrée immédiatement ! Sonnez votre cloche et allez-y !» Elle tourna les talons aussitôt sa phrase terminée. Elle était à peine entrée dans l'école que la porte du hangar s'ouvrit derrière sœur Saint-Georges qui était restée figée sur place. Sœur Sainte-Catherine se glissa à côté de la portière, lui posa une main sur le bras. «Donnez-moi la lettre, sœur Saint-Georges.»

Chaque jour, sœur Sainte-Philomène avait son gros coup de pompe entre une heure et demie et deux heures de l'après-midi. Elle mangeait trop, trop vite et digérait mal ; aussi, une heure après chaque repas, ses brûlures d'estomac commençaient-elles à la tenailler et la voyait-on sortir ses petites pilules blanches, les croquer à la hâte et en attendre l'effet bienfaisant, les yeux fermés, concentrée sur la douleur qu'elle voulait mater et dont elle suivait, seconde après seconde, la régression. Quelques minutes plus tard, l'envie de dormir, un besoin impérieux, indomptable, qui lui fermait les yeux et lui faisait cogner des clous au beau milieu du premier cours, la prenait pendant que les fillettes de sa classe en profitaient pour chuchoter, rire, passer des remarques à voix haute, se lever, changer de place, chahuter, se passer des notes, chanter en chœur et même se tirailler un peu (les deux plus grandes élèves de la sixième année B, Claudette et Ginette Latour, des jumelles identiques qui s'amusaient souvent à se faire passer l'une pour l'autre, étaient des tirailleuses invétérées qui profitaient de la moindre occasion pour se tirer les couettes, se gifler, se griffer, se taper dessus avec un évident plaisir et s'invectiver de la pire façon avec un cœur et un vocabulaire à faire dresser les cheveux sur la tête). Lucienne Boileau profitait souvent du tohu-bohu pour s'approcher de Thérèse, faisant miroiter des sujets de conversation qu'elle trouvait passionnants mais que Thérèse jugeait ennuyants à mourir, lui faisant cadeau de ses plus belles pommes ou d'une palette de gomme balloune qu'elle avait gardée exprès, lui offrant même de corriger sa rédaction (alors que Thérèse lui était de beaucoup supérieure en composition et se trouvait humiliée de cette insultante proposition), manquant son coup chaque fois parce que Thérèse ne voulait rien savoir d'elle mais recommençant courageusement ses avances et ses compliments tant son désir de s'intégrer à « Thérèse pis Pierrette » était cuisant. Sous les rebuffades de sa compagne de classe, elle retournait chaque fois à sa place, piteuse, prenait un livre, y plongeait la tête en attendant que sœur Sainte-Philomène se réveille ou que Louise Bérubé se mette à chanter le *Ô Canada* pour annoncer un quelconque danger. Louise Bérubé, une bonne grosse fille rougeaude que tout le monde aimait et pour qui tout n'était que farce et matière à rire, occupait le pupitre le plus près de la porte, celui dit « de la petite portière », car celle qui en héritait devait ouvrir la porte à tout visiteur qui se présentait. Lorsque le chahut devenait trop fort, elle partait se poster à la porte de la classe en éclaireur et on était sûr qu'elle allait se mettre à beugler le *Ô Canada* si quelque passante, la directrice ou un autre professeur et même une élève de l'école trop zélée (tout le monde savait, par exemple, que les grandes de neuvième étaient toutes des vendues et des donneuses) approchait un peu trop de leur local. Quand le signal s'élevait dans la classe, le free for all le plus échevelé pouvait se défaire en quelques secondes à peine et un silence studieux, suspect parce qu'aucune classe ne pouvait humainement être aussi calme, s'installait dans la pièce. Les fillettes ne se trouvaient pas nécessairement assises à leurs places, mais elles étaient assises ; elles n'étaient pas forcément penchées sur leurs propres livres et ne barbouillaient peut-être pas leurs propres notes, mais elles étaient concentrées et sérieuses. Ce jour-là, le coup de pompe de sœur Sainte-Philomène se produisit si brusquement et la titulaire s'endormit si rapidement que Louise Bérubé ne put s'empêcher de crier : « Ça y est, est morte ! Envoyez pas de fleurs, envoyez des chocolats ! » Le nez de la religieuse s'était réfugié dans le creux de son épaule comme si elle avait été un énorme oiseau et ses doux ronflements montaient dans la classe, réguliers, benoîts. Lucienne Boileau quitta aussitôt sa place et se dirigea vers Thérèse qui riait encore de la farce de Louise Bérubé. « As-tu vu Bec-de-Lièvre ? » Thérèse et Pierrette étaient revenues très tard à l'école et Lucienne, frustrée, n'avait pas pu les questionner sur la mystérieuse disparition de leur amie. Thérèse tourna lentement la tête vers Lucienne qui suçotait un bonbon clair et parla sur un ton neutre comme si la grosse fillette lui avait demandé un renseignement. « Bec-de-Lièvre ? Qui, ça, Bec-de-Lièvre ? J'connais pas de Bec-de-Lièvre... Vous avez dû vous tromper de numéro... » Puis elle se replongea dans son problème où il était question de deux trains qui partent l'un de Montréal, l'autre de Québec, à sept heures trente du matin, qui voyagent à une vitesse de soixante-quinze milles à l'heure et dont on voulait trouver l'heure de point de rencontre si on tenait compte qu'ils avaient cent quatre-vingt-dix milles à parcourir. Lucienne encaissa l'insulte, hésita quelques secondes puis décida de reformuler sa question. « As-tu eu des nouvelles de Simone ? » Cette fois Thérèse ne prit même pas la peine de lever le nez de sa copie. « Simone ? » Le vacarme se faisait de plus en plus fort autour d'elles, aussi Lucienne haussa-t-elle un peu le ton. « Viens pas me dire que tu connais pas Simone ! » « Ça dépend quelle Simone. Y'a Simone Guérard pis Simone Côté... » « Simone Côté, tu le sais ben ! Niaise-moé pas, là, c'est pas le temps ! Est-tu malade ? » « C'est-tu ta sœur ? » « Ma sœur ? Ben non, c'est pas ma sœur, épaisse ! » « C'est-tu ta cousine ? » « Thérèse, arrête donc de me faire marcher pis réponds-

moé, bon!» «J't'ai demandé si c'était ta cousine...»
«Non, c'est pas ma cousine!» «C'est-tu ton amie?»
Lucienne hésita à peine un quart de seconde avant de
répondre mais Thérèse apprécia fort ce petit flottement
qui en disait si long. «Oui, c'est mon amie! Pis j'veux
avoir de ses nouvelles!» Thérèse déposa lentement sa
plume, se glissa hors de son pupitre, se leva, regarda enfin
Lucienne dans les yeux. «Simone, c'est pas ton amie.
C'est la mienne. Simone, a' veut rien savoir de toé, pis
moé non plus. Pour toé, Simone est morte, ça fait que
qu'est-ce que ça peut te faire de savoir si est malade ou
ben donc si a' va ben?» Thérèse se pencha sur Lucienne
qui avait commencé à rougir violemment. «J't'ai manquée, à matin, Lucienne Boileau, j't'ai pas trop poquée
parce que j'ai pas eu le temps, mais si tu retournes pas
tu-suite à ta place tu vas retontir chez vous la yeule en
sang pis les couettes raccourcies de deux pouces! Par
le haut! J'suppose que tu fais encore la police pour mère
Dragon du Yable, maudite donneuse de chums!»
L'affront était vraiment trop grand; Lucienne se mit à
pleurer. Thérèse se rassit sans s'occuper d'elle. «J'fais
toute pour être fine, pis tu m'accuses tout le temps de
vous vendre, c'est pas juste!» Ne recevant aucune
réponse, Lucienne se détourna, marcha en titubant vers
son pupitre, les joues mouillées, le cœur comme une
patate. Louise Bérubé ayant attaqué le *Ô Canada* d'une
voix nasillarde qui fit rire quelques filles mais qui produisit quand même son effet, les fillettes se mirent à courir
vers leurs places ou usurpèrent celle d'une autre qui se
vit dans l'obligation de s'asseoir où elle pouvait et
l'inévitable jeu de la chaise musicale commença pour
se terminer par la course effrénée de Claudette Latour,

l'une des jumelles, qui eut à encercler complètement la classe avant de se trouver un trou. Louise Bérubé resta debout à côté de la porte. « Y'avait parsonne. J'voulais juste savoir si mon régiment de vaches maigres était encore en forme. » De toutes les boulettes de papier qu'elle reçut sur la tête, une seule comportait la bonne réponse au problème des deux trains Montréal-Québec : celle de Thérèse.

Sœur Sainte-Catherine avait un long chemin à faire. Elle était allée prendre l'autobus numéro 27 au coin du boulevard Saint-Joseph et de la rue de Laroche pour éviter les regards indiscrets. Elle avait attendu, la lettre serrée contre sa poitrine, l'angoisse lui nouant la gorge, le cœur défaillant, car selon les règles de la communauté, elle n'avait pas le droit de se promener dans le monde seule. Il aurait donc fallu qu'une autre religieuse l'accompagne mais qui aurait accepté de voyager avec une renégate qui quitte son école au beau milieu de l'après-midi, sans permission, pour aller livrer une lettre qui contient sa propre condamnation ? Sœur Sainte-Thérèse de l'Enfant-Jésus aurait accepté mais sœur Sainte-Catherine ne voulait pas la mêler plus qu'il ne le fallait à cette histoire sordide qu'elle avait décidé d'aller régler elle-même au risque de tout perdre. Mais maintenant qu'elle était bien installée dans la banquette de rotin qui piquait le dos aux endroits où les fibres avaient cédé, une partie d'elle-même se félicitait de ce voyage en autobus et en tramway qu'elle venait d'entreprendre, de cette quasi-liberté qui lui permettait d'éviter de réciter l'inévitable chapelet en n'adressant la parole qu'à sa compagne, de cette aventure rocambolesque beaucoup plus digne d'un roman-feuilleton que de la vie d'une religieuse qui se respecte. Elle avait peur de ce qui l'attendait au bout, mais appréciait grandement cette entorse à la vie monotone qui lui permettait de regarder, par la fenêtre qu'elle avait ouverte toute grande, les maisons cossues du boulevard Saint-Joseph, les belles pièces de gazon et de fleurs qui coupaient l'asphalte en deux et faisaient comme un jardin au milieu de la rue, les rares passants qui couraient à leurs occupations sans se douter qu'on les épiait, les feuilles neuves d'un vert si tendre, immobiles dans le calme du printemps avancé et à travers lesquelles on pouvait lire l'humeur du soleil. Un petit vent de liberté soufflait sur son âme et sœur Sainte-Catherine se surprit à sourire malgré le dramatique de sa situation. Elle avait pris sa décision très rapidement, sans réfléchir, se fiant à son intuition : elle irait elle-même déposer la lettre de mère Benoîte des Anges sur le bureau de la supérieure ; elle se mettrait à genoux devant cette vieille femme si sage et si respectueuse, pour lui raconter sa version des faits ; elle accepterait les blâmes, les menaces, les punitions, même, mais elle supplierait qu'on ne la sépare pas de cette école qu'elle avait appris à aimer, de cette paroisse où elle était heureuse, de sœur Sainte-Thérèse de l'Enfant-Jésus, si on l'y poussait, de ce qui les liait et qu'elle ne voulait perdre sous aucun prétexte. Elle savait bien qu'entre une directrice d'école et une titulaire de sixième année le choix ne serait pas difficile, mais elle tenait absolument à faire valoir son interprétation des faits, à discuter de ses droits, à laver son honneur de la boue que mère Benoîte des Anges n'avait sûrement pas évité d'éclabousser. Elle espérait que la mère supérieure apprécierait la franchise de sa démarche, qu'elle daignerait l'écouter jusqu'au bout, qu'elle comprendrait enfin qu'elle n'était pas aussi noire que sa directrice l'avait dépeinte et que la vérité se situait quelque part entre cette missive humiliante et sa propre version à elle qui ne serait pas, elle non plus, elle le savait bien, exempte d'exagération teintée de mauvaise foi. Sœur Sainte-Catherine descendit de l'autobus au coin de l'avenue du Parc, traversa le boulevard Saint-Joseph et se posta à l'arrêt du tramway 80 qui la conduirait dans le nord de la ville. Elle était seule. Cette pensée la frappa encore une fois. Elle avait de la peine à le croire. Ce petit goût de liberté qu'elle avait commencé à savourer dans l'autobus lui montait à la tête et elle se sentait légère, presque enivrée. Elle avait envie de danser, d'esquisser sur le trottoir quelques pas gênés, de dire bonjour aux passants taciturnes qu'elle aurait voulu voir sourire. Elle courait peut-être à sa perte, mais elle y allait d'un cœur léger! Le tramway 80 arriva en brinquebalant, s'arrêta dans un bruit de métal rouillé en crachant sa pluie d'étincelles. «Vous êtes orpheline, aujourd'hui, ma sœur?» Le poinçonneur prit sa correspondance, l'examina longuement, un sourire narquois au coin de la bouche. «J'vous trust pas, vous autres, les sœurs! Vous seriez ben capable d'essayer de me refiler un transfert de la semaine passée, j'vous connais!» Sœur Sainte-Catherine rit de bon cœur et resta debout à côté de lui. Un vieux monsieur lui offrit sa place en soulevant son chapeau mais elle refusa en souriant, déclarant qu'elle préférait rester où elle était. Insulté, le vieux monsieur se rassit en maugréant. Le poinçonneur se pencha alors vers la religieuse. «Êtes-vous une vraie sœur?» «Pourquoi me demandez-vous ça ? » « J'ai jamais vu une sœur refuser une place dans un p'tit char ! Au contraire, d'habetude y vont se planter dret devant les hommes pour les obliger à se lever... » « Je ne suis pas fatiguée... » Le poinçon-neur montra la lettre que sœur Sainte-Catherine tenait toujours serrée contre elle. « Vous êtes une sœur facteur ? » Sœur Sainte-Catherine éclata de rire. « Oui, c'est ça, c'est moi qui livre le courrier urgent... » « C'est pour ça quo vous êtes tu-seule ? » « Oui, c'est pour ça. » Au coin de la rue Fairmount, sœur Sainte-Catherine se surprit à écouter le bruit que faisait le moteur lorsque le tramway s'arrêtait pour prendre des passagers. Ces deux notes rapprochées qui se répétaient à l'infini réveillèrent en elle de grands pans de son enfance, des souvenirs clairs et vifs de cette époque où, presque chaque après-midi d'été, sa mère, lorsqu'elle avait fini son ouvrage et que quelques heures de flânerie s'offraient à elle, prenait la petite Catherine par la main et lui disait : « Viens, on va aller faire un beau tour de p'tit char ! » En effet, la mère de sœur Sainte-Catherine avait été ce que son père appelait « une maniaque des p'tits chars ». Pendant des années elle avait sillonné les grandes artères de Montréal, de Saint-Henri à Repentigny, du boulevard Gouin à la rue Notre-Dame, hantant les tramways jaunes à un seul conducteur dont la tâche était énorme : faire payer les passagers, poinçonner les correspondances, remettre sur la bonne route les clients perdus, conduire son véhicule, descendre aux coins de rues où sa machine devait tourner et triturer les rails avec une longue perche de métal ; ceux, vert olive et plus gros, dans lesquels il fallait grimper par la porte arrière et qu'un poinçonneur, important dans sa petite cage de bois, remplissait de ses :

«Poussez pas, y'a d'la place pour tout le monde» ou bien: «Dégagez la porte, y'en a qui veulent descendre!»; et même le p'tit char doré qui faisait le tour de la ville pour cinquante cents et qu'on saluait toujours de la main lorsqu'il passait, clinquant et propre, devant les églises en faisant entendre sa légère clochette. Souvent, lorsque le tramway était immobilisé au coin d'une rue, sa mère lui disait: «Écoute... Écoute, le moteur... Sais-tu c'qu'y dit? Écoute comme faut, pis tu vas l'entendre... Y dit: "Des pois, des pois, des pois, des pois, des pois, des pois, des pois." Entends-tu, là? Quand y marche y le dit pas, mais quand y'arrête, y demande des pois!» Sœur Sainte-Catherine s'appuya contre la grande vitre derrière le tramway. «Des pois, des pois, des pois...» Le poinçonneur la regarda d'un œil suspect. «Vous me parlez?» Sœur Sainte-Catherine porta une main à sa bouche. «J'ai parlé fort?» «Vous êtes pas une sœur ordinaire, vous!» Au coin de la rue Bernard, sœur Sainte-Catherine dit au revoir au poinçonneur et descendit de la machine. Elle était presque arrivée à destination; un serrement de cœur la prit. Mais ce souvenir de sa mère qu'elle avait tant vénérée lui avait redonné confiance et c'est d'un pas alerte qu'elle se dirigea vers la maison mère.

Charlotte Côté était arrivée à l'école des Saints-Anges au bras du docteur Sanregret qui avait abandonné ses clients dans sa salle d'attente pour l'accompagner. C'était un homme voûté qui avait été beau, mais que les misères du monde avaient usé avant le temps, creusant ses joues, barrant son front de rides indélébiles et répandant dans son regard une lueur indéfinissable qui témoignait des horreurs que ses longues années de pratique lui avaient imposées. Le docteur Sanregret avait souvent dit à Ti-lou, sa voisine, à l'époque où, par pure pitié, il lui livrait à domicile ses «pilules de bonheur»: «Les maladies de pauvres, c'est des maladies de la pauvreté; les maladies de pauvres, c'est des maladies laides qui s'attaquent honteusement à du monde faible, ignorant, sans défense, les maladies de pauvres, ça donne envie d'aller se cacher parce que la négligence, pis l'ignorance, pis la maladresse, ça se guérit malheureusement pas avec des remèdes.» Lorsqu'il avait vu Charlotte Côté faire irruption dans son bureau sans frapper, le souffle court, les larmes lui coulant dans le cou, il avait tout de suite compris que Simone était en cause, que quelque chose était arrivé à l'école, mais jamais il n'aurait deviné que la directrice de l'école, cette mère Benoîte des Anges dont il se méfiait tant parce qu'il sentait qu'elle pouvait être dangereuse derrière ses onctueuses civilités et ses faux airs de grosse femme généreuse, était la racine même du problème. Il savait que les élèves de la classe de Simone ne laisseraient pas passer un tel changement chez l'une de leurs compagnes sans pousser quelques remarques de leur façon, flatteuses ou dévastatrices, mais jamais il n'aurait pensé qu'une directrice d'école irait jusqu'à discuter la pertinence d'une petite intervention chirurgicale, pour une question d'argent. Aussi avait-il réagi d'une façon très agressive au récit de Charlotte Côté. Il s'était levé d'un bond, avait pris son chapeau qui ne le quittait jamais lorsqu'il sortait, même pendant les jours les plus humides de l'été, avait pris Charlotte par le bras et lui avait dit: «Allons régler tout ça tout de suite, madame Côté. Cette vieille chèvre ne s'en tirera pas comme ça, c'est moi qui vous le dis ! » Le bureau du docteur Sanregret étant situé tout près de l'école des Saints-Anges, ils n'avaient qu'une centaine de pas à faire pour s'y rendre. Ils avaient traversé la rue de Lanaudière presque en courant, Charlotte Côté répétant sans cesse : « Manquez-la pas, docteur, manquez-la pas ! », le vieil homme se contentant de grogner en mordillant sa cigarette éteinte. Mais le docteur avait ralenti le pas et avait même fini par s'arrêter devant l'escalier de ciment. « Reprenez votre souffle, madame Côté, y faut pas que ça paraisse que vous êtes nerveuse. Avec c'te monde-là, y faut cacher ses émotions. » Charlotte avait pris quelques longues respirations, espérant contrôler les battements de son cœur qu'elle sentait cogner dans sa poitrine. Avant de commencer à monter les marches, le docteur Sanregret avait passé un commentaire qui avait étonné Charlotte. « La comédie est pas encore commencée, à c'que j'peux voir... » « La comédie ! Quelle comédie ? » « Le reposoir, madame Côté. D'habitude, y commencent à le monter le lundi après-midi. » En posant le pied sur la première marche, Charlotte Côté avait revu les anges qui faisaient sa joie chaque année ; les robes de coton roses, vertes, bleues, le trône doré, la vierge qui changeait de visage, tantôt boutonneuse et obèse, tantôt nerveuse et sèche, parfois, mais rarement, belle comme le jour, comme la vraie, et elle avait pensé qu'il était bien dommage qu'un aussi beau reposoir cache le vrai visage d'une école où l'injustice avait toujours régné. Ils avaient sonné plusieurs fois avant que le docteur ne s'aperçoive que la porte n'était pas barrée. Il en avait d'ailleurs été fort étonné. « Sœur Saint-Georges est pas là, aujourd'hui ! C'est pourtant une femme avec une santé de fer ! » Ils avaient monté les quelques marches, à l'intérieur du portique, qui menaient au palier où étaient situés le bureau de la portière et celui de la directrice. Le bureau de sœur Saint-Georges était vide. « Nous allons être obligés de nous adresser directement à la directrice. » « Tant mieux. J'aime mieux ça. C'est moins compliqué. » Charlotte avait senti à ce moment-là l'agressivité lui grimper le long de la colonne vertébrale, un picotement presque agréable lui parcourir le dos et lorsqu'elle regardait dans la direction de la porte du bureau de mère Benoîte des Anges, son cœur, loin de se calmer, s'énervait de plus belle, mais d'une façon qu'elle ne détestait pas du tout. Elle avait envie de se précipiter sur la porte, d'entrer dans le bureau sans frapper comme elle l'avait fait chez le docteur et de sauter sur la grosse religieuse en la couvrant d'injures et de crachats. Mais le docteur avait posé une main sur son bras et Charlotte avait compris qu'il fallait être posée, calme, dure, froide, articulée, exactement le contraire de sa nature profonde. Le docteur avait frappé trois petits coups secs et un brusque « Entrez ! » avait suivi presque immédiatement. Le vieil homme était entré doucement dans le bureau. Charlotte était restée sur le pas de la porte. Et le flot de paroles qui avait suivi était sorti d'elle sans qu'elle s'en rende vraiment compte. Elle n'avait pas mis un seul pied dans le bureau de la directrice comme si elle avait craint de se salir mais toutes ses frustrations, ses peurs, ses souvenirs de nuits blanches passées à ressasser les reproches que des religieuses trop sévères lui avaient faits sans calculer le mal qu'elles pouvaient provoquer ; toutes ces années de retenues, de par cœur, d'impuretés supposées et débusquées là où elles n'étaient pas, de soupçons, d'accusations, de larmes d'impuissance, de rage contenue sortirent par sa bouche d'un seul souffle comme une dentelle de mots malades, un ruban de phrases sans fin, vert comme la rancœur et mouillé de bile. Cette hémorragie de reproches, cette condamnation sans appel fut livrée du pas de la porte à voix presque blanche et sur un ton égal, sans passion. Et mère Benoîte des Anges la reçut bouche bée, comme on reçoit un coup de grâce qu'on n'attendait pas et qui vient d'une direction imprévue. « Vous avez pas honte ! Ça vous gêne pas, des fois, d'être bête de même ! Quand vous vous couchez, le soir, pis que vous repassez votre journée dans votre tête comme vous nous l'avez toujours montré, vous autres, les sœurs, vous rougissez pas, des fois ; vous devenez pas bleue ! Toutes les punitions que vous avez distribuées pis toutes les humiliations que vous avez faite subir vous étouffent pas ! Ça a donc pas changé ici-dedans ! Vous vous défrustrez toujours sur des pauvres enfants qui peuvent pas se défendre pis qui se fient sur vous pour leur montrer à vivre ! Vous avez toujours le crucifix d'une main pis la règle de bois de l'autre ! Tant qu'à y être, ça vous a jamais passé par la tête que vous pourriez varger à deux mains avec le crucifix, ça ferait ben plus mal ! C'est-tu parce que vous êtes pas encore rendues là ou ben donc si c'est encore l'hypocrisie qui vous retient ? J'ai passé sept ans, icitte, y'a pas si longtemps, pis le souvenir que j'en ai, au lieu d'être beau parce qu'une enfance ça devrait être beau, y me semble, le souvenir que j'en ai est mauvais, pis sale, pis tout croche à cause de folles comme vous qui comprennent rien aux enfants pis qui essayent d'en faire des marionnettes au lieu d'en faire des femmes ! Ah, j'en ai connu des sœurs qui étaient correctes, des sœurs fines, pis douces, pis qui nous aimaient mais les sœurs comme vous me les ont faite oublier pis quand je pense à l'école des Saints-Anges, j'vois un tableau noir avec mon nom écrit dessus, en haut de la liste des retenues ! Quand on a le malheur de pas être une première de classe pis une liche-cuse qui s'arrange pour être chouchou, on est condamnée à avoir des mauvais souvenirs de l'école parce que y'a rien que les liche-cuses pis les chouchous qui comptent pour vous autres ! C'est pas des farces, quand mon enfant, ma fille que j'aime plus que toute au monde pis que j'veux voir grandir comme un être normal, a eu l'âge de rentrer icitte, j'ai eu peur de l'envoyer ! Mais j'avais pas d'argent pour l'envoyer dans une école privée pis on m'a dit que l'école des Saints-Anges avait ben changé depuis quinze ans, que c'était moins sévère pis que les filles étaient plus respectées que dans mon temps, mais on m'avait pas parlé de vous, mère Benoîte des Anges ! Savez-vous qu'une mentale comme vous peut gâcher la réputation d'une communauté complète ! Vous êtes responsable de la réputation de votre école, faites donc attention, maudite marde ! Comment osez-vous exiger deux piasses d'une petite fille qui a jamais rien vu de plus gros que des dix cennes pis des vingt-cinq cennes ! Ma fille vient de subir un choc, ma sœur, un gros choc ; ma fille vient de se rendre compte qu'a' peut être belle, oui, belle, même si vous aimez pas ce mot-là j'vas vous le répéter pareil : belle ! Ma fille va-t-être une belle femme pis j'espère qu'a' va se trouver un beau mari pis qu'y vont faire des beaux enfants, maudit verrat ! Ça fait que je veux pas que vous veniez y gâcher son plaisir de se découvrir avec des crises comme à matin !

J'veux pus que vous adressiez la parole à mon enfant, comprenez-vous? Vous avez pas d'affaire à elle, vous êtes juste la directrice de l'école pis a'l'a un professeur qui la comprend très bien! Parlez-y pas, occupez-vous-en pas, pis regardez-la pus si ça vous dérange qu'a' devienne belle! Pis les deux piasses que je vous dois, vous les aurez pas! Vous les aurez pas parce que j'les ai pas! Simone va être icitte demain matin, a'l'aura pas son deux piasses pis vous allez la laisser rentrer dans sa classe pareil sinon j'vas revenir pis c'est pas rien que des bêtises que vous allez recevoir par la tête! Si les autres parents sont trop pissous pour agir, moé j'ai pas peur pis faites attention à votre cornette! J'me sus toujours demandé si les sœurs avaient des cheveux pis j'pourrais ben aller vérifier par moé-même! Pis si jamais vous avez encore à parler d'argent, appelez-moé directement pis j'vas me faire un plaisir de vous dire moé-même que j'en ai pas! Ça m'humilie pus, moé, chus t'habituée mais Simone a pas encore réalisé à quel point on était pauvres pis j'espère que ça va arriver le plus tard possible! A'manque de rien, c't'enfant-là, parce que moé pis mon mari ça nous fait rien de nous priver pour qu'a' sache pas tu-suite qu'on est pauvres, mais on se privera certainement pas de l'essentiel pour l'abonner à *l'Estudiante*! Pour du monde riche comme vous autres, qui fréquente les curés pis les avocats, je le sais que c'est pas gros, deux piasses, mais pour nous autres, deux piasses, c'est ben des pintes de lait pis ben des tranches de pain! Si vous êtes capable de cacher votre charité chrétienne en dessous de votre mouchoir, vous êtes capable de vous passer de deux piasses, ma sœur! C'est des femmes comme vous qui font que nos enfants sont pas belles! Vous êtes pourtant là pour nous montrer le chemin ! Pour que c'est faire qu'y faut toujours que le chemin que vous nous montrez soye celui de l'humiliation ! Pourquoi vous nous donnez pas confiance en nous autres au lieu de toujours nous rabaisser ? Ben rabaissez pas ma fille, a'l'a assez de misère de même à se redresser ! On va tout faire, sa titulaire pis moé, pour y faire finir son année scolaire comme du monde ! J'vous laisserai certainement pas le plaisir d'y faire redoubler sa sixième ! Pis fermez votre bouche, la bave va finir par vous couler sur le menton ! » Lorsqu'il avait entendu les pas de Charlotte Côté dans l'escalier, le docteur Sanregret avait rouvert les yeux qu'il avait tenus fermés pour ne pas éclater de rire tant le visage de mère Benoîte des Anges était comique à voir. Il était ensuite sorti du bureau sans prononcer un seul mot, refermant doucement la porte derrière lui. Charlotte Côté était assise dans les dernières marches de l'escalier de ciment et le docteur avait tout d'abord cru qu'elle pleurait, car ses épaules étaient agitées de soubresauts assez violents, mais en s'approchant il s'était rendu compte qu'elle riait d'un rire franc, heureux, qui jaillissait comme une fontaine, se répandait dans le boulevard Saint-Joseph en notes claires qui tintaient dans l'air immobile. « C'est le plus beau jour de ma vie, docteur ! J'comprends pas pourquoi j'ai pas faite ça avant, j'en avais tellement de besoin ! » Puis, pensant aux raisons qui l'avaient amenée jusque-là, au mal qui se trouvait au cœur de son grand soulagement, elle se tut, essuya les larmes qui lui coulaient le long des joues en soupirant, se leva. « Mais j'arais aimé mieux garder tout ça pogné dans ma gorge plutôt que de voir Simone dans l'état ousqu'a'l'est ! »

La supérieure jouait avec la croix de métal et de bois qui lui pendait sur la poitrine. Elle possédait les mains les plus célèbres de toute la communauté ; on parlait de leur finesse, de leur délicatesse, de leur blancheur avec ferveur, on les prétendait guérisseuses ou tout au moins consolatrices et mère Notre-Dame du Rosaire savait en tirer profit. Non pas qu'elle fût hypocrite ou fourbe mais lorsqu'elle se trouvait dans une situation délicate comme celle qu'elle traversait actuellement, la fascination qu'exerçaient ses mains sur les autres religieuses s'avérait fort utile. Mais, curieusement, sœur Sainte-Catherine ne sembla pas remarquer le geste de sa supérieure et mère Notre-Dame du Rosaire s'en trouva quelque peu décontenancée. Sœur Sainte-Catherine continuait de la dévisager sans sourciller, attendant avec une évidente anxiété cette réponse qui tardait tant à venir. Mère Notre-Dame du Rosaire avait toujours beaucoup apprécié sœur Sainte-Catherine, une affection toute maternelle la liait même à la jeune religieuse et la lettre qu'elle venait de lire avec ses débordements presque dantesques et dans laquelle le mot sorcière n'apparaissait pas moins qu'à quatre reprises la plongeait dans une profonde perplexité : ou bien la personne qui se tenait debout devant elle et qui avait refusé de s'asseoir pendant qu'elle lisait était un ange de patience et de mansuétude et la lettre qu'elle tenait à la main un tissu de mensonges, œuvre d'une folle en pleine crise de paranoïa, ou bien mère Benoîte des Anges avait raison et sœur Sainte-Catherine, comme elle le disait si clairement, était « un être vil qui fait tout pour nous perdre et qu'il faut absolument bloquer dans son désir de servir les œuvres et les pompes de son Maître, le Démon». Mère Notre-Dame du Rosaire trouvait que mère Benoîte des Anges en mettait beaucoup et sa missive bien mélodramatique, mais elle respectait cette directrice habituellement froide et calme et ne voulait pas croire qu'elle fût devenue, comme ça, tout d'un coup, injuste et passionnée à cause des incartades d'une titulaire de sixième année; non, comme le lui avait dit sœur Sainte-Catherine avant de lui remettre la lettre, la vérité devait se trouver quelque part entre les deux versions, mais où? Et pourquoi alors ne croyait-elle pas complètement l'une ou l'autre des deux religieuses? Il aurait été beaucoup plus facile pour elle de condamner sans appel sœur Sainte-Catherine, de la renvoyer à son école après l'avoir blâmée, mais une religieuse qui traverse une grande partie de la ville pour venir elle-même livrer la lettre qui la désavoue ne peut être complètement dans le tort... à moins qu'elle ne soit très habile... Son geste de la main était donc venu autant de sa nervosité que de son désir de voir sœur Sainte-Catherine cesser de la dévisager. Mais cette dernière n'avait pas bronché et mère Notre-Dame du Rosaire sentait qu'il fallait parler, que sœur Sainte-Catherine ne détacherait pas son regard de son visage avant que son jugement ne soit prononcé. La supérieure commença doucement, louvoya, tergiversa, reprochant à sœur Sainte-Catherine d'avoir voyagé seule et de ne pas porter ses gants alors que le problème était ailleurs, demandant ensuite des nouvelles du reposoir qu'elle avait l'intention de visiter elle-même cette année, mère Benoîte des Anges et le curé Bernier l'ayant invitée à se joindre à la procession de la Fête-Dieu, puis elle s'arrêta au beau milieu d'une phrase et avoua simplement à sœur Sainte-Catherine son grand embarras. «Je vous respecte toutes les deux pour des raisons différentes et ce conflit m'afflige amèrement.» «C'est pourtant à vous de décider, ma mère.» «Vous me demandez de choisir, sœur Sainte-Catherine...» «Je vous demande d'être juste.» Mère Notre-Dame du Rosaire baissa la tête. «Alors vous vous condamnez vous-même. La seule justice que je connaisse est celle de la hiérarchie, sœur Sainte-Catherine. Aussi vous demanderai-je de vous sacrifier, d'accepter cet... inconvénient avec toute votre humilité de chrétienne. Comprenez-moi... Je ne peux pas vous imposer à mère Benoîte des Anges et je ne peux pas non plus transférer votre directrice, elle est extrêmement efficace là où elle est. Vous savez tout ce qu'elle a fait pour l'école des Saints-Anges et la changer de poste maintenant entraînerait des questions auxquelles je ne pourrais pas répondre. Quittez l'école des Saint-Anges la tête haute, sœur Sainte-Catherine, pour ma part je m'engage à vous envoyer dans un endroit moins difficile, chez des gens plus aisés dont les enfants sont plus disciplinés et plus disponibles... Je sais que vous aimez passionnément la paroisse Saint-Stanislas mais dites-vous bien que le mal que vous ressentirez en la quittant se résorbera avec le temps et que les années qui viennent seront pour vous plus... plus gratifiantes dans une paroisse moins dure. Offrez les mois qui viennent pour le rachat des péchés du monde, c'est là la raison même de notre existence et nous ne l'oublions que trop souvent... Par-dessus tout cela, par-dessus vos maux et vos troubles, par-dessus les méchancetés, les convoitises, les accusations, le Créateur juge, sœur Sainte-Catherine, et justement ! Dieu a déjà fait son choix, ma sœur, le mien, à côté, serait risible. » Un silence intolérable s'installa dans le bureau de la supérieure après ces dernières paroles. Mère Notre-Dame du Rosaire savait très bien que ce sermon sur le jugement du Créateur n'avait été pour elle qu'une parade, qu'un paravent et elle en ressentait une violente honte. Elle aurait voulu pouvoir se lever d'un bond et sortir de son bureau en hurlant ou alors se jeter aux pieds de sœur Sainte-Catherine dont elle venait de briser la vie et lui demander pardon en la serrant sur son cœur, mais elle n'arrivait pas à bouger. Elle prétendait ne pas pouvoir faire de choix et pourtant elle en faisait un : la hiérarchie par-dessus la justice, imposant le sacrifice et la soumission au lieu de faire preuve d'humanité. Elle sentait encore le regard de sœur Sainte-Catherine posé sur elle, pesant, brûlant, troublant. Et ce fut sœur Sainte-Catherine qui, en fin de compte, brisa ce long moment inconfortable. « Vous m'abandonnez, ma mère. » Cela avait été dit sans passion, presque affectueusement et mère Notre-Dame du Rosaire crut mourir d'humiliation. Sœur Sainte-Catherine se dirigea vers la porte, l'ouvrit. Avant de sortir, elle fit une petite halte, mais ne se tourna pas pour parler. « Je ne vous demande pas ce que vous avez l'intention de faire au sujet de sœur Sainte-Thérèse de l'Enfant-Jésus, ma mère, j'ai trop peur de ce que vous pourriez me répondre. » Lorsque sœur Sainte-Catherine fut sortie de son bureau, mère Notre-Dame du Rosaire déchira la lettre de mère Benoîte des Anges en quatre, déposa les morceaux de papier sur son buvard et les regarda fixement pendant de longues minutes.

Les élèves de la sixième année A accueillirent la remplaçante de sœur Sainte-Catherine avec déception, prévoyant que leur après-midi dans le hangar à sortir les accessoires, décors et costumes du reposoir, à les étendre dans la grande cour sous les ordres de leur titulaire et à choisir ceux qui tenaient encore le coup et ceux qu'il faudrait remplacer à toute vitesse dans la fièvre des deux jours qui allaient suivre, avait été remis à demain ou, comme le pensait Pierrette qui était la championne du défaitisme dans les trois classes de sixième, que la procession avait tout simplement été annulée et que cette semaine dont on parlait depuis si longtemps serait complètement gâchée. Mais tout de suite après la prière, sœur Saint-Georges les rassura en leur expliquant que tout allait bien, que sœur Sainte-Catherine avait décidé de remettre au lendemain le début des travaux et de prendre une demi-journée de repos avant de se plonger dans ce qui allait être pour elle une très grosse semaine. Les fillettes commencèrent par avaler les explications sans sourciller jusqu'à ce que Pierrette lance une exclamation de doute qui fit se tourner quelques têtes. « Tu me crois pas, Pierrette Guérin ? » « La semaine a trop mal commencé pour que j'envale du premier coup c'que vous venez de nous dire... » « T'es donc ben impolie ! » « J'voudrais ben vous croire, sœur Saint-Georges, mais écoutez donc ! Simone est tombée malade aussitôt qu'est arrivée icitte à matin, sœur Sainte-Catherine est disparue comme par enchantement, pis v'là qu'on vous voit resourdre tout d'un coup comme si de rien n'était ! Quand on vous voit arriver dans une classe, sœur Saint-Georges, c'est parce qu'y'a quequ'chose qui va mal quequ'part! On vous aime ben, mais dans le corridor!» «Comment tu vas faire pour passer à travers de la vie avec une mentalité pareille, donc, toi!» «Laissez faire mon avenir, c'est aujourd'hui qui m'intéresse!» «Sais-tu qu'une pareille pensée peut te nuire toute ta vie! Si tu penses au plaisir que tu vas avoir, demain, au lieu de te plaindre de tes malheurs d'aujourd'hui, la vie serait ben plus belle!» D'affectueuses moqueries accueillirent ce petit sermon malhabile et sœur Saint-Georges se tut pendant quelques secondes. «Bon, c'est correct, les filles, j'vas vous le dire pourquoi chus t'icitte...» Le silence était revenu. Mais Pierrette ajouta quelque chose assez fort pour que tout le monde l'entende! «Pas de contes de fées, là! On est trop vieilles!» Sœur Saint-Georges monta sur la tribune en sautillant un peu. «Y faudrait que vous soyez tranquilles, après-midi. Sœur directrice sait pas que j'remplace vot'professeur...» Les fillettes se regardèrent en fronçant les sourcils. «J'avais une commission à faire pour mère Benoîte des Anges pis sœur Sainte-Catherine voulait prendre un après-midi de congé, comme j'vous l'ai dit, pis a'm'a demandé si a' pouvait faire ma commission à ma place... Demandez-moi-z'en pas plus, j'en sais pas plus... Tout ce que je sais c'est qu'à l'heure qu'il est, sœur Sainte-Catherine est probablement déjà dans l'autobus en direction de la maison mère.» Le silence fut brisé par quelques fillettes qui voulaient faire bénéficier tout le monde de leurs suppositions au sujet de la disparition de leur titulaire. «A' veut pus s'occuper du reposoir!» «A' vient d'apprendre qu'est malade d'une maladie mortelle...» «Mère Dragon du Yable l'a mis à' porte parce qu'est trop fine ! » Les suggestions les plus saugrenues se mirent à pleuvoir, ponctuées par le rire des fillettes lorsqu'une de leurs compagnes en trouvait une particulièrement drôle. « A'l'a attrapé l'allergie de la cornette ! » « Est tombée en amour avec le curé Bernier pis sœur directrice est jalouse ! » « C'est elle la vraie mère de Simone Côté pis a'l' apporte le baptistaire de sa fille à la mère supérieure pour le prouver ! » Pierrette Guérin n'apprécia pas du tout cette remarque venue de Diane Beausoleil et elle se tourna vers cette dernière qui était assise juste derrière elle. « T'es ben niaiseuse, Diane Beausoleil ! Si la mère de ma meilleure amie était une sœur, ça voudrait dire que son père est un prêtre pis le père de Simone est tailleur, okay, là ! » Diane Beausoleil, qui n'aimait pas du tout le trio « Thérèse pis Pierrette », fit la grimace avant de lui répondre. « T'es tellement pas intelligente, Pierrette Guérin, qu'on se demande comment tu fais pour être première de classe ! » « Chus peut-être pas intelligente, mais j'travaille, moé, j'fais pas comme toé, j'sors pas steady avec un gars à onze ans ! » Diane Beausoleil s'était levée et se penchait maintenant sur Pierrette. « J'sors steady avec un gars parce que les gars veulent de moé, moé ! J'ai pas les dents tout croches dans'bouche pis j'sens pas la p'tite fille mal lavée ! » Une véritable ovation suivit ces paroles. Les fillettes adoraient ces chicanes à bâtons rompus où les arguments les plus absurdes s'emboîtaient, se mêlaient, se chevauchaient presque sans interruption, tant elles étaient volubiles et imaginatives, jusqu'à ce que le sujet (souvent très ordinaire et même tout à fait bénin) soit complètement oublié et que la discussion verse dans la fantaisie la plus débridée. « Un point pour Diane ! » Pierrette se détourna de Diane Beausoleil. « J'ai les dents croches, mais à soir, à quatre heures, après l'école y vont rester dans ma bouche tandis que les tiennes tu vas être obligée de les rapporter à ta mère dans ton sac à lunch ! » « Un point pour Pierrette ! » Sœur Saint-Georges avait donné un grand coup de règle sur le bureau. « Ça va faire, les niaiseries, là ! » L'attention de la classe se reporta sur elle. Elle se gourma. « À c't'heure que vous avez commencé à faire aller votre imagination, on va s'en servir au lieu de niaiser ! Sœur Sainte-Catherine m'a demandé de vous donner l'après-midi pour faire une composition... » Quelques applaudissements se firent entendre. Quelques petits cris de protestations, aussi. Et même un petit « maudite marde » provenant de Diane Beausoleil qui détestait les compositions. Pierrette sourit. « Tu vas encore faire cent quatorze fautes comme la semaine passée, Diane Beausoleil ! » Sœur Saint-Georges se leva, boitilla jusqu'au bord de l'estrade puis décida de ne pas descendre et revint vers le pupitre de sœur Sainte-Catherine. « Attendez, les filles, j'ai pas fini... A'm'a aussi dit que je pouvais choisir le sujet que j'voulais... Pis j'pense que j'viens de le trouver... Vous allez me décrire en vingt-cinq lignes les raisons du départ de sœur Sainte-Catherine. Inventez des histoires, faites aller votre petit cerveau, faites tout c'que vous voudrez, mais je veux trente copies sur mon bureau à quatre heures moins cinq ! » Les fillettes avaient commencé par se regarder avec un air de doute puis l'idée de sœur Saint-Georges avait fait son chemin et même Diane Beausoleil avait fini par trouver un certain plaisir à sonder ce mystère qui les achalait toutes. « Silence, par exemple ! Pis pas de copiage ! J'veux pas voir deux histoires pareilles ! »

Quelques minutes plus tard, sœur Saint-Georges se rengorgeait. Elle avait de quoi être fière : les filles étaient tranquilles, l'après-midi se passerait sans incident, et le soir même, elle ferait lire les trente copies à sœur Sainte-Catherine et à sœur Sainte-Thérèse de l'Enfant-Jésus qui la féliciteraient sûrement de son intelligente initiative. Pierrette avait retrouvé Thérèse dans la cour, à la récréation, et lui avait raconté. « Aïe, c'est le fun, ça ! C'est quoi, ton histoire, toé ? » « Ben j'ai dit que sœur Sainte-Catherine était une espionne allemande au service des Allemands... » « C'est pas ben ben clair... » « Écoute, tu vas voir, c'est le fun... Toujours ben que j'ai dit que la sœur supérieure c'est pas la vraie sœur supérieure, que la vraie sœur supérieure, c'est sœur Pied-Botte qui est déguisée en sœur Pied-Botte mais qui l'est pas... Tu comprends ? » « Non. » « Ça fait que sœur Sainte-Catherine a donné son *vrai* message à sœur Pied-Botte qui est la vraie chef espionne pis a'l'a pris l'autobus pour que les espions français la suivent chez la fausse mère supérieure... » Thérèse poussa un petit cri, soudain, puis pâlit. Pierrette sursauta. Thérèse et Pierrette étaient appuyées contre la grande clôture de bois qui encerclait la cour d'école et Thérèse, lasse de l'histoire trop compliquée de son amie, avait glissé un œil entre les lattes peintes en gris. « Que c'est qu'y'a, Thérèse ? » « R'garde ! Y'est encore là ! » À son tour, Pierrette colla son nez contre la clôture. Un jeune homme dans le début de la vingtaine, beau comme un dieu mais visiblement inquiet et même torturé, était assis dans les marches d'un escalier, de l'autre côté de la rue Garnier. Il regardait en direction des deux fillettes. « Ben oui ! Pis c'est encore toé qu'y regarde ! » Thérèse recula de quelques pas. Elle tremblait un peu. « Ça fait quatre-cinq fois qu'y fait ça, là... » « J'te l'avais dit, aussi, de le dire à ta mère... » « Ben non, j'le connais, je l'ai rencontré au parc Lafontaine, y'a un mois... Y'est pas dangereux... Pis y'est tellement beau... » « Pourquoi tu trembles, d'abord ? » Thérèse regarda son amie droit dans les yeux. « Parce que j'aime ça. »

DEUXIÈME MOUVEMENT

Andante moderato

Mardi, 2 juin

Il était couché sur le dos, les yeux grands ouverts, les mains posées à plat par-dessus le drap, de chaque côté de son corps. Il n'avait pas dormi de la nuit. Si torturée avait été sa veille, si pénibles les longues heures pendant lesquelles il avait essayé d'analyser sa situation sans y parvenir parce que son intelligence aurait eu peine à remplir un dé à coudre, comme avait dit sa mère quand il était petit, qu'à certains moments il avait eu envie de hurler, de s'écraser la tête contre les murs, de sortir de la maison des Gariépy en courant et d'aller se jeter sous les roues d'une voiture. Il savait que le désir qui le tenaillait depuis un mois était défendu, sale ; il avait même peur de faire face à ses vraies intentions et essayait de se convaincre que l'image qu'il poursuivait était nimbée de pureté ou d'émotion vraie, quelque chose comme l'admiration qu'on peut parfois ressentir devant un enfant trop précoce, la fascination pour une personnalité qui se forme, qui brise sa gangue et qui semble vouloir jaillir à tout moment ; il lui arrivait même, quelquefois, la nuit, de s'imaginer petit garçon embrassant chastement sur la joue, sans arrière-pensée, cette fillette qui ne savait pas encore comment se servir de sa beauté, mais quand il arrivait devant elle, lorsqu'il l'apercevait entre les lattes de bois de la clôture de l'école, toutes ses illusions s'envolaient ; ce coup porté à son cœur et qui le faisait flageoler sur ses jambes, ce désir qui lui parcourait le corps, soudain, sans qu'il en eût quelque contrôle, ce vertige qu'il ressentait lorsqu'elle le regardait à la dérobée en faisant semblant de s'intéresser à la corde à danser («Salade, salade, limonade sucrée...») ou à ce que lui disait son amie aux dents croches, l'anéantissaient chaque fois et chaque fois il se disait: «Que c'est que je fais icitte! J'peux avoir toutes les femmes que j'veux, que c'est que je fais caché en arriére d'une clôture d'école à guetter une pauv'p'tite fille que j'vas finir par terroriser!» C'était ça qu'il avait essayé d'analyser toute la nuit. Sans même seulement arriver à démêler les sentiments contraires qui l'agitaient. Il finissait toujours par se convaincre qu'il n'avait pas l'intention de se jeter sur elle, ce serait un acte par trop abject, mais alors ces érections qui le bouleversaient, ce désir subit chaque fois qu'il posait les yeux sur elle, que signifiaient-ils? Arriverait-il un moment où il n'aurait plus aucun contrôle sur lui-même et où... Le cadran de memére Gariépy se mit à sonner à l'autre bout de la maison et Gérard sursauta. Une sueur glacée lui coulait sur le visage. Il faisait pourtant tellement chaud, déjà, à huit heures du matin... Il entendit pepére Gariépy éructer, se gourmer, cracher. La voix de memére Gariépy s'éleva pour la première fois de la journée, rauque, presque brisée tant la vieille femme avait crié dans sa vie: «J'espère que c'est dans le crachoir que t'as craché, là, vieux verrat!» La chambre de Gérard Bleau se trouvait derrière la maison, dans une espèce de réduit situé entre la cuisine et le hangar. Gérard dormait donc tout près des vidanges, ce qui pouvait s'avérer très incommode quand venaient les grandes chaleurs d'été mais, comme il le disait si bien à ses logeurs lorsqu'ils lui demandaient pourquoi il n'essayait pas de se trouver une chambre plus grande, plus aérée, plus ensoleillée : « Chus t'habutué à vos odeurs, chus t'habutué à vos voix, chus t'habutué à ma chambre, à c't'heure... Si j'me retrouverais ailleurs, j'pourrais pus dormir ! » Et voilà que depuis près d'un mois il n'arrivait plus à dormir même dans ces choses familières qui jusqu'ici l'avaient tant sécurisé... Il entendit memére Gariépy entrer dans la cuisine, remplir le canard d'eau chaude, le déposer sur le feu. « Es-tu réveillé, Gérard ? » Il ne répondit pas. Il valait mieux qu'elle le croie encore endormi. « Vas-tu travailler, aujourd'hui ? » Il s'était déclaré malade, deux semaines auparavant, et avait tué des jours interminables à errer à travers Montréal, à pied, la tête bourdonnante, des sanglots bloqués dans la gorge, se retrouvant immanquablement, le matin quand il n'avait vraiment pas le contrôle sur lui-même, l'après-midi quand il arrivait à dompter un peu son envie de la voir, près de l'école des Saints-Anges, le nez collé à la clôture de bois, le cœur palpitant. La veille, pourtant, il avait pris son courage à deux mains, s'était levé, lavé, rasé, avait pris le lunch que memére Gariépy lui préparait chaque matin (ça faisait partie du prix de la « chambre et pension ») et s'était rendu au travail. Il avait été salué par des rires, des applaudissements, des claques dans le dos mais lorsqu'il s'était retrouvé devant l'autobus à nettoyer, à vidanger, à réparer, la vacuité de sa vie lui avait sauté à la figure et il avait aperçu dans un éclair de conscience l'interminable queue des autobus qu'il aurait à nettoyer, vidanger, réparer, jusqu'à la fin de ses jours, et l'image de Thérèse remontant un de ses bas, l'attachant à sa jarretière en plissant le front, tellement sérieuse dans tout ce qu'elle faisait, cet autre pôle de sa vie d'ouvrier mal payé et méprisé, était venu s'ajouter à tout ça, augmentant son désarroi, le faisant chanceler tant le choc avait été puissant. Il avait jeté loin de lui les énormes gants tachés de graisse et était sorti de la Provincial Transport en courant, se heurtant à son patron ahuri qui lui avait crié : « C'est ça, va donc te recoucher, si tu vas pas mieux, maudit sauvage ! Mais représente-toé pus icitte ! J'en ai pas de besoin, des p'tites natures comme toé ! » Il ferma les yeux. Une p'tite nature... Il revit sa mère, sur son lit de mort, deux ans auparavant, les joues en feu, l'haleine fétide, les yeux fiévreux. « T'es telle- ment beau, mon homme ! T'aurais jamais de misère ! Sers-toé-z-en ! Comme moé j'me suis sarvie de ma beauté ! Y vont toutes te dire que t'es trop beau, que t'as l'air d'une fille, que t'es t'une p'tite nature, mais ça va tellement les faire chier ! Fais-les chier, Gérard, c'est tout c'qu'y méritent ! » Mais Gérard, si populaire auprès des femmes du quartier que certains maris jaloux s'étaient parfois présentés à la porte des Gariépy, un bat de base- ball à la main ou une bouteille de bière cassée, pendant qu'il se sauvait par la ruelle comme un lapin effrayé, don Juan pitoyable dont les frasques ridicules étaient la risée de la côte Sherbrooke, avait voulu se prouver qu'il pouvait arriver dans la vie sans les femmes, après la mort de sa mère. Il avait alors dix-neuf ans et la liste de ses conquêtes commençait déjà à être assez respectable. Il s'était donc déniché un emploi qu'il avait tout d'abord trouvé très bien rémunéré mais qui s'était vite avéré abrutissant, salissant au point qu'il pouvait passer des heures à nettoyer sans réussir à faire disparaître com- plètement l'huile qui tachait ses mains, et, surtout, ne comportant aucune espèce de gratification autre que la discutable bonne paye. Quand l'une de ses nouvelles conquêtes lui demandait où il travaillait, il répondait évasivement ou alors la faisait taire d'un baiser hâtivement exécuté. « Y'est huit heures et dix, là, Gérard, tu vas t'être en retard ! » « J'ai perdu ma job, madame Gariépy ! » Court silence. « Chus pus pressé ! » Cinq secondes plus tard, memére Gariépy était dans l'embrasure de la porte de sa chambre, une tranche de pain dans une main, un couteau dans l'autre. « T'as pardu ta job ? » « Eh ! oui ! » « Que c'est que tu vas faire ? » Il essaya son plus beau sourire mais se rappela que memére Gariépy, trop vieille pour l'apprécier ou trop sotte, était immunisée contre son charme. « C'est le printemps, madame Gariépy, j'vas me reposer... » « Qui c'est qui va payer pour la chambre ? Les femmes, j'suppose ? » « J'ai un p'tit peu d'argent de côté, madame Gariépy... Vous avez jamais eu à vous plaindre de moé, rapport à ça, énarvez-vous donc pas pour rien... Pis si j'ai pus d'argent, un jour, j'm'en irai... » Rassurée, madame Gariépy disparut. Gérard soupira. « C'est ça, demande-moé pas si c'est important, si ça change quequ'chose dans ma vie, comment j'me sens... D'abord que tu touches ton cinq piasses... » Deux minutes plus tard une bonne odeur de café flottait dans la maison. « J'vas toujours ben me lever pareil... » Ses hantises de la nuit s'évanouirent complètement lorsqu'il fut attablé devant une grosse tasse de café et quatre toasts bien dorées.

« Si est rendue si belle que ça, tu devrais y dire de v'nir nous voir... » Albertine déposa la pinte de lait sur la table. Aussitôt, Marcel, une énorme moustache blanche sous le nez, tendit son verre en souriant. «Qu'est-ce qu'on dit, Marcel?» «S'y vous plaît, moman!» «Pose ton verre sur la table, j'ai pas envie de faire un dégât comme l'autre fois.» Au souvenir du lait répandu, du verre brisé et de la chicane qui en avait résulté, Philippe éclata de rire. Son frère Richard haussa les épaules. «T'es pas méchant ordinaire, Flip. Y'a vraiment rien que le malheur des autres pour te faire rire!» Albertine, qui venait de s'asseoir entre Thérèse et Richard, donna une tape sur la main de ce dernier qui s'était emparé d'une toast sans en demander la permission. «T'as même pas fini d'envaler celle que t'as dans'bouche pis t'en veux déjà une autre! Si ta mére t'a pas élevé, m'as t'élever, moé!» Richard chantonna aussitôt: «S'il vous plaît, ma tante!» «Vas-y, mais rien qu'une! Faut pas oublier qu'on est en guerre! Pensez aux p'tits Français qui ont rien à manger pis offrez ça au bon Dieu...» Thérèse soupira bruyamment. «Moman, franchement, arrête de nous parler de la guerre chaque fois qu'on se met quequ'chose dans'bouche!» «J'trouve que vous l'oubliez pas mal trop vite! On est rationné, y faut pas l'oublier! Vous savez c'que ça veut dire! On vous l'a expliqué! Vous êtes pas des épais! Y faut avoir des coupons pour avoir du sucre, de la viande, du beurre...» Les enfants, qui connaissaient le refrain par cœur depuis deux ans et qui, de toute façon, n'avaient jamais été privés de rien, ne l'écoutaient déjà plus. Albertine couvrit sa toast d'une généreuse couche de beurre, l'œil brillant de convoitise, puis elle mastiqua lentement, sérieusement, humectant chaque bouchée d'une petite gorgée de ce thé qu'elle buvait tellement bouillant qu'on s'attendait à la voir hurler de douleur chaque fois qu'elle portait sa tasse à ses lèvres. Depuis que la grosse femme, la mère de Richard et de Philippe, était partie pour l'hôpital, deux semaines auparavant, Albertine s'était beaucoup transformée, comme si ses nouvelles responsabilités l'avaient humanisée : elle était toujours aussi bougonne mais on pouvait maintenant sentir derrière les bêtises et les claques qu'elle continuait à distribuer généreusement à gauche et à droite une espèce d'amour fruste, informe et mal contrôlé mais très présent qui faisait d'elle un chef de maisonnée très efficace sinon tout à fait sympathique. Albertine n'était pas faite pour vivre en communauté. Elle avait toujours trouvé qu'il y avait trop de femmes dans la maison de la rue Fabre, que les tâches étaient mal réparties et, surtout, que sa belle-sœur et elle se nuisaient au lieu de s'aider. Mais maintenant que sa mère, la vieille Victoire, ne quittait presque plus sa chambre et que la femme de son frère était à l'hôpital, Albertine se retrouvait responsable des problèmes et des besoins de tout le monde et s'en félicitait secrètement. Personne n'était plus dans son chemin pour la critiquer et elle pouvait tout faire selon ses goûts, son rythme, sa personnalité. Elle prenait plaisir, maintenant, par exemple, à manger avec les quatre enfants, le matin et le midi. Elle souriait rarement, ne montrait pas plus d'affection qu'auparavant mais les enfants sentaient la nuance dans son caractère et même Richard et Philippe, qui l'avaient toujours détestée parce qu'elle s'engueulait sans cesse avec leur mère, apprenaient lentement à l'aimer malgré ses gros défauts qui, d'ailleurs, s'avéraient très amusants quand on apprenait, comme Thérèse l'avait toujours fait, à s'en servir. Philippe était déjà passé maître dans l'art de freiner ses colères : il avait découvert qu'un baiser bien placé ou une caresse prodiguée à un moment inattendu la faisaient bafouiller, la bloquaient complètement, la laissaient désarmée, à la merci de la personne qu'elle invectivait une minute plus tôt. Ils en profitaient d'ailleurs largement tous les deux. C'était devenu comme un jeu entre eux : Albertine savait maintenant que lorsqu'elle se fâchait contre Philippe, quelque chose se passerait qui ferait qu'elle rendrait les armes avant même de s'en rendre compte et elle ne luttait pas comme elle l'aurait sûrement fait à peine quelques semaines plus tôt. Elle apprenait presque malgré elle la douceur des caresses d'enfants et y prenait goût sans se l'avouer tout à fait. « Pour en revenir à ton amie Simone, Thérèse, invite-la donc à venir dîner avec nous autres, à midi ! Chus curieuse de voir ça, c't'opération-là, moé... » Les quatre têtes s'étaient levées vers elle en même temps. « Que c'est que vous avez à me regarder de même ! Chus pas un monstre ! J'ai pas le droit d'inviter un de vos amis à dîner ? » C'était la première fois et la surprise des enfants était totale. Il y avait toujours eu trop de monde à table, dans la maison, pour que les enfants aient la permission d'inviter des amis à manger. De toute façon, la mère de Richard et de Philippe avait toujours eu un peu honte de leur ordinaire pourtant très respectable et beaucoup plus varié et abondant que celui de la plupart des familles de la rue Fabre. (« J'veux pas que les voisins sachent qu'on mange du baloney deux fois par semaine ! Même si y'en mangent tou'es jours, eux autres ! ») Thérèse ne répondit pas. Elle se contenta de sourire à sa mère qui rougit violemment en se replongeant dans sa tasse de thé. Ça aussi c'était la première fois. « Moé, j'peux-tu inviter Bernard Morrier ? J'ai été manger chez eux, mardi passé...» Albertine leva les yeux au ciel. «Écoute, Richard, tu l'inviteras une autre fois, Bernard Morrier! On n'est pas obligé de nourrir tout le quartier parce que Simone Côté s'est faite opérer la yeule, verrat de bâtard! Ma tante a dit une invitée, pour aujourd'hui, pis c'est assez!» Richard plissa le nez et la bouche en jouant avec le reste de la toast qu'il n'avait pas terminée. «Pis dépêchez-vous, y'est huit heures et quart, vous allez être en retard, encore.» Elle avait déjà commencé à ramasser la vaisselle. Les trois plus vieux quittèrent la table en courant. Marcel finit tranquillement son verre de lait avant de demander, innocemment: «Pis moé, moman, j'peux-tu inviter Duplessis?» Albertine faillit échapper la théière. Elle se tourna brusquement vers son fils. «Marcel, moman t'a déjà dit d'arrêter de parler de Duplessis! Marie-Sylvia est en train de faire une dépression à cause de t'ça! Y'en n'a pus, de Duplessis! Y'a dû se faire frapper par un p'tit char ou ben donc se faire étriper par un de ses chums de chats, ça fait vingt fois que moman essaye de t'expliquer ça...» Marcel sourit d'une façon très condescendante, sans regarder sa mère. «La madame qui reste en dessours de Bernard Morrier, a' m'a dit qu'a' me le montrerait, aujourd'hui! Y va mieux!» Albertine s'assit à côté de Marcel et lui passa une main dans les cheveux qu'il avait courts et raides. «Ça aussi, moman te l'a déjà dit, d'arrêter de conter des histoires, Marcel. C'est pas beau. Moman veut ben que t'ayes de l'imagination mais t'as juste quatre ans, verrat, que c'est que ça va être quand tu vas en avoir vingt!» Marcel fronça les sourcils, buté. «Les menteurs, c'est toujours puni, Marcel, parce que ça finit toujours par se faire pogner...» Marcel leva les yeux vers sa mère.

Sa voix tremblait un peu quand il parla. «Pourquoi tu me cré pas, moman? Pourquoi parsonne me cré?»

Simone et Pierrette attendaient Thérèse au pied de l'escalier. Simone était dans un bien piteux état. Pierrette la tenait par la taille comme si elle avait eu peur que son amie s'écrase sur le trottoir de ciment ou qu'elle s'évanouisse en poussière dans le soleil du matin. Simone regardait obstinément la pointe de ses souliers, les sourcils froncés, l'air buté. Pierrette fit un petit signe d'impuissance à Thérèse qui prit le parti de jouer la bonne humeur plutôt que l'apitoiement. «Si c'est pas notre belle Simone elle-même en parsonne! Comment ça va, à matin? As-tu frette? Tu te tiens toute raide comme si tu m'arais attendue pendant deux heures à côté de la patinoire... 'gard' comme y fait beau, Simone! Le soleil te dit bonjour...» Pierrette leva les yeux au ciel puis fit signe à Thérèse qu'elle en mettait un peu trop. Celle-ci lui fit la grimace et continua dans la même veine. «Les tits-oiseaux gazouillent, tes tites-amies vont t'accompagner à l'école, le ciel est bleu, t'as le plus beau visage du monde, que c'est que tu veux de plus?» Simone ne répondait toujours pas. Thérèse, dont la patience était toujours de courte durée, tourna le dos à ses deux amies et s'éloigna en murmurant entre ses dents: «Ah! pis va donc chier, Simone Côté! Chus pas pour me mettre en retard à cause de ton air de beu!» Simone quitta aussitôt les bras de Pierrette pour courir après Thérèse qui balançait son sac d'école au bout de son bras. «Attends-moé, Thérèse, j'veux pas être en retard, moé non plus!» Un peu piquée dans son amour-propre,

Pierrette les rejoignit de mauvaise grâce. Et le trio « Thérèse pis Pierrette » tourna le coin de la rue Fabre et de la rue Gilford comme toujours, bras dessus, bras dessous, mais le cœur n'y était pas, ce matin-là ; aucune chanson ne s'élevait, ni aucun rire. Trois petites bonnes femmes silencieuses se dirigeaient gravement vers la rue Garnier, marchant au pas beaucoup plus par habitude que par conviction. Simone semblait plus petite, plus fragile que jamais et ses deux anges gardiens qui avaient perdu leur bonne humeur, l'une par pure impatience, l'autre par simple jalousie, la soutenaient, l'encadraient moins bien comme si un charme avait été rompu. Ce fut Pierrette qui brisa la première le silence. Elle regarda Thérèse par-dessus la tête de Simone et parla comme si cette dernière n'avait pas été là. « Avoir su qu'y fallait être bête de même avec elle, j'y arais maudit ma main dans'face quand je l'ai vue, à matin, ça arait été ben plus simple que de la dorloter comme un bébé ! » Thérèse ne put s'empêcher d'esquisser un léger sourire. « T'es jalouse parce que c'est moé qu'al'a suivie, hein ? » « Moé, jalouse ! Moé ! » Pierrette avait rougi d'un seul coup, humiliée que sa jalousie ait été si facilement débusquée. « Jalouse d'une espèce d'épaisse qui aime mieux qu'on y crise des bêtises que qu'on l'embrasse pis que qu'on la console ! Viens-tu folle, toé ? Garde-la, si t'a'veux tant que ça, ta Simone Côté ! Y'a ben d'autres filles qui vont t'être ben contentes de se faire amies avec moé ! » Simone se dégagea de leur étreinte brusquement. Elles étaient exactement au coin de Gilford et Garnier. « Arrêtez donc de parler de moé comme si j's'rais pas là ! J'vous entends pis j'vous comprends, vous savez, chus pas un enfant de trois mois ! Vous êtes même pas venues demander de mes nouvelles après l'école, à quatre heures, hier, pis y faudrait que j'vous tombe dans les bras comme si vous m'aviez rien faite ! » Thérèse et Pierrette se regardèrent, abasourdies. « On est allées hier midi... » « J'dormais, ça compte pas ! » « Ben voyons donc, on pensait qu'y fallait que tu te reposes... c'est ta mère qui nous a dit ça... » « Pis à part de t'ça, chus t'assez grande pour me rendre à l'école tu-seule, vous saurez ! » Et pour la première fois depuis des années, Simone partit en courant toute seule, laissant Thérèse et Pierrette en plan, la bouche grande ouverte, les bras vides. Quelques secondes plus tard, Simone entendit ses deux amies qui couraient derrière elle. « Attends-nous, Simone ! Attends-nous ! » Au lieu de ralentir, elle redoubla de vitesse, traversa le boulevard Saint-Joseph sans même regarder s'il y avait des voitures et se jeta dans la cour d'école comme un suicidé se jette dans une rivière.

Sœur Sainte-Catherine n'avait revu ni sœur Sainte-Thérèse de l'Enfant-Jésus ni mère Benoîte des Anges, la veille, à son retour de la maison mère. Elle s'était tout de suite réfugiée dans sa petite chambre, avait verrouillé sa porte, s'était agenouillée à son prie-Dieu. Toute la soirée elle avait cherché une ligne de conduite, un plan qui la délivrerait du joug de la directrice, qui débarrasserait l'école des Saints-Anges de mère Benoîte des Anges ; les moyens les plus farfelus, les combinaisons les plus loufoques s'échafaudaient dans sa tête, ridicules et impossibles à réaliser, exutoires enfantins d'une âme qui avait besoin de vengeance mais qui savait qu'elle n'avait aucun ressort parce que l'obéissance et la soumission étaient inscrites à jamais en lettres de feu sur sa vie. Elle se laissait aller aux rêves les plus fous parce que c'était là son dernier recours. Pendant les quelques jours qu'il lui restait, elle pourrait, pour ne pas crever de colère, pour éviter de devenir folle de rage, s'imaginer maîtresse de la situation, laisser échapper des coins les plus sombres de son âme les reproches, les cris, les pleurs, les plaintes, les accusations qu'elle avait emmagasinés, empilés, refoulés depuis qu'elle connaissait mère Benoîte des Anges et qui n'attendaient qu'une occasion comme celle-ci pour exploser comme des grenades au soleil et faire jaillir leur jus empoisonné. L'injustice était tellement flagrante, tellement cuisante qu'elle se surprenait parfois à trembler, les yeux fixés sur le grand crucifix mais l'esprit ailleurs, à la recherche de l'humiliation qui réduirait mère Benoîte des Anges au silence, qui l'abattrait comme un coup de fusil ou l'embraserait, la consumerait, dévorant jusqu'au plus petit de ses os, évaporant jusqu'aux plus épaisses de ses liqueurs. Vers huit heures, un peu avant la cloche de la prière du soir, elle avait entendu un petit trottement de souris dans le corridor et quelqu'un était venu gratter à sa porte. Elle savait que c'était sœur Sainte-Thérèse de l'Enfant-Jésus, mais elle ne voulait pas que son amie la voie dans un pareil état; elle n'avait pas répondu. Alors la voix aimée avait traversé la porte de bois, suppliante : « Je sais que vous êtes là, Sainte-Catherine... Vous n'avez presque pas mangé de la journée... J'vous apporte des fruits... » Mais sœur Sainte-Catherine avait tenu bon, s'empêchant presque de respirer pour que sœur Sainte-Thérèse de l'Enfant-Jésus n'entende même pas cela. Un autre petit trottement de souris. Une porte qui se referme doucement. Le silence. C'est à ce moment-là qu'elle s'était laissée aller à pleurer ; des bouillons de larmes avaient coulé dans ses mains refermées sur son visage ; elle avait plié le corps en deux comme quelqu'un qui a mal au ventre et gémissait doucement, désespérée, seule. Sa petite lampe de chevet était restée allumée jusque très tard dans la nuit. Mais sœur Sainte-Catherine ne lisait pas *l'Imitation de Jésus-Christ* ou le *Journal* de sainte Thérèse de Lisieux : elle rêvait de douces violences et de splendides hécatombes. Et les rêves qu'elle avait faits pendant son insomnie n'avaient pas été très différents de ceux distillés par Simone pendant son sommeil : dans une seule nuit, mère Benoîte des Anges fut assassinée dix-sept fois, de dix-sept façons différentes dont quelques-unes étaient totalement originales et tout à fait inédites.

Mère Benoîte des Anges vit Simone Côté entrer dans la cour de l'école en courant et se jeter dans les bras de Lucienne Boileau qui parut fort étonnée mais aussi fort comblée. Il était huit heures vingt-neuf et la directrice avait espéré jusque-là que Charlotte Côté garderait son enfant chez elle pour éviter les foudres de la religieuse qu'elle avait osé insulter si copieusement la veille. « Si cette enfant n'a pas son deux dollars, je ne sais pas ce que je lui fais... » Mère Benoîte des Anges monta les quelques marches du perron de ciment et fit signe à sœur Saint-Georges de sonner la cloche. Au même moment Thérèse et Pierrette se précipitèrent dans la cour, visiblement à la recherche de leur amie. Lorsqu'elles la virent en conversation avec la pauvre Lucienne qui faisait pitié tellement elle était heureuse, elles s'arrêtèrent pile et se regardèrent, incrédules. La cloche retentit dans la cour d'école comme pour figer ce moment dans l'éternité : la trahison de Simone resterait ainsi à jamais gravée dans le cœur de Thérèse et de Pierrette qui la lui reprocheraient encore vingt ans plus tard, au bar du Coconut Inn ou dans le petit salon crème et rose de Betty Bird. («T'en rappelles-tu la fois que tu t'étais jetée dans les bras de la grosse Lucienne Boileau pour nous faire chier ?» «Moé ? J'ai jamais fait ça !» «Voyons donc, Bec-de-Lièvre, j'm'en rappelle comme si c'tait hier ! J'te dis que si j'me s'rais pas retenue, c'te matin-là, ma p'tite fille... ») Six cents paires de petits pieds se mirent à voltiger sur l'asphalte de la cour. Les rangs se formèrent rapidement. Une grande de neuvième éternua trois fois de suite et toute sa classe éclata de rire. La titulaire leva les yeux au ciel. La poudre à éternuer, qui n'avait pas fait de ravages depuis quelques mois, avait refait son apparition dans sa classe la veille et il fallait immédiatement faire quelque chose pour mettre fin à ce début de troubles sinon la semaine s'écoulerait péniblement dans les fous rires et les éternuements. Sœur Saint-Angèle tourna donc la tête vers sa directrice qui comprit son signal d'alarme et souffla de toutes ses forces dans le petit sifflet qu'elle portait toujours à son cou, mais dont elle ne se servait que rarement. «Neuvième année C, je vous préviens : si l'une d'entre vous éternue encore une fois, c'est la fouille complète, comme au mois de février ! Et cette fois-là, je fouillerai moi-même chacune d'entre vous ! Et la coupable sera mise à la porte comme une mendiante !» Les trente têtes de la neuvième année C s'étaient figées d'épouvante. La seule pensée d'une fouille pratiquée par mère Benoîte des Anges elle-même était suffisante pour mater les esprits les plus effervescents. La directrice, agacée par cette diversion qui l'avait obligée à détourner son attention de Simone Côté pendant quelques secondes, ramena son regard vers la sixième année A et chercha des yeux la fillette mais cette dernière s'était cachée derrière une compagne, comme pour se faire oublier. Mère Benoîte des Anges allait redescendre du perron et se diriger vers Simone lorsque la voix de sœur Sainte-Catherine s'éleva dans la cour d'école, douce, claire, enjouée même. « Les trois sixième année vont rester dans la cour d'école. Il faut commencer aujourd'hui la préparation du reposoir si on veut qu'il soit prêt pour jeudi soir. Mais il ne faut pas oublier non plus que vendredi est le premier vendredi du mois... Alors nous irons, nous les sixième, nous confesser tout de suite, sans passer par les classes, comme ça nous pourrons nous mettre à l'ouvrage en revenant. » Des sourires avaient fait leur apparition sur les visages des élèves de sixième. Les vacances commençaient ! Pas de classes ! Pas de devoirs ni de leçons jusqu'à vendredi ! Deux grandes journées passées à rire et à crier au milieu des décorations qu'on rafistole, des costumes qu'on nettoie, des échafaudages qu'on repeint, des statues qu'on époussette... Depuis que sœur Sainte-Catherine avait accepté de s'occuper du reposoir, l'organisation de la Fête-Dieu et une partie de la procession revenaient à ses élèves et à celles de sœur Sainte-Thérèse de l'Enfant-Jésus et de sœur Sainte-Philomène. Elles commençaient à y penser dès les vacances de Noël terminées et en parleraient jusqu'à la fin de l'année. Tout le monde finissait donc par passer par « l'année de sœur Sainte-Catherine », à l'école des Saints-Anges. Les petites disaient: « J'ai donc hâte de m'occuper du reposoir ! » et les grandes: « C'tait donc le fun, hein, c'tait donc le fun ! » Les classes commencèrent à défiler devant mère Benoîte des Anges comme d'habitude, les petites en premier, les grandes ensuite, mais ce matin-là la directrice ne courut pas se poster devant l'escalier du deuxième étage comme elle le faisait toujours. Elle resta sur le perron à fixer bêtement les sixième année. La fureur pouvait se lire dans ses yeux et les élèves de sœur Sainte-Catherine commençaient à avoir peur de voir leurs belles vacances se gâter avant même de commencer. Sœur Sainte-Catherine sentait elle aussi le regard de la directrice dans son dos. Un sourire ironique s'était dessiné sur son visage et les fillettes furent quelque peu rassurées. Simone Côté restait toutefois cachée derrière la grande Claire Morency, son cartable collé contre sa poitrine, les yeux baissés. Pierrette était venue se placer à côté d'elle dans le rang parce que c'était sa place mais Simone sentait comme un froid qui émanait de son amie et la honte rougissait son front et faisait battre son cœur. Elle réalisait qu'elle avait été stupide de se lancer dans les bras de Lucienne Boileau que personne n'aimait, surtout pas elle-même, mais comment se racheter, maintenant ? La faute était commise et jamais Thérèse ni Pierrette ne la lui pardonneraient. « Hé ! que ça va mal ! Moé qui pensais que toute s'rait facile quand j's'rais belle ! » Lorsque toutes les autres classes furent entrées dans l'école, sœur Sainte-Catherine parla de nouveau: « Nous allons maintenant nous diriger vers l'église en silence, s'il vous plaît... J'ai bien dit en silence... Lorsque nous serons dans l'église, sœur Sainte-Philomène vous fera faire votre examen de conscience pendant que sœur Sainte-Thérèse de l'Enfant-Jésus et moi irons prévenir les prêtres de notre arrivée. N'oubliez pas que le premier vendredi du mois de juin est un premier vendredi du mois spécial : c'est le dernier que vous passez à l'école avant les vacances et il faut que votre communion de vendredi matin soit l'une des plus belles de l'année... » Elle allait donner le signal du départ lorsque mère Benoîte des Anges passa à côté d'elle, se dirigeant vers les élèves de sa classe. La grosse religieuse s'arrêta à côté de Simone qui se tassa sur elle-même sans lever les yeux. Pierrette, malgré sa colère, ne put s'empêcher de faire un geste en direction de son amie, mais elle fut arrêtée en plein élan par le regard furieux de la directrice. Lorsque cette dernière parla, sa voix emplit la cour et résonna contre les murs de l'école, produisant une sorte de désagréable écho qui rebondissait durement comme une balle de gin. « Simone Côté, est-ce que vous avez quelque chose pour moi ? » Simone était paralysée. Elle avait pâli tout d'un coup et rentré la tête dans ses épaules. « Je vous parle, Simone Côté, et quand je vous parle, je veux que vous me regardiez ! Levez les yeux ! » Simone leva péniblement la tête. Des larmes de pure terreur coulaient sur ses joues. « Je vous ai demandé si vous aviez quelque chose pour moi ! » Simone sembla recouvrer ses esprits et murmura un « Oui, ma mére m'a donné quequ'chose pour vous... » presque inaudible mais qui fit quand même sourire mère Benoîte des Anges. « Enfin ! Les têtes dures qui se soumettent ! Ce sera une bonne leçon pour l'école entière ! » Simone prit une longue enveloppe blanche dans son sac d'école et la tendit à la directrice qui s'en empara d'un geste brusque. Mais celle-ci ne trouva pas le billet de deux dollars qu'elle cherchait. Il n'y avait qu'une courte lettre, dans l'enveloppe, qu'elle lut avec une fureur croissante.

Mère Benoîte des Anges,
École des Saints-Anges,

Madame,

L'élève Simone Côté traverse actuellement une période très difficile de sa vie. Je la connais très bien, je l'ai mise au monde, soignée, regardée grandir, j'ai aussi appris à beaucoup l'aimer, au point même de prendre sur moi de la faire opérer pour cette légère difformité dont elle était affublée depuis sa naissance, ses parents étant trop pauvres pour pourvoir à ce besoin que je considérais essentiel. Donc, en tant que docteur personnel de Simone Côté et docteur attitré de l'école des Saints-Anges, je prends cette élève sous ma protection et vous demande très humblement de ne pas vous occuper de son cas. Si Simone se voyait par quelque moyen que ce soit troublée pendant sa période de guérison, je serais obligé de faire un rapport à la commission scolaire et à votre communauté.

Je vous remercie à l'avance de votre collaboration,

Edmond Sanregret, m.d.

Mère Benoîte des Anges tourna les talons si brusquement que Simone, qui s'attendait plus ou moins à être battue ou couverte d'injures parce qu'elle savait qu'elle n'avait pas les deux dollars que la religieuse attendait, sursauta. La directrice s'éloigna des sixième dans un grand froufrou de voiles et de jupes, et entra dans l'école en laissant la porte claquer derrière elle. Sœur Sainte-Catherine étira le cou pour voir le visage de Simone. «Simone Côté, vous sentez-vous la force de travailler avec nous ou si vous aimez mieux que je vous donne congé...» La réponse jaillit tellement vite que les trois religieuses présentes ne purent s'empêcher de sourire.

Sœur Sainte-Catherine s'était réveillée étonnamment fraîche et dispose, ce matin-là, comme si sa nuit passée à assassiner sa directrice avait éteint le feu qui embrasait son âme lorsqu'elle s'était mise au lit, la veille. Aussi avait-elle décidé de reporter tout ce qui concernait le conflit qui l'affrontait à mère Benoîte des Anges au vendredi matin et de consacrer exclusivement les trois jours qui venaient au fameux reposoir pour lequel elle ressentait des sentiments tant mêlés. Sœur Sainte-Catherine avait beaucoup regretté de ne pas avoir ouvert sa porte à sœur Sainte-Thérèse de l'Enfant-Jésus, la veille, puis elle s'était dit que cela valait mieux, qu'elle avait ainsi évité à son amie autant qu'à elle-même une scène pénible qui se serait très probablement terminée dans les larmes, les récriminations contre la directrice et peut-être même dans quelque fumeux et inutile projet de révolte ou de fuite. Après cette crise qui avait ébranlé les bases mêmes de sa vie, la jetant pendant quelques longues heures dans l'enfer du désespoir, elle se sentait soudain régénérée comme si une force qu'elle ne pouvait que soupçonner et qui était en gestation au fond d'elle-même se préparait à jaillir pour adoucir, cautériser, cicatriser, transformer peu à peu cette douloureuse période en souvenir parmi tant d'autres, plus beaux ou pires. Cette force était-elle la grâce d'état qu'elle essayait depuis des années d'expliquer à ses élèves sans jamais y parvenir parce qu'elle n'y croyait pas beaucoup ? Ou encore cette parcelle de Dieu lui-même, cette infime partie de son Dieu à laquelle elle avait droit selon les lois de sa religion et qui se manifestait enfin ? Non. Elle aurait bien voulu le croire mais son âme, pourtant croyante mais jamais bêtement naïve, se refusait encore une fois à se réfugier dans la facilité de présumer que Dieu finissait toujours par surgir comme un héros de roman populaire pour venir sauver une âme en détresse ou une collectivité de pauvres catholiques en péril. Elle croyait beaucoup plus en la capacité de l'être humain à se guérir lui-même de ses maux à force de volonté, de réflexion, de sagesse, qu'aux simagrées extérieures et superficielles d'une religion qui prêchait la paix intérieure, la grâce, le bonheur, à coups de formules toutes faites, de croyances toutes faites, ne laissant jamais aucune espèce d'initiative à ses ouailles qu'elle gavait de promesses de peur qu'ils ne découvrent eux-mêmes ses supercheries et ne l'abandonnent, la laissant dans l'indigence, elle tant habituée, malgré ses prônes et ses prêches sur la vanité des biens de ce monde, aux ponts d'or et aux soieries. Sœur Sainte-Catherine n'avait évidemment jamais parlé de ces doutes à quiconque, surtout pas à son confesseur, l'abbé Langevin, prêtre bonasse et bon vivant pour qui un gros plat de pâtes était une récompense directe de Dieu et un repas manqué une punition. Elle s'était réfugiée dans la vie communautaire et vivait une vie intérieure parallèle que personne ne soupçonnait, continuant à enseigner le catéchisme à ses élèves, mais avec une nuance imperceptible qui faisait de ses cours des heures courtes et passionnantes là où les autres religieuses n'arrivaient qu'à embêter, qu'à endormir. Elle laissait à ses élèves la liberté de formuler devant elle et leurs compagnes les doutes qui les troublaient et essayait toujours de répondre d'une façon claire, simple, sans jamais toutefois se laisser aller, comme les autres religieuses, à s'abriter sous la formule qu'on leur avait suggérée dans les cas difficiles concernant la religion : « C'est un mystère, il faut croire sans comprendre. » Cela lui valait souvent des sueurs froides et de mauvais quarts d'heure et lorsqu'elle n'arrivait pas à répondre correctement à certaines questions (souvent tellement naïves qu'elle en avait le vertige, rarement claires ou structurées), elle avouait simplement son ignorance en disant : « Il faudrait vous adresser à quelqu'un de plus intelligent ou de plus compétent que moi... Vous savez, notre cerveau a des limites... il ne peut pas tout comprendre... mais ce n'est pas une raison pour ne pas se poser de questions... Les questions aèrent le cerveau, l'empêchent de s'encrasser... Je vais m'informer : j'essaierai de vous trouver une réponse... » Les enfants préféraient cette simplicité à l'ordre péremptoire de croire sans s'interroger, même si le chemin suggéré par sœur Sainte-Catherine était plus ardu. Lorsqu'elle était arrivée dans le réfectoire, après la messe du matin, toutes les têtes s'étaient tournées vers elle. Elle avait salué sa directrice comme l'exigeait l'étiquette de sa communauté et avait gagné sa place en souriant. Mère Benoîte des Anges avait reçu ce sourire comme une gifle : elle s'était attendue à voir surgir une sœur Sainte-Catherine rongée de remords, cernée, épuisée, repentante, même, oui, repentante, au lieu de quoi elle avait vu resourdre une religieuse pimpante et réjouie qui l'avait saluée avec insolence et s'était ensuite jetée sur son petit déjeuner en jacassant avec ses voisines et surtout avec sœur Sainte-Thérèse de l'Enfant-Jésus, son amie. Cette dernière aussi avait été bien étonnée de voir sœur Sainte-Catherine dans une forme aussi resplendissante, mais la joie qu'elle ressentait avait balayé ses idées noires d'un seul coup, comme un bon coup de vent débarrasse la matinée d'une brume qui s'attarde. Sœur Sainte-Catherine avait glissé un « Ça va mieux, je vous expliquerai... » qui avait racheté la nuit blanche que son amie venait de passer. Elles avaient mangé en riant pendant que sœur Saint-Georges les couvait du regard et que sœur Sainte-Philomène sapait chaque cuillerée de son gruau.

« Je voulais m'assurer que vous étiez bien allée faire ma commission, hier après-midi. » Sœur Saint-Georges resta interdite quelques secondes, baissa les yeux, les releva sur sa directrice, se gourma, ravala sa salive. « Si vous n'y êtes pas allée, sœur Saint-Georges, il faut me le dire... et me remettre la lettre. J'irai moi-même la porter s'il le faut. » Sœur Saint-Georges se dandinait d'un pied sur l'autre comme lorsque son pied bot la faisait souffrir, le soir, après une dure journée passée à monter et à descendre les maudits escaliers de l'école des Saints-Anges. « Je vous promets que je ne vous gronderai pas, sœur Saint-Georges... Je crois deviner que vous n'y êtes pas allée pour une raison ou pour une autre et je l'accepte calmement. Comme vous pouvez le voir, je ne suis pas du tout en colère. Avouer une faute, vous le savez, c'est déjà être à moitié pardonné... » Sœur Pied-Botte avait reculé de quelques pas vers la porte du bureau. Ses lèvres tremblaient un peu et mère Benoîte des Anges la sentait au bord de craquer. « Asseyez-vous, sœur Saint-Georges. Vous paraissez troublée. Allons, asseyez-vous ! » Sœur Saint-Georges s'assit au bord de la chaise droite, mains à plat sur les genoux, tête baissée. Mère Benoîte des Anges pencha un peu le corps vers l'avant, s'accouda à son bureau, s'efforça à sourire. « Sœur Saint-Georges, vous m'êtes très utile, ici, à l'école, vous êtes une assistante précieuse dont je serais très peinée d'avoir à me séparer... Mais une sœur portière ne doit en aucun cas cacher quoi que ce soit à sa directrice, vous le savez, depuis le temps que vous occupez ce poste de confiance... Vous êtes mon bras droit et un bras droit se doit d'être fidèle, efficace et loyal ! » Elle recula soudain dans son fauteuil et son sourire disparut. « Je ne doute pas une seule seconde que vous soyez tout cela mais il faut me le prouver. » L'intelligence de sœur Saint-Georges n'était pas très développée, mais son instinct de conservation l'avait souvent prévenue contre la méchanceté, la mauvaise foi, l'hypocrisie de la vie en communauté ; aussi avait-elle développé une sorte de sixième sens qui lui faisait parfois dépister sans qu'elle s'en rende vraiment compte la flatterie intéressée ou la bonne grâce suspecte. Lorsqu'elle était entrée dans le bureau de sa directrice, elle était décidée, en servante bien domptée, à tout révéler de ce qui s'était passé la veille si mère Benoîte des Anges l'interrogeait. Cela la déchirerait d'avoir à vendre sœur Sainte-Catherine, mais on l'avait tellement convaincue (c'était une des premières règles de la communauté) que la vérité, toute vérité, qui éclate est toujours récompensée, qu'elle est sa propre récompense, se rachetant elle-même lorsqu'elle est belle mais déchaînant les foudres de l'enfer lorsqu'elle est dissimulée par cette œuvre de Satan, cette insulte faite au Seigneur infiniment bon et qui de toute façon voit tout, cette saleté qui éclabousse la communauté au complet lorsqu'elle est perpétrée par l'un de ses membres: le mensonge, que la dénonciation était devenue une seconde nature pour elle, presque une qualité. Mais lorsqu'elle avait vu mère Benoîte des Anges se mettre à la flatter bassement, à l'appeler son bras droit, elle qu'elle avait toujours tant méprisée, et s'efforcer de sourire pour la faire parler, une petite sonnette d'alarme avait tinté dans la tête de sœur Saint-Georges et son imagination (pourtant médiocre) s'était mise en marche; des mots lui vinrent, des phrases, des idées qu'elle laissa couler sans essayer de les endiguer ou de les canaliser: elle raconta avec une désinvolte mauvaise foi son voyage en autobus et en tramway, sa rencontre avec la supérieure de la communauté, la gentillesse de cette dernière, sa beauté angélique, leur passionnante conversation et même la tasse de thé et le biscuit sec qu'on lui avait offerts dans un service de porcelaine blanche tellement délicat qu'il en était presque transparent. Elle raconta tout cela le regard planté dans celui de mère Benoîte des Anges, n'arrivant pas à croire que c'était elle qui mentait ainsi, aussi bien et aussi clairement, et avec cette totale hypocrisie, jouissant de lire la déconfiture sur le visage de sa directrice et contrôlant avec un bonheur très violent l'envie de rire qui lui secouait le corps. Lorsque sa source fut tarie, elle se leva sans en demander la permission, prétexta un quelconque ouvrage à faire dans un quelconque corridor de l'école et se dirigea vers la porte du bureau qu'elle ouvrit d'une main tremblante d'excitation. Avant de franchir le seuil elle se tourna une dernière fois, ultime provocation, un sourire ambigu aux lèvres : « Quand chus partie de son bureau, mère Notre-Dame du Rosaire avait pas encore lu vot' lettre. Mais a'l'a dû la lire depuis hier. Est ben fine de m'avoir reçue de même. »

Les trois classes de sixième année avaient traversé le boulevard Saint-Joseph dans un calme tout relatif : on pouvait sentir un petit vent annonciateur de libertés, prometteur en passe-droits et permissions spéciales de toutes sortes, en gambades enfin permises à travers les corridors de l'école et en cris jetés comme des défis, s'élever dans les rangs sous la forme d'un continuel babillage qu'il aurait été vain d'essayer d'éteindre et même de petits rires qui se voulaient discrets mais que sœur Sainte-Catherine et sœur Sainte-Thérèse de l'Enfant-Jésus entendaient parfaitement bien, souriantes malgré le léger désordre et elles aussi un peu nerveuses. La seule qui ne semblait pas se réjouir dans le soleil du matin qui tapait déjà fort et vous coulait sur la peau comme un liquide tiède et bienfaisant était sœur Sainte-Philomène. La grosse religieuse avait reçu un coup au cœur lorsque sœur Sainte-Catherine avait annoncé aux trois classes que la titulaire de sixième année B allait les guider dans leur examen de conscience. Cette tâche, absolument

144

obligatoire et qui revenait comme une condamnation chaque première semaine du mois, avait toujours été une torture pour sœur Sainte-Philomène. Ses élèves le savaient et s'en réjouissaient des jours à l'avance, murmurant entre elles : « J' sais pas si c'est à matin que la sœur va nous faire faire notre examen de conscience, j'ai assez hâte ! » ou bien : « C'est peut-être c'te fois-là qu'a'va éclater ! » ou encore : « J'sais pas quel péché va la plus faire rougir, c'mois-citte : l'impureté ou ben donc la gourmandise ! » en se poussant du coude ou en se cachant le visage dans les mains pour rire. Et voilà qu'on lui donnait la responsabilité de préparer la confession de *trois* classes ! Trois ! Quatre-vingt-dix paires d'yeux allaient la scruter, guettant sa respiration, ses battements de cils, les sueurs espérées à son front et, surtout, ses joues qui ne manqueraient pas de rougir à l'énoncé de quelques péchés dont elle ne se sentait pas nécessairement coupable mais qui la mettaient mal à l'aise parce qu'ils représentaient pour elle ou bien des délices défendues qu'elle pouvait très bien s'imaginer parce qu'il était difficile pour elle de ne pas tomber dans leurs pièges, ou bien des jouissances honteuses qu'elle ne comprenait pas tout à fait, mais qui lui semblaient (à son insu, à son corps défendant, à son âme défendante) intéressantes malgré leur réputation d'antichambre de l'enfer ou de perte totale et irrémédiable de l'âme, du corps, de la protection de Dieu et de l'Église, de la vocation et d'abord et avant tout (parce qu'on peut les cacher toute sa vie sans que personne, jamais, n'en sût rien) du respect dû à soi-même. Parler d'orgueil, d'avarice ou d'envie à des enfants de onze ans ne la dérangeait pas ; elle savait que leurs petites âmes en étaient totalement dépourvues et que cela ne viendrait qu'avec l'âge adulte, péchés de société où la concurrence, la recherche de la réussite, l'inévitable lutte pour garder ce qu'on a tout en enlevant aux autres ce qu'ils ont sont des milieux propices au développement de bien des maladies infectieuses heureusement épargnées aux enfants. Mais parler de gourmandise (le plus facile des sept péchés capitaux, le premier qu'on expérimente, si doux, si gratifiant et tellement, *tellement* accessible qu'on s'y adonne sans y penser, sans le vouloir et qu'on est toujours étonné de retrouver parmi les sept grands) et parler d'impureté (ou de luxure, selon que l'un ou l'autre mot semble particulièrement difficile à prononcer certains matins de certains mois), ce péché d'entre les péchés, cette malédiction à laquelle elle avait renoncé en prenant le voile sans jamais l'avoir seulement approchée (à l'époque où elle formait avec sœur Saint-Georges un couple que les autres religieuses s'amusaient méchamment à calomnier — encore un péché très laid —, si on lui avait dit que sa relation avec son amie frôlait de très près la luxure, elle serait tombée foudroyée tant son inconscience était grande) et surtout avoir à *expliquer* l'impureté (ou la luxure) dépassaient totalement ses capacités. Lorsque venait le moment de prononcer l'un ou l'autre de ces mots abhorrés, tout se mettait à tourner autour d'elle ; elle rougissait, elle suait, elle se mettait à bégayer et, immanquablement, elle souhaitait se retrouver devant un énorme plat de pâtes ou un poulet rôti entier ou encore un rôti de bœuf bien saignant (encore palpitant, comme aurait dit sœur Saint-Navet), seule devant son péché à elle, responsable, consentante (mais le seul *désir* de manger faisait-il partie de la gourmandise comme le *désir* d'impureté et le *désir* de voler étaient assimilés à la luxure et à l'envie?), repentante avant même de tomber et chutant quand même parce que franchement la gourmandise ne méritait vraiment pas cette condamnation sans appel! La fraîcheur de l'église surprit les fillettes qui se turent d'un seul coup autant parce qu'elles eurent peur d'avoir froid alors qu'il faisait si beau dehors que parce qu'elles devaient se taire en présence de leur Dieu. Quelques vieilles dames ou demoiselles proprettes, discrètes, humbles à outrance et prosternées pour que tout le monde les voie, garnissaient encore l'immense nef de l'église Saint-Stanislas-de-Kostka, petites taches sombres au milieu des grandes brassées de soleil qui entraient à flots par les vitraux colorés. Les trois classes, guidées par leurs titulaires, se dirigèrent vers le sanctuaire et envahirent les dix premiers rangs de bancs dans un tohu-bohu qui fit se redresser quelques têtes de femmes pieuses et plisser le front de quelques mangeuses de balustres qui se sentirent flouées, volées par ces jeunes âmes qui allaient détourner d'elles l'attention du Seigneur qu'elles entretenaient depuis de longues minutes de leurs confondantes sottises et de leurs commérages crapuleux. Lorsque les trois classes furent agenouillées, sœur Sainte-Catherine sortit son claquoir de bois, frappa un coup sec. Toutes les têtes se penchèrent pieusement. «Sœur Sainte-Thérèse et moi, nous allons vous laisser entre les mains de la bonne sœur Sainte-Philomène. Écoutez ses conseils, réfléchissez bien, ouvrez votre âme au sacrement qui se prépare pour vous et, surtout, pensez à la sainte communion qui est la récompense de toute cette peine que vous vous donnez.» Les deux jeunes religieuses s'éloignèrent vers la sacristie, laissant une sœur Sainte-

Philomène au bord de l'apoplexie, les yeux sortis de la tête, la bouche pâteuse, les mains, heureusement dissimulées dans les manches larges et accueillantes de son uniforme, tremblantes et froides. Sœur Sainte-Philomène venait de réaliser à sa grande terreur que toutes les dames présentes allaient profiter de ses paroles pour, elles aussi, faire leur examen de conscience et elle avait l'impression qu'on venait de l'assommer avec un bâton de hockey ou un bat de baseball. Elle descendit lentement vers le fond de l'église, entra dans le premier banc libre derrière les trois classes et tomba à genoux comme une grande pécheresse qui vient se remettre entre les mains de Dieu après une vie de déraisons, d'accrocs, de défis, de complaisances. «Mon Dieu, aidez-moi! Aidez-moi, mon Dieu! Mon Dieu, aidez-moi!» Mais tout ce qui sortit de sœur Sainte-Philomène fut un long pet pitoyable qu'elle ne put retenir et qui frappa de stupeur les dames présentes et même les fillettes qui comprirent pour la première fois la grande torture que subissait chaque mois la titulaire de la sixième année B.

Simone regrettait amèrement son geste irréfléchi. Quelques mots échangés avec Lucienne Boileau avaient été suffisants pour lui rappeler que la grosse fillette de la rue Papineau était vraiment trop accaparante: elles ne s'étaient pas aussitôt jetées dans les bras l'une de l'autre que déjà Lucienne lui jurait fidélité, exclusivité et amitié éternelle en lui enserrant la taille de ses mains moites qui laissaient des traces sur tout ce qu'elles touchaient et en frottant contre son épaule ses tresses graisseuses qui sentaient la patate frite. Simone avait eu l'impression de tomber d'une trappe dans une autre, plus petite, plus étouffante. Mais comment faire maintenant pour se débarrasser de Lucienne et faire comprendre à Thérèse et Pierrette qu'elle regrettait déjà sa crise d'indépendance et qu'elle avait l'impression qu'elle mourrait loin d'elles? « Chus donc gnochonne, des fois ! J'les vois pas pendant des semaines, pis j'réussis à gâter notre deuxième rencontre ! Maudite Lucienne, aussi ! C'est de sa faute si tout ça est arrivé ! J'y parlerai pus jamais ! Jamais ! C'est fini ! J'aimerais mieux qu'on m'arrache la langue ! » Simone soupira et Pierrette, qui avait réussi à se faufiler à côté d'elle dans le banc d'église, tourna un peu la tête dans sa direction, espérant que son amie lancerait vers elle un regard suppliant mais Simone n'avait pas bougé la tête et Pierrette crut qu'elle avait soupiré en pensant à ses péchés. « Y doivent être graves ! » Elle-même avait quelque difficulté à se concentrer sur les insignifiantes effractions qui avaient meublé son mois. Pierrette avait toujours trouvé humiliant d'aller raconter à un vieux monsieur caché derrière une grille qu'elle avait menti à sa mère (deux fois, non, trois, non, deux, la troisième fois, elle n'était pas sûre si c'était un mensonge ou non); qu'elle avait volé un morceau de gâteau sur l'armoire; qu'elle avait désobéi une fois (elle avait porté sa robe jaune, un matin, alors que sa mère venait de repasser sa robe brune qu'elle venait de laver); qu'elle avait été impatiente (plusieurs fois avec Simone, avec Thérèse, avec sa mère, avec son père, avec sa titulaire) ou qu'elle avait succombé à la gourmandise en mangeant deux pointes de tarte, un soir, alors qu'elle n'avait plus eu faim après sa viande. Sa vie privée ne concernait qu'elle, après tout ! En tout cas, tant et aussi longtemps qu'elle ne tomberait pas dans les vrais gros péchés, ceux qu'on ne peut pas commettre sans se perdre tout à fait et qui demandent le secours d'un prêtre et une sévère pénitence (au moins un rosaire) pour être pardonnés. Elle avait cru au pied de la lettre ce qu'on lui avait dit des péchés dès sa première année à l'école : pour elle, les fautes vénielles n'étaient que de petites taches sans conséquence qu'elle pouvait laver d'une sincère prière ; les péchés mortels, par contre, laissaient des marques quasi indélébiles qui demandaient l'aide d'un envoyé du Seigneur pour être nettoyées à jamais. Mais comme elle n'avait jamais à sa connaissance commis un seul péché mortel (elle avait même déjà fait le vœu, un jour, de n'en jamais commettre de toute sa vie mais elle commençait déjà à trouver que ça serait peut-être un peu long), ses courtes visites au confessionnal lui avaient toujours paru autant inutiles que désagréables. Certains prêtres acceptaient sans sourciller l'aveu de ses petites fautes d'enfant innocente et la renvoyaient avec trois «Je vous salue, Marie» à réciter à genoux à la sainte table mais d'autres, comme le curé Bernier, par exemple, que *toutes* les filles de l'école essayaient d'éviter tant il était inquisiteur, ne se contentaient jamais de ce qu'elle leur racontait, comme s'ils n'avaient pas eu confiance en elle ou comme s'ils avaient douté de son intelligence. Ils posaient des questions gênantes qu'elle ne comprenait pas toujours, mais qui toujours la mettaient mal à son aise. «C'est tout ?» «Ben, oui...» «T'es sûre ?» «Ben... oui...» «Ben sûre ?» «Ben... j'peux pas vous conter les péchés des autres, j'les connais pas !» «Réponds-moi pas comme ça ! Tu m'as l'air d'une forte tête, toi ! C'est quoi, ton nom ?» «Jeannine Trépanier, cinquième année C! » (Ça y est, déjà un mensonge pour le mois prochain! Et tant pis pour la grande Jeannine Trépanier qui l'avait bousculée, la veille, dans la cour d'école!) « T'es sûre, Jeannine Trépanier de cinquième année C, que t'as pas commis une faute plus grave pendant tout le mois? » « Oui! » « Ça t'arrive pas, des fois, le soir... quand tu prends ton bain ou quand tu vas te coucher... de te toucher un peu partout? » « Jamais de la vie! Chus pas un garçon, vous saurez! » Elle avait jusqu'ici toujours réussi à s'en sortir avec une pénitence de moins d'un chapelet (alors que certaines grandes de neuvième claironnaient à qui voulait l'entendre qu'elles venaient d'entrer dans la ligue des «plus qu'un rosaire», ce qui leur conférait un prestige certain en les inondant aussi d'une espèce d'odeur de soufre qui effrayait certaines parmi les plus jeunes fillettes), mais pour combien de temps encore? Le fait est que les assiduités de Maurice, le frère aîné de Simone, l'avaient beaucoup plus perturbée qu'elle ne voulait bien se l'avouer. Maurice avait soulevé dans son âme un coin de cette chose, laide, semblait-il, au point de parfois donner des maladies qui pouvaient tuer (oui, oui, oui, qui pouvaient *tuer*). C'était là, d'ailleurs, l'une des raisons pourquoi Pierrette avait résisté jusque-là aux charmes pourtant nombreux et fort appréciables du beau Maurice Côté qui mollissait comme une guenille lorsqu'elle daignait s'approcher de lui: on l'avait bel et bien prévenue que les garçons n'étaient pas seulement une source de péchés presque impardonnables, mais également, ce qui était encore plus grave, l'origine de maladies de toutes sortes, qui finissaient toutes plus mal les unes que les autres, «la famille» n'en étant pas la pire, seulement la plus évidente. Pierrette n'avait pas du tout envie de se retrouver avec un énorme ventre comme ses trois sœurs, Germaine, Rose et Gabrielle, après avoir concédé à Maurice un baiser prolongé qui, semblait-il, était la cause de tout mal et le début de la damnation. Elle soupira à son tour sans s'en rendre compte et ne vit pas Simone tourner vers elle un visage suppliant. Elle allait donc prendre son courage à deux mains, encore une fois, et raconter au prêtre, s'il n'était pas trop curieux, qu'elle avait encore menti à sa mère, qu'elle avait encore volé un morceau de gâteau... « Y vont finir par me reconnaître, j'dis toujours les mêmes affaires ! » Lucienne Boileau, pour sa part, était tellement heureuse qu'elle ne pouvait s'empêcher de se tourner toutes les trente secondes vers sa nouvelle amie qui se trouvait cinq rangées derrière, cachée par Claudette Turgeon qui avait sûrement fait exprès de placer son énorme tête frisée devant Simone... Elle connaissait ce matin-là un bonheur violent, inespéré, qu'elle avait beaucoup de difficulté à contenir parce qu'il voulait exploser en cris de joie et en chants de victoire et elle avait envie de raconter au prêtre qui tout à l'heure allait se pencher sur ses péchés qu'elle avait l'intention de ne plus jamais commettre une seule faute de sa vie, même vénielle, parce qu'elle expérimentait enfin ce qu'était le vrai état de grâce. Quelque chose au fond d'elle-même, cependant, la prévenait que sa définition de l'état de grâce n'était pas nécessairement la même que celle du prêtre et qu'elle risquait de s'attirer des ennuis si elle en parlait. Aussi décida-t-elle de garder son grand bonheur pour elle-même et de dire n'importe quoi en confession. « J'f'rai mon examen de conscience une autre fois, chus trop heureuse, à matin, pour m'occuper de ça!» Quant à Thérèse, elle était plongée dans le premier grand dilemme de sa vie: allait-elle avouer au prêtre tout ce qui s'était passé depuis sa dernière confession à la fin d'avril, sa rencontre avec le gardien du parc Lafontaine, le délicieux désarroi dans lequel l'avait laissée le baiser qu'elle avait arraché au jeune homme, la chaleur qui l'envahissait chaque fois que Gérard Bleau posait les yeux sur elle, ce qui arrivait relativement souvent puisqu'il s'était mis à la suivre, l'excitation, justement, de savoir qu'un homme, *un homme*, pas un petit niaiseux comme Maurice Côté qui fondait en eau chaque fois qu'il apercevait Pierrette, la suivait déjà alors qu'elle n'avait que onze ans et qu'elle n'était pas encore tout à fait formée? Ou n'était-il pas plus prudent de tout garder caché en elle, n'avouant comme d'habitude que les fautes les plus bénignes pour donner bonne conscience au prêtre parce que, elle, franchement, l'histoire du péché véniel et du péché mortel, elle avait beaucoup de misère à l'avaler? Thérèse avait un esprit beaucoup plus pratique que Pierrette ou que la plupart des autres fillettes de son école, même les plus vieilles: elle acceptait plus difficilement que ses compagnes les légendes, souvent tellement naïves et même franchement sottes, et les théories primaires de Bien et de Mal dont s'entourait la religion catholique, mais elle avait la prudence de n'en parler à personne, prévoyant le scandale qu'elle déclencherait si elle demandait à sœur Sainte-Philomène pourquoi la robe de Notre-Seigneur Jésus-Christ n'avait pas de couture, quelle importance et surtout quelle utilité cela pouvait-il bien avoir; ou comment se fait-il que le petit Jésus ait eu un père pur esprit avant d'avoir une vraie mère

153

comme tout le monde; ou comment avait-il fait pour monter au ciel comme un pigeon déplumé; ou comment se fait-il que la Sainte Famille n'ait pas été plus riche après la visite des Rois mages, l'or, l'encens et la myrrhe étant sûrement trois métaux très précieux; ou alors comment se fait-il qu'on puisse laver son âme si facilement après avoir commis des péchés aussi graves, aussi laids, aussi dangereux pour la santé que la luxure, la concupiscence, l'impureté et la sensualité? Certains de ces «mystères» remplissaient ses compagnes d'aise, les faisaient rêver et comblaient leurs petites âmes bornées, mais Thérèse restait imperméable au charme du Seigneur multipliant les poissons (des poissons, franchement! pourquoi pas du gruau, tant qu'à y être) ou de Jonas survivant trois jours dans le ventre d'une baleine (ouache!) ou de Jésus-Christ (on revenait toujours à lui) marchant sur les eaux du lac Memphrémagog! La confession était donc rapidement devenue pour elle une espèce de jeu de cache-cache dans lequel elle dévoilait au prêtre une partie de la vérité sans jamais totalement se livrer à lui. Mais ce matin-là, elle avait envie de choquer, de provoquer, la crise d'indépendance de Simone l'ayant mise de très mauvaise humeur. Malgré sa grande intelligence et sa perception très précoce de certaines choses qu'elle n'aurait dû normalement comprendre que beaucoup plus tard, Thérèse avait des côtés encore très enfantins et avait tendance à mélanger à cause de cela ce qui était important et ce qui ne l'était pas, grossissant parfois jusqu'à l'obsession des détails sans conséquence et minimisant des faits vitaux qui allaient avoir sur sa vie une grande influence. Elle s'amusait souvent de ce qui était dangereux et s'inquiétait de ce qui était inoffensif. Elle attacha encore une fois son bas qui avait commencé à lui glisser le long de la jambe. «Maudite Simone, a' va me payer ça, elle!» Lorsque sœur Sainte-Catherine et sœur Sainte-Thérèse de l'Enfant-Jésus revinrent de la sacristie suivies de quatre prêtres qui semblaient fort ennuyés d'être là, sœur Sainte-Philomène se redressa, tout d'un coup, et lança d'une voix désespérée: «Rappelez-vous! l'avarice, la paresse, l'envie, la colère, l'orgueil, la... la... gourmandise et la... la... l'impureté!»

Pour empêcher Marcel de sortir de la maison, Albertine avait refusé de l'habiller. Il avait crié, pleuré, supplié, jurant qu'il irait jouer dans la ruelle sans s'approcher de la cour «de la madame d'en bas», mais Albertine avait résisté à toutes ses promesses et avait continué de vaquer à ses occupations (ce qui avait bien insulté Marcel qui ne comprenait pas qu'on puisse s'occuper d'autre chose quand il avait des problèmes). Il avait fini par se réfugier dans son sofa de la salle à manger, serrant contre lui une poupée informe, sale, poquée, dont il refusait absolument de se séparer et qui faisait la honte de sa mère lorsque venait de la visite. Il n'avait pas dormi. Il s'était contenté de fixer le plafond en soupirant pendant de longues minutes, posant sur sa mère un regard lourd de reproche lorsque celle-ci, plongée dans un grand époussetage, passait devant lui. «Essaye donc de dormir, un peu! T'es toute énarvé, là!» «Non! J'dormirai pus jamais!» «Hé, que vous avez donc la tête dure, toé pis ta sœur! Y suffit qu'on vous défende de faire quequ'chose une fois pour que vous vous mettiez à nous menacer de pus manger, de pus boire, de pus dormir ! J'te l'ai déjà dit, maudite tête de cochon, que ça sert à rien de dire des affaires de même, que ça se peut pas que tu manges pus, pis que tu dormes pus ! J'sais pas, moé... dis-moé que tu me donneras pus jamais de becs, là j'vas comprendre pis ça va me faire d'la peine... » « J'te donnerai pus jamais de becs, d'abord ! » « Franchement, Marcel ! Oube donc t'es pas intelligent, oube donc tu l'es trop pis tu me fais marcher ! » Elle avait entrouvert la porte de la chambre de son frère Gabriel, s'était assurée que ce dernier dormait bien, puis avait doucement refermé la porte. « Tu me fais parler fort, encore, pis tu sais qu'y faut que mon oncle Gabriel dorme jusqu'à midi... » Marcel avait bien pensé à se sauver de la maison en pyjama mais il s'était dit que la madame d'en bas n'aimerait peut-être pas le voir arriver comme ça, elle toujours si propre et ses trois filles qui sentaient si bon le savon... Il avait donc décidé de prendre son mal en patience. Sa mère finirait bien par l'habiller. Il ne lui serait jamais venu à l'idée de s'habiller tout seul. On l'avait toujours un peu traité comme une poupée, dans la maison. Les autres membres de la maisonnée s'en occupaient chacun à son tour, l'habillant, le nourrissant à la petite cuiller, le lavant et même parfois l'aidant à faire ses besoins (il lui arrivait encore de faire pipi dans sa culotte par pure nervosité, mais il avait appris à annoncer ses autres besoins en se tortillant à la porte de la salle de bains). Étrangement, leur façon de s'occuper de lui n'évoluait pas alors que lui-même, malgré le fait qu'il fût minuscule pour son âge, se développait depuis quelque temps avec une curieuse rapidité. Il se laissait toujours faire, mais il commençait à se poser des questions alors qu'on le considérait encore comme un bébé de six mois. Vers le milieu de la matinée, oubliant qu'il était fâché avec sa mère et pour passer le temps, il se mit à fredonner à haute voix une romance que chantait souvent sa grand-mère lorsqu'elle se berçait dans sa grande chaise près de l'appareil de radio: «Jeunes fillettes, profitez du temps... La violette se cueille au printemps... » Albertine, qui frottait justement le gros radio à l'huile de citron, s'immobilisa soudain, comme si elle venait de remarquer quelque chose pour la première fois, se tourna vers Marcel, le fixa longuement pendant qu'il continuait de chanter. Lorsqu'il eut terminé ce qu'il savait de la chanson, remplaçant certains mots dont il ne se souvenait plus par des «la-la-la» ou des «tam-tam-tam», Albertine contourna la table de la salle à manger et vint s'asseoir aux pieds de son fils. «Tu viens-tu m'habiller?» «T'àl'heure... Moman a queque'chose à te demander, avant...» Marcel se cacha la figure derrière sa poupée éventrée. «J'ai pas faite pipi dans mon pydjama, j'te le promets!» Albertine ne put s'empêcher de sourire tant la joie qui montait en elle était vive. «Non, non, non, c'est pas ça... Marcel, la chanson que tu chantais, là...» «C'est la chanson de grand-moman.» «Oui, j'le sais, ça fait trente ans que je l'entends... Mais... Avant, c'te chanson-là... t'avais de la misère à la chanter, tu t'en rappelles?» «Oui...» Au son de ce seul mot, un oui si clair, si bien prononcé au lieu de l'habituel voui mouillé et irritant, Albertine sursauta comme si on l'avait piquée. Elle se pencha un peu sur son enfant. «Répète c'que tu viens de dire, Marcel...» «Quoi, donc... que c'est que Marcel a encore dit?» Un large sourire illumina le visage d'Albertine qui prit Marcel dans ses bras en riant.

« Marcel... Tu zozotes pus ! » « Ben non. Ça fait longtemps... » Albertine souleva Marcel de son sofa, traversa la maison en courant et fit irruption dans la chambre de sa mère sans frapper. La vieille Victoire, qui lisait *la Presse* du samedi précédent, lança un petit cri d'oiseau effarouché et porta sa main à son cœur. « Moman, Marcel zozote pus ! » Victoire ne se tourna même pas vers sa fille et son petit-fils. Elle replongea la tête dans son journal et dit en soupirant : « C'est ben tout ce qui manquait, dans c'te maison-là, un miracle ! »

Il allait lui parler. Il fallait que cela se fasse aujourd'hui même. Il n'aurait su dire pourquoi, cependant. Alors que jusque-là il s'était contenté de la suivre, de l'épier, se montrant parfois pour voir sa réaction sur son visage (peut-être y cherchait-il la peur, mais elle restait toujours impassible lorsqu'elle l'apercevait et même, à quelques reprises, il avait surpris un sourire au fond de ses yeux et c'est lui qui avait eu peur), restant le reste du temps caché sous un escalier extérieur ou derrière un arbre de la rue Garnier. Mais ce matin-là, en sortant de chez pepère Gariépy, en aspirant l'air de juin qui sentait bon le propre comme si le printemps avait achevé sa grande lessive et étendu son linge immaculé sur la ville qui séchait doucement, debout sur le balcon fraîchement peinturé en vert éclatant, il s'était dit : « C'est aujourd'hui que toute ça va se régler. Ça fait un mois que ça dure, c'est assez ! Ou ben donc j'vas trouver c'que j'charche pis j'vas enfin comprendre ce qui m'arrive, ou ben donc j'le trouverai pas pis j'vas virer complètement fou, mais y faut que quequ'chose arrive ! » Il avait descendu les trois marches du balcon en sifflotant, mais le front plissé. Il savait qu'il ne pourrait la voir avant la récréation de dix heures ; il décida donc de se rendre à l'école des Saints-Anges à pied au lieu de prendre le tramway Papineau jusqu'au boulevard Saint-Joseph. Il grimpa rapidement la côte Dorion et déboucha dans la rue Sherbrooke déjà très encombrée. Il n'aimait pas du tout cette artère qu'il trouvait trop large à son goût et où il se sentait petit et insignifiant ; il allongea donc le pas pour hâter le moment où il plongerait dans le parc Lafontaine qu'il avait à traverser du sud au nord pour se rendre à la rue Fabre. Le parc Lafontaine était en pleine ébullition, en pleine explosion de joie de vivre ; on retrouvait aux arbres toutes les nuances de verts possibles, de la plus tendre (celle des feuilles nouvelles qui venaient à peine de percer leur enveloppe) à la plus profonde (celle des feuilles, les premières à apparaître un mois plus tôt, qui déjà avaient atteint leur pleine croissance et penchaient sur leur tige comme pour protéger les petites nouvelles), en passant par le vert transparent, presque jade des feuilles de tremble qui bruissaient gaiement, luisantes, et celui, profond et reposant, des feuilles d'érables grandes comme la main et pesantes, déjà. Les hortensias avaient donné leurs fleurs et des taches blanches envahissaient les pelouses encore vierges. Toute cette vie, les rayons de soleil qui se frayaient un passage à travers les branches musculeuses des ormes et des peupliers, les oiseaux qui s'en donnaient à cœur joie et qui claironnaient que juin était là et qu'il fallait se réjouir, les écureuils (en particulier une famille d'écureuils albinos monstrueux mais fascinants, qui vivaient au cœur d'un érable et dont les évolutions l'égayaient toujours), frondeurs, jacassants,

tannants et énervés, et surtout l'air pur et presque chaud
qui sentait parfois le crottin de cheval et parfois les fleurs
qui s'époumonaient à libérer leurs essences, toute cette
vie monta à la tête de Gérard qui sentit son cœur dou-
bler de volume dans sa poitrine et son cerveau s'éclaircir
comme si quelques goulées d'air du parc Lafontaine
avaient suffi à dissiper les brumes qui l'obscurcissaient
depuis trop longtemps. Plutôt que de longer la rue
Papineau, il piqua à travers le parc, presque heureux,
oubliant ses inquiétudes et sa souffrance en sachant toutefois très bien qu'elles l'attendraient au coin de Rachel
et de Fabre et lui sauteraient sur le dos comme des ani-
maux vicieux aussitôt qu'il quitterait le couvert protecteur
des arbres. Il s'arrêta à une fontaine et but longuement,
consciencieusement, les yeux fermés, moment de
grâce impalpable et soûlant avant le gros de la tempête
qui se ramassait quelque part au coin de son œil. Juste
avant de quitter le parc, il s'arrêta soudain au milieu d'un
chemin de terre battue et eut cette pensée qui le foudroya:
Dieu le voyait. Dieu savait. Quelqu'un savait! Cette
révélation le bouleversa tellement qu'il se mit à trembler et dut chercher refuge au pied d'un arbre. Il n'avait
jamais repensé au « bon Dieu » depuis qu'il avait quitté
l'école après une septième année laborieuse pour lui et
pénible pour son professeur qui avait eu à endurer son
inertie choquante et son ignorance crasse; pas une seule
fois il n'avait eu une pensée pour ce créateur en robe
blanche et à la barbe fleurie qui se promenait quelque
part dans le ciel sur un gros nuage, espionnant chaque
battement de cœur, chaque battement de cil des
malheureux monstres nés de sa tête malade et se repais-
sant de leur souffrance, distribuant parfois quelque risible

consolation, déversant la plupart du temps disgrâces et douleurs à profusion avec une générosité maniaque, ce dieu de Bonté mais surtout de Douleur auquel on l'avait obligé à croire, qui auraît dû régner sur sa vie complète mais qu'il s'était hâté d'oublier aussitôt la porte de l'école franchie à jamais. Il n'était jamais retourné à la messe ni même à l'église et cela (qui s'était très vite répandu dans la rue Dorion) lui avait donné aux yeux des femmes de son quartier un petit goût d'enfer mal fermé qu'elles étaient loin de détester. Et voilà qu'en plein cœur d'une superbe matinée, alors qu'il avait laissé pour une fois derrière lui le carcan qui emprisonnait son cœur depuis un mois, ce Dieu Vengeur venait le ravager d'un seul coup, l'emplissant de honte et de culpabilité, lui qui n'avait rien fait et qui n'avait surtout rien voulu. À côté du bouquet d'hortensias où quelques semaines plus tôt Richard avait confessé sa vie démesurément douloureuse pour son petit corps fragile à une prostituée qui lui avait dispensé l'absolution avec joie, Gérard Bleau pleura dans la présence de son Dieu qui, il le savait, ne lui pardonnerait jamais ce péché qu'il n'avait pas encore commis.

« Pardonnez-moi, mon père, parce que j'ai péché. » « Laisse faire la formule... Dis tes péchés tu-suite... » Il y eut un petit moment de silence dans le confessionnal. L'abbé Vaillancourt soupira. « Qu'est-ce qu'y'a ? T'es muette, tout d'un coup ? » La fillette s'approcha un peu de la grille, y colla presque le nez. « Ça va-tu compter pareil ? » « Ben oui, ça va compter pareil ! Dis tes péchés, là, tu nous fais perdre du temps ! » La fillette semblait hésiter encore. « As-tu quequ'chose de difficile à avouer ? » « Non... mais c'est la première fois que j'dis pas la formule... J'vas avoir l'impression que ma confession est pas complète... » L'abbé Vaillancourt la coupa sur un ton tellement vif qu'on l'entendit jusqu'à la sainte table où une dizaine d'élèves faisaient pénitence. Toutes les têtes se tournèrent vers son confessionnal. « C'est correct, dis-la, ta formule, mais dépêche-toi ! » Il écouta la longue formule en levant les yeux au ciel. Il passa une main sur son estomac qui le brûlait atrocement. Il avait oublié ses petites pilules blanches et savait qu'il en avait pour encore au moins une demi-heure à endurer les ânonnements timides et si insignifiants de petites filles à l'haleine suspecte qui venaient à lui parce qu'on les y obligeait et qu'il aurait pu (qu'il aurait peut-être même dû) absoudre d'un petit geste de la main sans les écouter. Il sentit un gaz monter dans son œsophage et pensa : « Non, j'veux pas roter ! Ça va me faire tellement mal, après ! » Mais il dut libérer son rot et quelques secondes plus tard la douleur le plia presque en deux. La fillette avait fini sa formule. « Vas-y, qu'est-ce que t'attends ? » « Vous avez pas l'air bien... » « Tu me vois ? » « Oui, le soleil rentre par la porte du confessionnal, pis j'vous vois. » En effet, un rayon de soleil touchait le confessionnal de l'abbé Vaillancourt comme un long doigt bleuté après avoir traversé la robe d'un quelconque saint (saint Stanislas de Kostka lui-même, peut-être) qui semblait bénir un troupeau de moutons dans un des prétentieux vitraux de l'est. Le prêtre se tourna vers la fillette. « Moi aussi, j'te vois. » Elle sourit timidement. « Bonjour, monsieur l'abbé ! » L'abbé Vaillancourt, comme piqué par une abeille vicieuse, recula, reprit sa position initiale, fronça les sourcils. « De la patience... Y faut que j'aie de la patience... » Il parla le plus calmement qu'il put mais une pointe de menace traversait sa voix et la fillette le sentit très bien. « Veux-tu, s'il vous plaît, me dire tes péchés que je me débarrasse de toi au plus sacrant ? Y'a une autre petite fille qui attend, de l'autre côté, je l'entends frétiller comme un diable dans l'eau bénite... Finis, que je la confesse, elle aussi ! » Le sourire avait disparu du visage de l'enfant. Elle baissa les yeux pieusement. Sembla réfléchir profondément avant de parler. « Chus venue vous dire que j'ai pas commis de péché, le mois passé, parce que j'étais à l'hôpital. »

« J'veux pourtant pas la violer ! J'ai jamais eu l'intention de la violer ! Pourquoi c'qu'y faudrait que j'me sente coupable, d'abord ! Pourquoi c'qu'y faut toujours qu'on se sente coupable avant d'avoir l'intention de commettre un péché, calvaire ! J'veux juste... j'veux juste la voir ! J'veux même pus lui parler ! » Gérard Bleau avait regagné son poste d'observation, sous l'escalier d'une maison qui faisait face à l'entrée de la cour de l'école des Saints-Anges. Il était dix heures moins le quart, les fillettes ne tarderaient pas à s'écouler de l'école comme une eau joyeuse qu'on libère après l'avoir retenue prisonnière trop longtemps ; parmi elles, Thérèse avec ses airs butés, ses sautes d'humeur, ses exigences vis-à-vis de ses deux amies qu'il trouvait souvent exagérées mais que Pierrette et Simone semblaient trouver toutes naturelles. Il n'avait jamais plus adressé la parole à Thérèse après l'incident du parc Lafontaine mais, à force de la suivre, de la guetter, à l'école autant que sur le trottoir en face de chez elle, de la voir régner sur tous ceux qui l'entouraient, exiger (sans trop le montrer, au contraire de Lucienne Boileau qui ne savait pas dissimuler) qu'on fasse tout à sa tête, dirigeant les jeux de son petit frère qui lui obéissait consciencieusement avec une benoîte sincérité, ceux, aussi, de ses deux cousins qui semblaient ressentir pour elle une admiration sans bornes, menant son petit monde avec un souverain dédain en cachant son grand amour pour ses sujets (amour qu'elle laissait cependant de temps en temps s'échapper sans s'en rendre compte, embrassant l'un, ou sautant sur l'autre, étouffant son frère sous des caresses intempestives ou Simone en la tenant par le cou jusqu'à ce qu'elle crie grâce) sous une couche bien fragile d'indifférence, à force de la voir évoluer avec cette désinvolture innée qui faisait d'elle un incontestable chef de bande, il avait fini par se faire d'elle une idée assez juste malgré son peu d'intuition : il savait par exemple qu'elle n'irait jamais le vendre, ni à ses parents ni aux religieuses de l'école parce qu'une sorte de pacte s'était établi entre eux à force de regards échangés entre les lattes de la clôture de l'école ou de bord en bord de la rue Fabre ; ils allaient vivre leur relation muette et déréglée jusqu'à ce qu'un incident se produise qui ferait qu'ils se parleraient ou ne se parleraient pas selon le choix qu'ils feraient alors, s'expliquant une fois pour toutes en mots hachés, en sanglots, en hoquets ou préférant garder le silence en continuant de s'abreuver de loin avec des sentiments mêlés de passion et de crainte. Lorsque la cloche de la récréation retentit dans toute l'école, les tempes de Gérard se mirent à battre plus rapidement ; il enfouit ses mains dans ses poches et appuya le front contre une des marches de l'escalier. Les deux portes qui donnaient dans la cour s'ouvrirent en même temps et un flot d'uniformes noirs, de bras blancs et de jambes gainées de beige s'écoula dans le grand carré d'asphalte; les cordes à danser se mirent à faire des cercles dans le soleil, des chevelures volèrent au vent, des complaintes s'élevèrent, monotones et absurdes («... dites-moi le nom de votre cavalier... A... B... C...»). Gérard sortit de son trou, traversa la rue comme il le faisait si souvent pour glisser un œil entre les planches de la clôture. La classe de Thérèse n'était pas dans la cour. Il commençait à reconnaître les élèves de la sixième année B et lorsqu'il n'apercevait pas Thérèse tout de suite, il cherchait les grandes jumelles, Claudette et Ginette Latour, ou bien la grosse Lucienne Boileau qui tournait toujours autour de Thérèse... Mais ce matin-là, la sixième année B était absente. Une retenue? Les trente fillettes étaient-elles prisonnières de leur classe parce que l'une d'entre elles avait fauté? (Encore la faute. Encore le péché. Encore la culpabilité. Encore Dieu.) Gérard avait envie de hurler: «Laissez-moé tranquille, maudit voyeur!» à cette présence en lui qui ne le quittait plus et pesait sur son âme comme une condamnation, mais il savait que cette présence lui répondrait: «C'est toi, le voyeur...» Persuadé qu'il ne verrait pas Thérèse avant la fin des classes, vers onze heures et demie, il allait reprendre son poste sous l'escalier lorsqu'il aperçut les trois classes de sixième année qui revenaient de l'église en rangs pieux, silencieux, calmes. Le premier groupe d'écolières étant à peine à trente pieds de lui, la fuite était impossible; il décida donc de s'appuyer contre la clôture comme un passant qui s'attarde innocemment à regarder jouer des enfants bruyants. La classe de sœur Sainte-Catherine défila devant lui la première, s'émiettant en enfants criardes et excitées aussitôt la porte de la cour franchie. Pierrette blêmit en apercevant de si près l'homme qui suivait Thérèse depuis des semaines. Elle figea presque sur place et Lucie Brodeur, qui la suivait immédiatement dans le rang, dut la pousser dans le dos pour qu'elle franchisse la porte. Lorsque la classe de sœur Sainte-Philomène commença à passer à côté de lui, Gérard eut envie de s'enfuir, d'aller se réfugier sous son escalier et d'aller lécher ses plaies, comme un chien blessé. Thérèse fit semblant de ne pas le voir. Elle passa près de lui la tête haute, dédaigneuse et hautaine. Un sanglot monta à la gorge de Gérard qui dut ravaler plusieurs fois pour le contenir. Sœur Sainte-Thérèse de l'Enfant-Jésus passa ensuite près de lui en lui murmurant un «Bonjour, monsieur!» si joyeux et tellement innocent que Gérard le reçut comme une gifle. Thérèse avait couru vers Pierrette et déjà les deux amies avaient engagé une discussion animée. Pierrette pointait dans la direction de Gérard et Thérèse lui retenait le bras en tapant du pied. Gérard était de nouveau seul dans son vertige qui le tenait encore une fois plié en deux. «C'est pas vrai que j'veux pas la violer! Mon Dieu, c'est pas vrai que j'veux pas la violer! Aidez-moé!»

«Y'est quasiment rendu dans'cour! Ben vite, y va venir jouer avec nous autres, si ça continue!» «Mêle-toé donc de tes affaires, Pierrette Guérin! J't'ai rien demandé!» «Non, mais lui, y pourrait te demander que-qu'chose, par exemple, Thérèse!» «Voyons donc, y'est pas dangereux!» «On sait jamais! Ça fait un mois que tu dis ça, qu'y'est pas dangereux, mais un bon jour, y pourrait sauter sus toé pis on pourrait ben te retrouver en dessours d'une galerie, coupée en petits morceaux... » Thérèse partit d'un grand rire faux qui l'étonna elle-même. « En petits morceaux ! Pourquoi pas passée au moulin à viande, tant qu'à y être ! » « En tout cas, si ça continue comme ça, moé, j'vas aller le dire à'sœur ! » La pression subite de la main de Thérèse autour de son poignet fit grimacer Pierrette de douleur. « Fais jamais ça, toé ! » « Lâche-moé, tu me fais mal ! » « Si tu fais ça, là, j'te parle pus jamais ! Tu m'entends ? Jamais ! » « Veux-tu me lâcher ! » « Dis que tu le diras pas à'sœur ! » « J'y dirai pas, mais lâche-moé ! » Thérèse desserra son étreinte et se mit à frotter le poignet de son amie comme pour se faire pardonner. Pendant ce temps, à l'autre bout de la cour, Simone regardait le bout de ses souliers pendant que Lucienne l'invectivait. « T'arrives à matin, tu me sautes dans les bras, tu me dis que tu veux pus jamais leu' parler, que tu veux être mon amie, pis là t'as le front de venir me dire que tu veux faire la paix avec eux autres ! » Simone, butée, ne répondit pas. « Ben réponds ! Dis quequ'chose ! Moé, chus ben prête à être ton amie, mais j'veux pas te partager avec eux autres ! J'veux être tu-seule à être ton amie ! Eux autres, c'est des folles ! » Simone ne leva pas la tête pour parler. Elle pencha même un peu plus le corps par en avant pour être bien sûre que Lucienne ne verrait pas son visage. « Pourquoi tu te fais des accrères de même, Lucienne ! Tu le sais ben qu'on t'aime pas... Ni Thérèse, ni Pierrette, ni moé. Chus venue te parler à matin juste pour les faire chier pis t'arais dû le comprendre... J't'ai peut-être dit que j'voulais pus jamais leu'parler parce que j'étais fâchée, mais j't'ai certainement jamais dit que j'voulais être ton amie, j'tais pas assez fâchée pour ça ! Arrête de tourner autour de nous autres comme une mouche à marde, aussi ! C'est de ta faute si on rit de toé ! » Simone tourna le dos à Lucienne et fit quelques pas en direction de ses deux amies qui continuaient de gesticuler. Mais Lucienne courut derrière elle, la prit par le bras, la fit pivoter sur elle-même. « Si tu penses que tu vas t'en tirer de même, Simone Côté ! C'est pas si facile ! Tout c'que tu mérites, c'est une bonne volée pis tu vas en avoir une ! Peut-être pas aujourd'hui ni cette semaine parce que j'ai pas envie de me faire punir pis que moé aussi j'veux travailler après le reposoir, mais tu perds rien pour attendre, c'est moé qui te le dis ! » En grosse personne trop sensible, Lucienne parlait en hoquets, le visage mouillé de larmes, le corps entier secoué de spasmes, la voix haut perchée et mal contrôlée. « Un bon jour, quand tu t'y attendras pus, m'as te sauter dessus, pis quand j'vas avoir fini avec toé, tu vas être tellement laide que tu vas rêver du temps ousque t'avais un bec-de-lièvre ! » Simone se dégagea brusquement. « Arrête donc de rêver, Lucienne Boileau ! Tu serais même pas capable de faire du mal à une mouche ! J'ai pas peur de toé parce que t'es pas dangereuse ! » Elle courut vers ses deux amies qui s'étaient quelque peu calmées entre-temps. Elle s'arrêta toutefois à une dizaine de pas d'elles, sans lever la tête. Thérèse la vit la première et poussa Pierrette du coude. « 'Gard'... Le retour de la repentie... » Pierrette oublia immédiatement Gérard et la menace qu'il représentait pour Thérèse et porta toute son attention sur Simone qui ne bronchait toujours pas. « On y parle-tu ou ben donc si on la punit... » « A' vient d'être malade, Thérèse, sa mère nous a demandé de prendre soin d'elle, hier... » « C'est pas une raison pour la laisser rire de nous autres ! » « A'l'a pas ri de nous autres... » « Comment t'appelles ça, d'abord, une fille qui sacre ses amies là pour aller niaiser avec une grosse niaiseuse comme Lucienne Boileau ? A'l'a pas rien que ri de nous autres, a' nous a trahies ! » Thérèse avait élevé la voix pour que Simone l'entende bien et lorsque cette dernière entendit le mot « trahies », elle releva la tête. « Oui, c'est vrai que j'vous ai trahies. Mais... je l'regrette... Laissez-moé r'venir... » Thérèse eut soudain pitié de son air pitoyable de petit oiseau tombé du nid ; elle s'élança vers Simone, la prit dans ses bras, la serra à l'étouffer. « Fais pus jamais ça, Simone... » « Non, j'le f'rai pus jamais ! » « Tu t'en es-tu confessée, au moins ? » Simone se dégagea de son étreinte. « Y fallait-tu ? » « Ben non, voyons donc ! C't'une farce que j'te fais ! » Alors s'élevèrent dans la cour de l'école trois rires clairs qui firent se tourner bien des têtes et on vit trois petites filles, le célèbre trio « Thérèse pis Pierrette » à nouveau réuni, se prendre par la taille et laisser monter vers le ciel leur joie de se retrouver.

De l'autre côté de la rue, un jeune homme d'une très grande beauté s'abîmait dans des questionnements plus grands que lui, insultant la nature qui avait réveillé en lui une force qu'il n'avait jamais soupçonnée et qu'il avait peur de ne pouvoir dompter, injuriant son Dieu qui s'était présenté à lui après des années sous les traits d'un inquisiteur au doigt pointé dans sa direction, aux yeux remplis de reproches plutôt que comme un être miséri-cordieux qui comprend et à qui on peut se confier. Il venait de réaliser pour la première fois où le menait cette quête qu'il avait entreprise depuis un mois et cette révélation le crucifiait. Il n'avait pas vu la jeune religieuse traverser la rue, se diriger vers lui en souriant, aussi sursauta-t-il lorsqu'elle lui parla d'une voix pourtant douce. « Excusez-moi, monsieur... J'vous ai aperçu, tout à l'heure... vous regardiez dans la cour... et... je ne sais pas comment vous demander ça... Je voudrais savoir si vous cherchez du travail... » Gérard s'entendit répondre « Non... » plus qu'il n'eut conscience de le dire. « Vous cherchez pas d'ouvrage ? » Cette fois, il ne répondit pas. « Vous avez l'air troublé... C'est vrai que c'est gênant de parler de ces choses-là... Écoutez... J'ai besoin de quelqu'un qui pourrait nous aider, mes élèves et moi, à sortir du hangar des choses assez grosses et très pesantes... J'pourrais pas vous payer bien cher, mais assez pour vous payer un bon repas, ce soir... L'école me donne un bien petit budget... » La situation était tellement absurde, cette religieuse innocente qui lui ouvrait la voie juste au moment où il aurait voulu se sauver en courant, que Gérard se surprit à sourire, de ce sourire si efficace dont il avait fait tant usage dans le passé. Il sentit la religieuse se réjouir du visage si beau, si pur, si ouvert qu'il lui montrait et le loup, en lui, eut un grand rire gras. « Ah ! c'est comme ça ! Vous voulez me faciliter la tâche ! Ben au yable la culpabilité ! » Il ne savait si cette pensée s'adressait à Dieu ou à la religieuse, mais elle lui fit un bien énorme et une bouffée de joie lui monta à la tête. Il se redressa dans l'escalier. L'érection qu'il avait tant maudite quelques minutes plus tôt avait disparu et il sentait ses forces revenir. « J'vous suis, ma sœur ! C'est pas le travail qui me fait peur, vous savez ! » Lorsque sœur

Sainte-Catherine entra dans la cour d'école suivie d'un superbe jeune homme, ses élèves sentirent leur cœur battre. « Mais y'est ben beau ! » « C'est qui, donc, ça ? » « Sœur Sainte-Catherine s'est faite un chum ! » Mais Thérèse, Pierrette et Simone, comme frappées de stupeur, restèrent figées dans les bras l'une de l'autre, leurs têtes tournées vers Gérard qui regardait dans leur direction en souriant. Quant à Lucienne, on peut dire qu'elle était heureuse, à sa façon : elle se grattait le bobo, tassée sur elle-même dans les marches du perron de ciment.

Il avait insisté pour que sa mère lui mette sa petite culotte courte blanche qu'elle lui avait achetée pour Pâques et dans laquelle il se sentait si beau ; il avait lui-même choisi le chandail bleu poudre qu'il aimait tant parce que Thérèse lui disait toujours qu'elle avait envie de le mordre lorsqu'il le portait ; quant à ses bottines blanches, elles étaient déjà vieilles et usées, mais une épaisse couche de teinture dissimulait quand même assez bien les taillades dans le carton simili-cuir et de toute façon Marcel avait comme théorie que les bottines c'est pas important et que le reste de sa personne suffirait amplement à atteindre le but qu'il s'était fixé : séduire suffisamment Rose, Violette, Mauve et surtout Florence, leur mère, pour qu'elles le conduisent enfin auprès de son grand amour, Duplessis. Sa mère avait commencé par lui résister avec de grands cris : « Comment ça, te mettre tes habits du dimanche en plein mardi matin ! Es-tu après virer fou ? J'veux même pas que tu sortes pis tu parles de t'habiller comme le Prince de Galles pour aller te promener dans une maison vide ! » Trois fois pendant le mois qui venait de s'écouler Albertine avait demandé à son frère Gabriel d'aller vérifier si la porte de la maison d'à côté était bien verrouillée et chaque fois le mari de la grosse femme était revenu en lui disant que Marcel avait trop d'imagination et que cela pourrait finir par lui jouer de bien mauvais tours. Mais même si elle ne l'avait jamais vu entrer dans la maison voisine, Albertine croyait son fils quand il lui disait qu'il en arrivait. Elle ne croyait pas le reste de ses histoires, ces femmes qui tricotent des pattes de bébés à la journée longue en buvant du thé sortaient sûrement d'une imagination que Marcel avait vue quelque part ou d'une histoire que lui avait racontée sa grand-mère, mais comme il disparaissait souvent pendant de longues heures sans que personne ne sache où le trouver et qu'il revenait toujours propre comme un sou neuf, peigné de frais et souriant aux anges, elle savait qu'il allait vraiment se promener dans cette maudite maison abandonnée, errant à travers les pièces en se fabriquant un monde dans lequel il se réfugiait et ramenant à sa mère catastrophée des bribes d'inventions dont elle avait peur mais qu'elle trouvait malgré elle très belles. Il lui arrivait d'avoir quelques difficultés à glisser dans le sommeil, la nuit venue, tant Marcel la préoccupait. « Si j'ai donné au monde un fou j'vas tout faire pour qu'y guérisse, mais si j'y ai donné un poète j'ai ben peur qu'y'aye pas de remède, pis j'me le pardonnerai jamais ! » Une fois, un mercredi matin, alors que son lavage trempait dans la vaste bassine en tôle qui lui servait de lessiveuse, elle avait descendu l'escalier extérieur pour aller vérifier elle-même si la porte de la maison d'à côté était bien fermée. Marcel était un peu malade, ce jour-là, et avait gardé le lit (Marcel aimait beaucoup être malade parce que sa mère lui permettait alors de coucher dans son propre lit, cet énorme vaisseau de bois noir qui dégageait des odeurs qui l'excitaient et qu'il savourait en fermant les yeux). Elle avait longuement hésité avant de pousser la barrière de métal, jugeant cette visite absurde mais ressentant quand même le besoin d'aller tourner la poignée de la maudite maison et même de sonner pour voir, juste pour voir... Elle avait traversé l'allée de ciment sur la pointe des pieds, comme un voleur, la nuit, avait grimpé sur le perron en prenant d'infinies précautions pour ne pas faire craquer le bois des marches, puis avait collé son nez contre la vitre de la porte en posant ses mains en visière sur son front pour empêcher la lumière de se refléter dans ses yeux. Et le ridicule de sa situation l'avait brusquement frappée comme une claque en plein visage. Elle s'était tournée d'un bloc pour vérifier si quelque voisine n'était pas en train de rire d'elle, madame Lemieux, par exemple, qui passait ses journées sur le balcon depuis qu'elle avait laissé sa job chez Giroux et Deslauriers, quelques semaines plus tôt, parce que le bébé qu'elle attendait l'empêchait de se pencher aux pieds des clients pour leur essayer des souliers, ou Marie-Louise Brassard, derrière son rideau de dentelle de coton, qui voyait toujours tout avec ses yeux scrutateurs et qui semblait vous juger quoi que vous fassiez ; mais la rue était calme. Seul un vieux chien, vautré dans un carré de terre où poussaient quelques plants de salade du diable, la regardait curieusement comme s'il avait compris son geste et l'appuyait d'une façon inquiète. Alors Albertine s'était laissée aller à rire comme une hystérique, elle qui ne riait jamais, s'appuyant contre l'une des colonnes du balcon, y posant la tête qui avait commencé à lui tourner et retenant ses larmes avec ses mains pour les empêcher de couler jusque dans son cou. Et Marcel était doucement sorti de la maison de Florence sans qu'elle le voie ; il était allé s'asseoir dans l'escalier pour l'attendre, un sourire aux lèvres et des merveilles au fond des yeux. Alors qu'elle l'avait cru endormi dans son lit, luttant contre sa faible fièvre, il s'était glissé dehors et était allé rejoindre ses grandes amies qui l'avaient reçu dans leur salon tellement rempli de belles choses étranges et inutiles que chaque visite qu'il y faisait se transformait en découverte du monde. Lorsqu'elle l'avait aperçu assis dans les marches de l'escalier, Albertine avait cessé de rire d'un seul coup et l'avait renvoyé au lit en le menaçant de sa main ouverte qui l'avait jadis tant terrorisé, mais qui ne faisait plus que l'amuser. Cependant, ce mardi matin, Albertine avait eu la ferme intention de ne pas laisser Marcel sortir. Il avait supplié, crié, il avait pleuré et avait même fait le geste de lui donner des coups de pieds mais s'était ravisé lorsqu'il avait vu la menace dans les yeux de sa mère. « Tu zozotes pus mais t'as attrapé la danse de Saint-Guy, ma grand'foi du bon Dieu ! M'as te faire passer ça en deux coups de cuiller à pot, moé ! » Il était allé se réfugier derrière la chaise berçante de sa grand-mère en pleurnichant. Puis il avait semblé oublier son projet de sortie et était tombé dans un morne silence que sa mère trouva plus inquiétant encore que ses crises. Un peu avant onze heures, l'heure de « Francine Louvain », à la radio, la vieille Victoire était sortie de sa chambre en claudiquant et avait traversé la maison à petits pas prudents. « Maudite jambe ! A'l'a toujours été plus courte que l'autre mais on dirait qu'a' raccourcit en vieillissant ! J'vas être en

retard, là ! J'vas manquer le commencement ! » Albertine
était venue l'aider en lui disant de ne pas s'inquiéter,
qu'elle avait ouvert la radio depuis cinq minutes, que
les lampes avaient eu le temps de chauffer et qu'elle ne
manquerait pas une parole de « Francine Louvain ».
« J'espère ! J'ai pas envie de pus rien comprendre ! »
« Voyons donc, moman ! Ça fait des années que vous
l'écoutez c'te programme là ! Vous pourriez arrêter pendant trois mois pis vous comprendriez toute pareil ! C'est
toujours la même maudite affaire ! » Victoire s'était
arrêtée au beau milieu du corridor et avait dignement
repoussé sa fille. « J'pleure tous les jours en écoutant
"Francine Louvain" pis j'ai pas l'intention d'arrêter pendant trois mois ! » « J'vous dis pas d'arrêter, j'dis que
ça changerait rien ! » « Ça changerait que j'arais pas pleuré
pendant trois mois ! Te vois-tu, toé, arrêter de pleurer
pendant trois mois ? » « J'aimerais trop ça... » « J'te parle
pas de ta vie, j'te parle du radio, moé ! » « J'pleure pas
dans le radio, moé ! » « C'est pas vrai ! Tu pleures comme
tout le monde, Bartine ! J'te vois, des fois, pis j't'entends,
surtout, te moucher dans ton tablier ! » « Moman !
Franchement ! J'me sus jamais mouchée dans mon
tablier ! Faites-moé pas passer pour une cochonne ! »
Lorsqu'elle avait aperçu Marcel prostré derrière sa chaise
berçante, Victoire s'était tournée vers sa fille. « Y'est pas
sorti, lui, à matin ? Y fait beau, pourtant ! » Albertine avait
hésité un moment avant de répondre. « Non... Y'est pas
ben... » Victoire avait poussé un peu sa chaise vers
l'appareil de radio. « J'comprends, qu'y'est pas ben ! Si
t'attends qu'y soye mieux pour le sortir, y va se r'trouver
dans c'te coin-là le matin de ses noces ! » Victoire avait
carrément tourné le dos à Marcel et s'était installée dans

sa chaise avec un soupir d'aise. « Taisez-vous, là, ça va commencer ! » Évidemment, Marcel avait choisi ce moment-là pour sortir de sa léthargie. Il s'était planté à côté de sa grand-mère, lui qui ne s'approchait jamais d'elle tant il en avait peur, et lui avait demandé d'une voix assurée : « J'peux-tu sortir dewors, grand-moman ? Moman veut pas ! » Au même moment, la voix de Nicole Germain jaillissait de l'appareil de radio, pointue et snob : « Francine Louvain, bonjour ! » Victoire, les yeux rivés sur le cadran lumineux jaune, avait lancé un joyeux « Bonjour, Francine ! » en réponse aux salutations de sa vieille amie. Marcel avait regardé en direction de sa mère en fronçant les sourcils. Albertine en avait profité pour s'approcher de lui et le pousser vers la cuisine. « Grand-moman veut pas être dérangée quand a' l'écoute le radio. » « Pourquoi grand-moman a'parle dans le radio ? Tu m'as déjà dit de pas faire ça ! Tantine Louvain l'entend-tu ? » « A' s'appelle pas Tantine, a' s'appelle Francine... » « Pourquoi grand-moman a' parlé à Tantine Francine ? » « Marcel, fais pas exprès pour faire l'épais ! » « C'est quoi, faire l'épais ? » Victoire avait crié tellement fort que Marcel et Albertine avaient sursauté. « Bartine ! Sors c't'enfant-là ou ben donc enfarme-lé quequ'part, mais fais quequ'chose avant que j'saute dessus ! » Albertine avait pris Marcel dans ses bras, avait traversé la salle à manger le plus vite possible et s'était réfugiée dans sa chambre. Marcel souriait. Sa mère l'avait assis dans son grand lit. « T'as gagné ! J'aime mieux t'envoyer faire tes folies dehors que d'endurer une de ses crises... » « J'veux m'habiller en propre... » « Aie pas peur ! Quand tu vas sortir d'icitte, tu vas tellement avoir l'air d'un prince que le monde vont rire de toé su'a rue parce que c'est juste mardi matin! Le monde disent qu'on est fous, dans le boute? Ben on va leu'donner des raisons de plus de le penser... Va chercher tes beaux habits, mon trésor, que moman te déguise!» Marcel s'était donc retrouvé sur le balcon à onze heures cinq, endimanché mais pas très propre parce que sa mère n'avait pas pris la peine de le laver. Il sentait juste un peu le pipi, après tout. Aussitôt la porte refermée derrière lui, il descendit l'escalier en chantonnant. Il sentait son cœur battre et ne pouvait s'empêcher de rire tout haut. «J'm'en viens, Duplessis, j'm'en viens! Attends-moé!» Sur le balcon de la maison d'à côté, Rose, Violette et Mauve tricotaient.

Gérard n'avait pas regardé Thérèse une seule fois depuis qu'il avait commencé à travailler. Il s'était jeté à corps perdu dans le hangar où s'entassait le plus invraisemblable bric-à-brac qu'il avait jamais vu et avait plongé au milieu des statues, des dais, des autels et des brocards de mauvaise qualité en disant à sœur Sainte-Catherine: «Ouvrez ben grandes les portes pis dites à vos p'tites filles que j'veux pas en voir une dans le hangar! J'vas vous passer les affaires une par une pis vous les étendrez dans'cour, comme ça on verra mieux dans quel état y sont!» Sœur Sainte-Catherine était ravie de ne pas avoir à demander à ses élèves, trop fragiles et surtout trop malhabiles, de vider le hangar qu'elle avait toujours jugé dangereux et que mère Benoîte des Anges refusait obstinément de faire réparer. Quant à sœur Sainte-Philomène, dont la force physique était devenue une légende dans la paroisse, sa gaucherie chronique et son manque d'organisation en faisaient une nuisance plus qu'une aide ; on l'avait déjà vue assommer une fillette avec la main gauche de la statue du Sacré-Cœur puis déposer cette même statue sur le pied d'une autre enfant pour venir en aide à la première. Elle avait aussi déchiré le voile du costume de la Sainte Vierge en voulant le secouer et passé à travers un dais qu'elle avait pris pour une plate-forme. Mais elle devenait pourtant très utile lorsque venait le temps de construire le reposoir (scier du bois et planter des clous semblaient être pour elle des passions dans lesquelles elle se jetait avec délectation), mais cela ne se ferait pas avant le lendemain, aussi sœur Sainte-Catherine lui avait-elle intimé l'ordre de veiller sur les trois classes sans s'occuper de ce qui se passerait dans le hangar pendant qu'elle-même et sœur Sainte-Thérèse de l'Enfant-Jésus serviraient de lien entre Gérard Bleau et la cour d'école. Gérard avait relevé les manches de sa chemise à carreaux en se disant : « La p'tite nature va avoir à se grouiller le cul à matin ! » Il démêlait avec une déconcertante facilité le fouillis humide et poussiéreux qui s'entassait dans le hangar depuis un an : ses gestes étaient précis, sûrs ; il déplaçait avec délicatesse mais assurance les plus grosses des statues qu'il prenait à bras le corps en ahanant et qu'il transportait d'un seul trait pour ensuite les déposer avec d'infinies précautions malgré les efforts que cela lui demandait ; il réussissait même à sortir sans aide les grosses plates-formes en bois franc qu'il tirait en dehors du hangar d'un seul coup, les traînant derrière lui et les laissant ensuite tomber sur le ciment après avoir crié : « Attention, ça va faire du train ! » Sœur Sainte-Catherine était rayonnante. En moins d'une demi-heure le hangar était vidé et tous les accessoires du reposoir gisaient dans la cour d'école. Mais tout cela était pêle-mêle et tellement peu intéressant que sœur Sainte-Thérèse de l'Enfant-Jésus eut un moment de découragement auquel sœur Sainte-Catherine mit toutefois fin en claironnant pour être entendue de tout le monde : « C'est toujours un peu déprimant quand on voit tout ça mélangé comme ça, mais quand tout sera à sa place, vous allez voir comme c'est beau ! » Elle n'y croyait pas vraiment mais elle avait vu le visage de son amie s'allonger et quelques fillettes se regarder avec de grands yeux interrogateurs et avait cru bon de les rassurer un peu. Pendant tout le temps que Gérard avait peiné dans le hangar, Thérèse et Pierrette étaient restées silencieuses sous le regard étonné de Simone qui en était toujours à la joie des retrouvailles. Thérèse n'aurait su dire si le sentiment qui l'envahissait était de la peur ou une joie nouvelle qu'elle ne pouvait nommer et qui l'engourdissait de telle façon qu'elle ne pouvait plus rien faire ni penser. Elle travaillait comme tout le monde, redressant les statues que sœur Sainte-Philomène refusait de laisser couchées sur le sol (« On n'a jamais vu ça, une Sainte Vierge su'l'dos, on commencera pas aujourd'hui ») ou transportant des piles de tissu que Gérard avait tendance à laisser choir sur le ciment comme de vieux tas de guenilles. Elle faisait tout mécaniquement, sans presque s'en rendre compte. Elle exécutait du mieux qu'elle pouvait les ordres de sœur Sainte-Philomène mais sans les enregistrer et Pierrette qui, elle, avait franchement peur, la suivait comme un petit chien, peut-être pour l'aider, sûrement pour la protéger si quelque chose arrivait. Et quelque chose allait arriver, Pierrette le sentait. Maintenant que Gérard était parmi elles, *dans* la cour d'école, comme un loup dans la bergerie, Pierrette regrettait de ne pas avoir suivi sa première idée et de ne pas être allée tout raconter à sa mère ou à celle de Thérèse ou même à sœur Sainte-Catherine, si compréhensive et si bonne. Pierrette non plus ne savait pas ce qu'un homme pouvait faire avec une femme ou *à* une femme, mais elle savait par ses leçons de catéchisme que ces choses n'étaient permises que dans le mariage et que même là, elle l'avait entendu dire par sa sœur Rose, mal mariée et déjà perdue à vingt-deux ans, ces choses n'étaient pas très agréables et étaient surtout très sales (cela avait à voir avec les fesses, semblait-il, les fesses, franchement!). Mais jamais elle n'avait entendu dire qu'un homme pouvait faire ces choses-là à une petite fille et la seule pensée que sa meilleure amie, sa plus que sœur, Thérèse, si belle et si changeante et surtout si inconséquente, pouvait être en danger (en danger de quoi, grand Dieu, sous quelle forme et comment!) la terrorisait. Elle avait envie de courir vers sœur Sainte-Catherine et de lui demander si elle avait quelques minutes à lui consacrer au sujet d'un grave problème puis l'instant d'après elle collait aux talons de Thérèse en se disant qu'elle n'avait pas le droit de l'abandonner une seule minute. Thérèse regardait sans cesse en direction du hangar. « Y me guette-tu ? Y me regarde-tu ? Aïe, y'est venu jusqu'icitte ! Y'a traversé la rue pour la première fois ! Y'a demandé à la sœur de travailler pour elle ! Y'a toute faite ça rien que pour me rejoindre ! » Elle se balançait entre ces deux pôles, la peur et la joie, savourant l'une en fronçant les sourcils et plongeant dans l'autre en portant la main à sa poitrine tant elle sentait son cœur battre. « Y va peut-être me demander de me remettre mon bec ! » Ce baiser qu'elle avait volé à Gérard Bleau, un mois plus tôt, elle en avait rêvé presque toutes les nuits et y pensait sans cesse : en faisant ses devoirs et en se brossant les dents, en récitant ses leçons et en dansant à la corde. Et tant que sa relation imaginaire avec Gérard restait au niveau de ce baiser, elle n'avait pas de problème : il était beau, elle avait eu envie de l'embrasser, elle l'avait fait, tout était parfait, elle pouvait rêver sans courir de danger ; mais lorsqu'elle l'apercevait sous son escalier ou dans les marches de l'église, le dimanche matin, pâle et défait et toujours aussi beau, ses rêves innocents crevaient comme des bulles et Thérèse plongeait dans l'eau trouble des désirs qu'elle ne comprenait pas à cause de son éducation insuffisante mais qu'elle ressentait comme des picotements sur son corps, presque des brûlures. « Mais si y me demande d'y remettre son bec pis que j'y dis oui, que c'est qu'y va vouloir, après ? Y va-tu vouloir d'autre chose ? Y va-tu s'en aller pour toujours ? Si y'est pour s'en aller, après, j'aime mieux y dire non pis qu'y reste là ! Mais si y reste là trop longtemps, y va se tanner d'attendre pis y va peut-être partir pareil ! Hé, Seigneur, j'haïs ça pas comprendre ! » Sa mère lui avait dit un jour : « Si un homme t'offre des bonbons, sauve-toé en courant pis viens me le dire, j'vas appeler la police ! » Évidemment, deux jours plus tard son oncle Édouard pourtant si inoffensif lui avait offert des Sen-Sen et Thérèse s'était mise à courir dans la maison à la recherche de sa mère en hurlant : « Moman, moman, y'a un homme qui m'offre des bonbons ! » Toute la famille, en particulier la grosse femme qui prétendait toujours qu'Albertine ne s'exprimait jamais clairement et qui avait sauté sur l'occasion offerte pour se réjouir, avait ri pendant des semaines et Thérèse s'en était trouvée profondément humiliée ; elle avait même décidé de ne plus jamais refuser les bonbons qu'on lui offrirait mais personne ne lui en avait jamais plus offert. Thérèse resta donc au milieu de la cour d'école avec la tête pleine de questions sans réponse et l'inquiétude s'installa lentement en elle. Gérard, lui, malgré la force physique qu'il avait dû déployer, malgré la fatigue qui lui nouait les muscles, la sueur qu'il sentait couler le long de ses omoplates, n'avait pas oublié Thérèse un seul instant ; il avait d'abord cru que le travail agirait sur lui comme une douche froide, que le feu qui l'embrasait finirait par s'éteindre dans l'acharnement qu'il mettrait à déplacer de très gros objets, lui, la petite nature, mais chaque fois qu'il sortait du hangar en portant une plate-forme qui lui résistait et à laquelle il s'écorchait les mains, le soleil le frappait au front comme s'il s'était soudain trouvé dans le champ de vision de Dieu et la gravité de ce qu'il se préparait à faire à cette enfant trop belle qui était venue troubler sa petite vie morne et silencieuse lui apparaissait dans toute son horreur. Il évitait de regarder en direction de Thérèse, mais ses sens la trouvaient ; il la sentait à sa gauche ou à sa droite, son adorable tête tournée vers lui, son sourire mi-cruel mi-innocent finement dessiné sur cette bouche qui avait su l'égarer à tout jamais d'un simple effleurement. Plusieurs fois il avait failli tout laisser en plan, les ridicules objets de culte, les religieuses à la cornette agressive, les enfants stupides qui poussaient des oh ! et des ah ! lorsqu'il sortait du hangar un Saint-Joseph peinturluré ou quelques verges de velours bleu ciel jauni aux plis, mais qu'existait-il en dehors de cette cour d'école, que restait-il de sa vie en dehors de cette trop splendide journée de juin où Dieu lui-même était descendu de ses lointains domaines pour le toucher de son mépris, que serait demain sans Thérèse ou même avec elle ? Et lorsqu'il eut terminé sa tâche, lorsque tous les accessoires du reposoir furent répandus un peu partout comme des cadavres et que la cour d'école eut vraiment l'air d'un champ de bataille, Gérard eut sa seconde révélation qui le laissa pétrifié sur le pas de la porte du hangar vide : il comprit qu'après avoir accompli l'abjection pour laquelle il avait été créé il lui faudrait disparaître ; la mort l'attendait au bout de cette journée de printemps et il s'en trouva soulagé.

Il connaissait déjà très bien le salon pour y avoir passé des heures à écouter Florence lui raconter sa famille, ces générations d'humiliés ou de malotrus, tous descendants du même ancêtre venu de France parce que la guerre de Trente Ans avait dévasté son coin de terre au point où rien n'était plus reconnaissable dans son village : la mauvaise herbe avait envahi la forge, les rats avaient niché dans les fours à pain et il ne restait plus que ruines là où jadis s'étaient élevées des fermes pauvres mais fières et parfois même propres en ce dix-septième siècle particulièrement sale. On faisait toujours asseoir Marcel au même endroit, en petit bonhomme à côté de la table à café de bois noir qui sentait si bon le vernis qu'il arrivait au petit garçon, au milieu d'un récit ou pendant qu'il attendait sa collation, de sortir la langue et de goûter en fermant les yeux. Lorsqu'il collait sa langue sur le bois verni, une drôle de sensation l'envahissait, comme une chaleur mollissante, et il avait l'impression de se mettre à flotter dans le salon; ce goût très prononcé sur sa langue le faisait saliver abondamment et il se mettait à suçoter doucement le bord de la table jusqu'à ce que Florence ou l'une de ses filles lui apporte son biscuit et son verre de lait ou lui dise au beau milieu d'une phrase : « Fais pas ça, Marcel ! Le vernis, c'est pas bon pour la santé, c'est poison ! » Mais le lait, si douceâtre après la saveur acidulée du bois verni, écœurait un peu Marcel qui se contentait d'y tremper les lèvres. Le salon, qui l'avait d'abord tant étonné à cause des meubles gigantesques et du grand nombre d'objets de toutes sortes qui l'encombraient, d'énormes cadres, si vieux et si travaillés qu'on se demandait s'il fallait regarder ce qu'ils contenaient ou se contenter d'admirer les fleurs ouvragées ou les feuilles finement découpées qui les décoraient, des poupées au visage craquelé enfermées sous des cloches de verre et qui semblaient terrorisées de vous voir entrer dans la pièce, des boîtes, des dizaines de boîtes en métal, en bois ou en verre qui avaient contenu des choses dont elles avaient gardé les odeurs, des choses dont Marcel ne connaissait que le nom parce que Florence le lui avait dit ou la senteur parce qu'il avait fourré son nez dans ces contenants de toutes les formes qu'il avait trouvés partout, sur les petites tables, sur le plancher, sur le bord de la fenêtre, lui était peu à peu devenu familier et il y circulait maintenant volontiers et avec aise, osant poser des questions alors qu'au début il s'était contenté de fixer un objet quand il voulait savoir ce que c'était, s'emparant des choses comme si elles lui avaient appartenu, les déplaçant et s'amusant avec même si on lui disait qu'elles n'étaient pas des jouets et, surtout, il s'y sentait heureux parce qu'il savait tout ce temps qu'une récompense, sous la forme d'un gros tas de poil tigré, l'attendait dans la cuisine, sur la bavette du poêle. Florence lui avait dit: «Quand Duplessis va aller mieux, on va te le donner. En attendant, tu peux venir nous voir tant que tu veux. On a toutes sortes de belles histoires à te conter...» Et il avait été plongé dans les légendes de la chasse-galerie, dans les histoires de la bête Pharamine qui ronge les pieds qui dépassent du lit et les doigts qui percent les mitaines, en hiver; il avait appris qu'une grande chicane avait lieu dans un lointain pays et que son père y était pour défendre la mère patrie (la seule *Patrie* que Marcel connaissait était un journal du samedi qu'il ne pouvait pas encore lire mais dont il regardait avidement les illustrations, mais il n'avait pas osé demander s'il s'agissait de la même patrie ou de sa mère); et, plus important encore, il avait appris à ne plus zozoter. Cela s'était fait progressivement et avec une étonnante facilité. À force de dire et de redire les phrases qu'on lui avait demandé de répéter («Ze suis zeune et z'aime les zouzous... Je suis jeune et z'aime les zouzous...») il avait fini par se débarrasser de ce léger défaut dont personne ne s'était jamais préoccupé chez lui. Mais Marcel ne connaissait encore rien d'autre de la maison de Florence que le salon. On ne lui avait jamais offert de visiter les autres pièces; en fait il n'en avait jamais eu envie. Une fois, il avait demandé: «Où c'est que vous couchez?» Mauve lui avait répondu: «Dans not'lit.» Marcel s'était imaginé un grand lit avec les quatre femmes étendues côte à côte sur le dos, tout habillées, et cela l'avait beaucoup fait rire. Il savait cependant que la cuisine était très active parce que lui parvenaient régulièrement des odeurs qui le chaviraient: il y avait toujours une tarte qui dorait dans le four ou un bouilli qui faisait son jus ou un rôti de quelque chose qui pétillait en ruisselant de gras. Mais ce matin-là, tout semblait étrangement calme, chez Florence. Aussitôt qu'il avait poussé la porte de la clôture, il avait senti que les trois tricoteuses le regardaient différemment et lorsque Florence était venue le chercher sur le pas de la porte, une légère peur avait pointé au fond de son cœur: Florence n'était-elle pas un peu plus vieille, un peu plus pâle que d'habitude? Presque transparente? Elle avait posé la main sur les cheveux du garçon. « Duplessis t'attend, Marcel. » Oh! la joie. Marcel avait levé les bras, avait posé à son tour ses deux mains sur celles de Florence qui lui caressait la tête. Il ne pouvait pas parler mais son regard, infiniment tendre et si comblé, fit frissonner Florence qui se racla la gorge avant de parler. « Duplessis est correct, à c't'heure. On va te le donner. Mais faut que tu le gardes pour toé. Y faut pas que t'en parles. À parsonne. Ça va être un secret entre nous autres. Si t'en parles, les autres te croiront pas pis y pourraient finir par te faire du mal sans le vouloir... » Son regard était tellement intense que Marcel comprenait que ce qu'elle disait devait être très important, mais il n'arrivait pas à se concentrer, perdu qu'il était dans la joie de retrouver Duplessis. « Y faut que tu nous promettes de pas dire à parsonne que Duplessis est avec toé... » La lèvre inférieure de Marcel se mit à trembler, un peu, et Florence comprit qu'il était cruel de retarder encore les retrouvailles du chat et de l'enfant. « Va le charcher. Y'est sur la bavette du poêle. Mais avant que tu partes, j'veux te parler. » Marcel se jeta dans le corridor avec un bonheur qui n'était pas très loin du désespoir; il dépassa l'énorme fournaise à charbon qui trônait au milieu de la place, traversa d'une traite la salle à manger plongée dans l'ombre parce que la toile jaune était baissée et fit irruption dans la cuisine en criant de sa voix flûtée : « Duplessis ! Me v'là ! C'est moé ! » Il s'arrêta pile à côté de la table tant son bonheur fut grand quand il aperçut son amour enroulé comme une boule soyeuse sur la porte du four. Il appuya la tête contre le dessous de la table qui lui arrivait à hauteur d'oreilles, incapable de parler et ahanant comme s'il avait couru pendant des heures. Duplessis ouvrit son œil jaune et fixa Marcel sans bouger. La joie qu'il ressentit fut tellement violente qu'il crut défaillir. « C'est lui ! Y'est là ! Mon amour ! Depuis le temps que je le sens rôder dans' maison pis que chus trop faible pour aller le trouver... là, y'est là ! » Seul le bout de son museau rose frémit, s'ouvrit, se referma, puis s'ouvrit encore. « Ah ! y sent toujours aussi bon le pipi séché ! Que c'est qu'y'attend pour venir me prendre dans ses bras ! J'attends ça depuis tellement longtemps ! » L'indépendance des chats est surfaite, mais leur orgueil est très grand et jamais Duplessis n'aurait fait les premiers pas. Il attendait, le souffle coupé, que Marcel vienne à lui. Mais Marcel ne pouvait plus bouger. Il avait mis un doigt dans sa bouche et deux grosses larmes coulaient sur ses joues. « Duplessis, faudrait que tu viennes, chus pus capable d'avancer ! » Mais Duplessis bâilla d'un grand bâillement qui découvrit ses dents douteuses et son palais tout noir. Il se leva, s'étira longuement, voluptueusement, allongeant une patte de derrière, puis l'autre, étirant ensuite ses deux pattes de devant comme pour une révérence, se gratta un peu, puis tourna carrément le dos à Marcel en se repelotonnant. Ainsi sont les chats. Il fixait de son œil unique le fond du four en se disant : « Qu'y vienne ! Qu'y vienne, j'attends rien que ça ! » Alors Marcel rassembla ce qu'il lui restait de forces et traversa la cuisine en direction du poêle. Il s'agenouilla à côté de la bavette et appuya la tête sur la fourrure quelque peu maganée de Duplessis. « Tu veux pus me parler ? Tu m'aimes pus ? » Il déposa un léger baiser sur l'oreille du chat qui sentit sa tête chavirer. Duplessis, lentement, se glissa sur le dos et engendra le plus beau ronronnement de sa vie. Marcel entoura le gros chat de ses deux bras. Les amoureux pleuraient sans rien dire. Sur le balcon, Rose, Violette et Mauve ne bougeaient plus. Florence, leur mère, se tenait debout près de la porte. Lorsque Violette parla, sa voix résonnait étrangement comme si quelque chose avait bloqué dans sa gorge. « Y va-tu avoir la force de garder son secret pour lui ? » Florence passa une main dans ses cheveux. « Je le sais pas. »

Lorsque sœur Saint-Georges appuya sur le bouton de la cloche, il était onze heures trente-deux. Elle était en retard de deux minutes. Six cents paires d'yeux anxieux devaient guetter les horloges dans les classes depuis cinq bonnes minutes déjà ; les vingt salles de cours de l'école des Saint-Anges devaient même commencer à s'emplir de bourdonnements interrogateurs et de protestations de moins en moins discrètes. Appuyée contre une fenêtre de la salle de récréation où les élèves s'entassaient dans un brouhaha réprobateur lorsqu'il ne faisait pas beau, sœur Pied-Botte n'avait pas vu le temps passer et avait oublié, pendant plus d'une heure, toutes ses responsabilités : elle n'était pas à son poste dans son bureau et si quelqu'un venait à sonner à la porte d'entrée, la directrice se verrait dans l'obligation d'aller répondre elle-même ; elle n'avait pas, comme elle devait le faire chaque matin, passé un torchon imbibé d'huile de citron sur la fenêtre et sur les meubles du bureau de mère Benoîte des Anges où un seul grain de poussière était considéré comme une insulte personnelle ; et voilà que l'heure de la fin des cours était arrivée sans qu'elle s'en rende compte ! C'est que sœur Pied-Botte n'était pas habituée au mensonge et celui qu'elle venait de raconter à sa supérieure l'avait plongée dans des tourments sans nom. Elle sentait que la justice était du côté de sœur Sainte-Catherine et de sœur Sainte-Thérèse de l'Enfant-Jésus qu'il fallait protéger et dont il fallait absolument éviter la séparation, mais un mensonge à sa supérieure était pour elle une chose tellement grave, hier impensable et pourtant si aisément exécutée aujourd'hui, et avec un tel bonheur, que la culpabilité, qu'elle avait facile, la courbait sous son poids, la pliait, comme pour la casser en deux. On lui avait dit que le mensonge est le péché le plus laid parce qu'il cache d'autres péchés auxquels il s'ajoute et qu'il aggrave parce qu'il les rend encore plus difficilement avouables. Pour parvenir au cœur d'un péché dissimulé par des mensonges, il faut commencer par avouer tous ces mensonges, tous, sans exception, et qui pourrait se vanter de se les rappeler tous ? Un mensonge en entraîne un autre qu'un troisième suit de près et ainsi de suite jusqu'à ce qu'on se fasse prendre ou qu'on se coupe soi-même, perdu dans ses propres embrouilles et ne reconnaissant plus le vrai du faux. Sœur Saint-Georges regrettait presque de ne pas être allée porter la lettre elle-même, la veille. Que de complications elle aurait évitées ! « Si mère Benoîte des Anges appelle la supérieure pis qu'a' y demande qui c'est qui est allé porter la lettre, la supérieure va y dire que c'est pas moé pis ça sera pas beau tu-suite ! » Sœur Saint-Georges avait appuyé son front sur le bord d'une des fenêtres qu'on avait à demi ouverte à cause de la chaleur. Elle regardait les élèves de sixième année s'ébattre dans la cour au milieu des accessoires du reposoir et elle aurait aimé sortir comme elle le faisait chaque année pour les aider à trouver les défauts, les taches, les bosses qu'elle aurait pris en note dans le petit calepin noir de sœur Sainte-Catherine, se sentant tellement importante, tellement utile ; mais sortir aurait signifié faire face à sœur Sainte-Catherine qui l'avait fait chuter et comment aurait-elle pu supporter le regard de cette jeune religieuse si belle, si pleine d'énergie et qui exigeait comme ça, du jour au lendemain, qu'on *mente* pour elle ? Pendant plus d'un quart d'heure sœur Saint-Georges avait tourné dans la salle de récréation, passant une main distraite sur les tables de mississippi et sur les jeux de croquignol, perdue dans cette culpabilité qui l'étouffait, exagérant sa faute, la laissant prendre des proportions ridicules, se voyant déjà au bord du gouffre de l'enfer pour un mensonge. Elle boitillait sur le plancher de bois franc sans sentir les minutes passer et, pour la première fois depuis qu'on lui avait confié cette tâche si importante, l'heure de la fin des cours était venue et la cloche n'avait pas retenti dans l'école des Saints-Anges. Lorsqu'elle était revenue s'appuyer contre la fenêtre elle avait bien vu que quelque chose n'allait pas dans la cour : les fillettes semblaient moins concentrées sur leur ouvrage et sœur Sainte-Catherine regardait sa montre en fronçant les sourcils. Ce fut en fin de compte son ancienne grande amie, sœur Sainte-Philomène, qui lui fit prendre conscience de sa faute. Alors que toute activité avait cessé dans la cour sans que sœur Sainte-Catherine ni sœur Sainte-Thérèse de l'Enfant-Jésus n'interviennent, sœur Sainte-Philomène s'était tournée vers la cloche et avait hurlé : « Si a' sonne pas d'ici une menute, j'vas hurler tellement fort que Saint-Georges va penser qu'y' a une ambulance qui s'en vient la charcher ! » Sœur Saint-Georges avait aussitôt tourné la tête en direction de l'horloge et la panique qui l'avait alors submergée avait été tellement violente que la pauvre religieuse, pendant une bonne minute, n'avait pu qu'ouvrir de grands yeux terrifiés. Tout s'était ensuite passé avec une rapidité folle : sœur Saint-Georges s'était précipitée dans l'escalier qui menait au premier, l'avait grimpé en retenant ses jupes d'une main et en se tenant à la main courante de l'autre et s'était jetée dans le corridor en haletant, elle qui prenait toujours son temps pour accomplir ses tâches, elle qui avait la réputation d'être toujours en avance, elle sur qui pouvait *se fier* l'école des Saints-Anges pour fonctionner à un bon rythme, à la même cadence, en paix, depuis tant d'années. Sœur Saint-Georges arriva dans son bureau dans un tourbillon de voiles, le visage en sueur, la cornette croche, la croix de métal et de bois lui battant la poitrine. Bien droite à côté du bouton de la sonnette, montre en main, se tenait mère Benoîte des Anges. « Vous êtes deux minutes en retard, sœur Saint-Georges. Et vous faites peine à voir. Reposez-vous, cet après-midi. Je ne veux pas vous voir dans l'école. Je sonnerai moi-même la cloche. Et j'irai moi-même répondre à la porte. Et j'époussetterai moi-même mon bureau. Mais que cela ne se reproduise jamais, sœur Saint-Georges. Jamais. » Sœur Pied-Botte s'était jetée sur le bouton de la sonnette comme sur l'ultime chance qu'on vous donne avant de vous achever.

La cour s'était vidée en moins de trente secondes, l'école en moins de deux minutes. Les trois religieuses et Gérard Bleau s'étaient retrouvés seuls, dispersés à travers le capharnaüm, immobiles comme dans un tableau naïf. Gérard s'était assis sur une colonne tronquée en papier mâché ; les coudes sur les genoux, il regardait fixement le sol. Sœur Sainte-Philomène contemplait une statue du Sacré-Cœur dont une main était brisée ; elle semblait hypnotisée par le moignon de plâtre blanc qui jurait avec le rouge violent du manteau du Christ. Une estrade d'environ deux pieds de hauteur séparait sœur Sainte-Catherine et sœur Sainte-Thérèse de l'Enfant-Jésus qui n'osaient se regarder de peur de retrouver dans le regard de l'autre le désespoir que chacune savait présent dans le sien. Au milieu des cris, des rires, des ordres à donner et des énergies dépensées, elles avaient réussi, pendant près d'une demi-journée, à oublier leur séparation imminente mais maintenant que le calme était revenu et qu'il faudrait attendre après le repas pour recommencer le travail, la fuite n'était plus possible et l'avenir leur apparaissait dans toute sa médiocrité ; sœur Sainte-Thérèse de l'Enfant-Jésus se voyait seule à l'école des Saints-Anges, sous le joug de mère Benoîte des Anges qui profiterait certainement du départ de sœur Sainte-Catherine pour recommencer à lui dispenser cette sollicitude sirupeuse et intéressée dont elle l'avait poursuivie si longtemps ; sœur Sainte-Catherine, de son côté, entrevoyait mal la vie sans cette amie si douce et si naïve qui était devenue le centre de ses pensées, sa raison de vivre, ce noyau vital sans lequel son existence perdrait tout sens et deviendrait inutile et même stérile. Le mot amour se présentait même pour la première fois au cerveau de sœur Sainte Catherine qui, au lieu d'en avoir peur, d'être tentée de le fuir, se laissait séduire par lui, lui ouvrant son âme et le respirant comme le parfum d'une fleur dont on sait qu'il ne durera pas longtemps et dont on veut s'imprégner pendant qu'il est encore à son apogée. Ils restèrent tous quatre immobiles pendant de longues minutes, perdus dans leurs pensées, absents dans le soleil qui cognait pourtant très fort. Ce fut sœur Sainte-Philomène qui, en fin de compte, les sortit de leur torpeur. Elle porta soudain la main à son ventre et dit en soupirant : « C'est ben beau, tout ça, mais faut pas oublier qu'y faut reprendre des forces si on veut recommencer après-midi ! Allons manger, mes sœurs ! » Sœur Sainte-Catherine sourit en se tournant vers Gérard. « Si vous voulez partager notre repas, monsieur Bleau, vous êtes le bienvenu. Je peux vous apporter à manger ici... » Gérard sursauta comme un chat qu'on réveille. Il se leva, bredouilla de plates excuses, tourna le dos aux religieuses et sortit de l'école presque en courant. « Allez-vous revenir cet après-midi ? Nous avons encore besoin de vous ! » Ne recevant pas de réponse, sœur Sainte-Catherine revint vers sœur Sainte-Thérèse de l'Enfant-Jésus qu'elle osa regarder, cette fois, mais qui tenait son regard fermement baissé sur l'asphalte. « C'est vrai qu'il faut aller manger si nous voulons reprendre des forces. » Sœur Sainte-Philomène avait déjà disparu dans la maison des religieuses et les deux amies se retrouvaient seules au beau milieu de la cour d'école. « Comment pouvez-vous parler de manger dans un moment pareil ! » Alors sœur Sainte-Catherine osa un geste dont elle ne se serait pas crue capable : elle passa son bras droit autour des épaules de sœur Sainte-Thérèse de l'Enfant-Jésus qui se mit à frissonner. « Croyez-vous vraiment que je me sois résignée si facilement, Sainte-Thérèse ? Je trouverai bien un moyen. »

Mauve s'était installée au piano. Avec d'infinies précautions, comme si elle se préparait à présider une importante cérémonie, elle souleva le couvercle. Elle contempla ensuite le clavier en plissant le front, y cherchant peut-être des signes mystérieux ou y déchiffrant un secret qu'elle seule pouvait lire sur les dents régulières d'ivoire et d'ébène, apparemment simples dans leur régularité monotone mais infiniment complexes quand on savait les démêler, les décrypter, les résoudre. Devant elle était ouvert un cahier jauni aux coins écornés sur lequel Mauve jetait de temps en temps un petit coup d'œil timide. Rose s'était mise à sa gauche et allait tourner les pages lorsque Mauve lui ferait un petit signe de tête. Violette, qui n'avait aucune notion de la musique tout en l'aimant passionnément, s'était réfugiée dans une chaise à oreilles et attendait, visiblement émue. Florence n'était pas au salon. Elle se tenait au milieu du corridor et regardait en direction de la cuisine comme pour essayer de deviner ce qui s'y passait. « Joue, Mauve... Joue ! » Violette avait parlé avec une petite voix tremblante et haut perchée qui fit se tourner les têtes de ses deux sœurs. Elle baissa les yeux avant de répondre à leur question muette. « J'ai hâte. Ça fait tellement longtemps... » Mauve soupira. « Oui. Ça fait longtemps. » Florence entra dans le salon et vint se planter bien droite devant le rideau de dentelle qui masquait la fenêtre. « Tu peux y aller, Mauve. Sont prêts. » Duplessis et Marcel en étaient encore aux caresses, au chatouillage, à la lutte sur le plancher de la cuisine lorsque la musique s'éleva dans la maison, étonnante de pureté transparente comme un matin de printemps quand la brume vient de se lever et que le soleil est enfin désaltéré, ronde, lisse, et pourtant impérieuse, se frayant effrontément un passage dans le corridor, puis jusque dans les recoins les plus sombres de toutes les pièces, envahissant tout, subjuguant tout ce qui vivait et pulvérisant le reste, anéantissant les objets qui ne pouvaient l'apprécier pour mieux séduire, enivrer les êtres dont le cœur, les oreilles, le cerveau savaient la goûter, la vivre. La maison n'existait plus, seule l'extase dans la musique subsistait, écrasante et dévastatrice. Le petit garçon et le chat s'étaient immobilisés sur le linoléum parfaitement propre de la cuisine. Duplessis pointait les oreilles en direction du salon, Marcel regardait dans le corridor, la tête penchée, navré de bonheur. Le temps était suspendu et pourtant défoncé, hachuré, troué par les notes de musique au souffle si puissant qui explosaient en bouquets odorants en vous engourdissant de joie. Quand le premier mouvement de la sonate fut terminé, Marcel et Duplessis se levèrent comme à un signal qu'ils auraient été les seuls à avoir entendu. Ils traversèrent la maison très lentement, se demandant quelle était cette bête qui les avait rendus si heureux, quelle forme elle avait et jusqu'à quel point ils pouvaient lui faire confiance (mangeait-elle du petit garçon, du chat, après les avoir attirés dans son antre?). Florence les attendait à la porte du salon. Elle prit le chat dans ses bras et poussa Marcel vers le milieu de la pièce là où le petit garçon s'installait toujours, près de la table à café qu'il aimait tant suçoter. Rose, Violette et Mauve leur souriaient. Mais ce fut Florence qui parla. «Tu m'as toujours demandé c'que c'était, c'te grosse boîte-là, Marcel. Ça s'appelle un piano. C'est Mauve qui jouait tout à l'heure. Pis a' va jouer encore. Tu peux fermer les yeux. Ou ben donc la regarder faire. Les deux sont aussi beaux.» Le deuxième mouvement, une longue plainte qui donnait envie d'avoir de grands malheurs, d'en mourir et d'en être heureux, souffla alors sa douce haleine sur Duplessis et Marcel qui se serrèrent l'un contre l'autre, perdus de bonheur, au bord de la défaillance. Des roses, des ambres, des verts tournoyaient dans le salon en volutes diaphanes et cela sentait des choses que Marcel découvrait mais que Duplessis semblait retrouver dans le fond de sa mémoire en frémissant d'aise. Le petit garçon regardait autour de lui comme pour saisir la musique à pleines brassées; le chat avait fermé les yeux et semblait se concentrer sur des joies intérieures qui le ravissaient: des oiseaux, peut-être, qu'il pourchassait en savourant sa propre cruauté ou des souris qu'il traquait en les narguant ou en les insultant. Lorsque ce fut fini, que la dernière note s'éteignit dans un sanglot si discret qu'on aurait juré qu'elle n'avait pas vraiment eu lieu, Marcel frissonna en portant son pouce à sa bouche. Florence vint s'agenouiller près de lui. «La musique, Marcel, c'est un cadeau de la vie. Ça existe pour consoler. Pour récompenser. Ça aide à vivre. Les malheurs qui t'attendent, Marcel, pourront toujours être endormis, engourdis, presque oubliés à cause de la musique de Mauve. Quand tu voudras mourir de chagrin parce que quelqu'un aura été méchant avec toi, viens voir Mauve. Plus tard, quand tu seras plus grand, quand tu pourras en comprendre plus, j'te dirai les grandes componsations que peuvent te prodiguer Violette et Rose, mais là t'es trop petit. La musique devrait te suffire pour le moment.» Marcel ne comprenait pas tout ce que lui disait Florence, mais il écoutait de toutes ses petites oreilles curieuses. Il flattait machinalement son chat qui ronronnait machinalement. «Mais y faut que tu gardes tout ça pour toi. Y faut pas que t'en parles à parsonne. Ni de Duplessis qui va continuer ton éducation partout où tu vas aller, ni de Mauve qui va te consoler chaque fois que tu vas en avoir de besoin. Si t'en parles, les autres comprendront pas pis tout va être beaucoup plus difficile.» Elle se releva et reprit sa place devant la fenêtre. Le troisième mouvement de la sonate fit beaucoup rire Marcel. De petites notes rapides de toutes les couleurs sautillaient partout à la fois et on avait envie de se mettre à courir en sautant des clôtures et en essayant d'attraper des nuages; cela allait tellement vite qu'on était essoufflé et qu'on avait le vertige malgré le grand bonheur qu'on ressentait. Et cela finit d'une façon tellement brusque que Marcel crut tomber en bas d'un troisième étage et tendit les bras devant lui en poussant un petit cri affolé. Puis il éclata de rire en réalisant l'absurde de son geste. Florence souriait. «Tu peux retourner chez vous, à c't'heure.» «Avec Duplessis?» «Oui, mais gardelé pour toi.» Marcel prit Duplessis qui fit aussitôt partir son petit moteur, se leva et se dirigea vers la porte. Et pour la première fois, avant de sortir de la maison, il se retourna vers Rose, Violette, Mauve et Florence, leur mère, et leur lança un joyeux merci. Lorsqu'il fut parti, Mauve referma lentement son cahier. « Ça faisait tellement longtemps. » Florence vint s'asseoir à côté d'elle sur le grand banc carré. « Oui, ça faisait ben longtemps. » « La dernière fois, c'tait pour Josaphat-le-Violon. Parsonne depuis ce temps-là nous a vues. » Rose releva une mèche de cheveux qui lui pendait sur le front. « Victoire, pourtant, si a'l' avait voulu... » Florence soupira. « Victoire a pas voulu. Ses enfants ont pas voulu, non plus. Mais ça fait plaisir de voir que quelqu'un de la nouvelle génération a de besoin de nous autres... » « Mais êtes-vous sûre que c'est le bon, moman ? » « On va essayer... On verra ben... »

« Ma mère t'invite à dîner. » Simone et Pierrette tournèrent toutes les deux la tête. Thérèse éclata de rire. « J'pense que j'viens de faire une gaffe, hein ? C'est toé, Simone, que ma mère invite à dîner. J'y ai dit que t'étais de toute beauté avec ta nouvelle bouche pis a'm'a dit qu'a'l' aimerait ça, voir ça... » Simone plissa le front. « Chus pas un singe. » « J't'offre pas des pinottes, non plus ! » Simone se dégagea de l'étreinte de ses deux amies. Thérèse s'immobilisa au milieu de la rue Gilford qu'elles étaient en train de traverser. « Tu vas pas encore nous faire une scène ! On vient juste de se réconcilier, bâtard ! Si tu veux pas la montrer, ta maudite bouche, t'as rien qu'à rester chez vous, c'est toute ! » Pierrette tira Thérèse par la manche. « Tu bloques la circulation... »

« J'bloque pas la circulation, y'a pas un maudit char en vue ! » « Si y'en arait, tu la bloquerais ! » « Maudite niaiseuse ! » Thérèse croisa les bras et fit claquer son talon une fois sur l'asphalte pour bien indiquer qu'elle ne bougerait pas. Pierrette haussa les épaules. « Maudite boqueuse ! » « J'boquerai ben oùsque j'veux, tu sauras, Pierrette Guérin ! » « J'comprends, tu serais capable de te faire écraser juste pour nous prouver que tu peux faire à ta tête ! » Pierrette tourna le dos à Thérèse et prit Simone par la taille. « Laisse-la faire, c'est elle qui est folle ! » Thérèse les regarda s'éloigner vers la rue Fabre puis décida de leur tourner carrément le dos et de rentrer chez elle par la ruelle qui reliait la rue Garnier à la rue Fabre, parallèlement à la rue Gilford. Au même moment Gérard Bleau débouchait dans cette même rue après avoir couru en longeant l'église Saint-Stanislas. Il était déjà à bout de souffle lorsqu'il aperçut Thérèse au milieu de la rue. Il s'immobilisa en portant ses mains à sa bouche, comme un petit garçon pris en faute. Thérèse le vit et recula de quelques pas. Elle monta sur le trottoir, machinalement, sans regarder où elle posait les pieds. Elle ne pouvait quitter Gérard des yeux. « Y'est encore là ! Mais que c'est qu'y veut ! » Elle se sentait engourdie, soudain ; elle ne pouvait plus bouger, un peu comme ces oiseaux qu'elle avait vu Duplessis chasser, l'été dernier, qui se laissaient hypnotiser par le chat, le laissant venir sur eux sans pouvoir réagir puis se laissant dévorer sans presque se débattre. Mais Gérard semblait une victime autant que Thérèse ; lui non plus ne bougeait pas. Une grande peur se lisait dans ses yeux fixes et il avait lui aussi croisé ses bras sur sa poitrine. « Le moment est-tu venu ? Déjà ! C'est-tu déjà le moment ? Que c'est que j'vas faire ?

Comment j'vas faire ? » Soudain, Thérèse le vit se plier en deux et tomber à genoux sans décroiser les bras. Il avait poussé un petit cri d'animal blessé. Il appuyait son front sur le ciment en geignant. La rue qui séparait Thérèse de Gérard était toujours vide. Aucun passant. Aucune voiture. Thérèse s'était appuyée contre une clôture de fer forgé. « Y'est malade ! Y faut que je l'aide ! » Elle traversa la rue en courant sans très bien réaliser ce qu'elle faisait et s'arrêta devant Gérard qui continuait à se plaindre doucement. « Vous vous sentez pas ben ? » Les plaintes cessèrent. Gérard releva la tête sans décroiser les bras. Lorsqu'elle aperçut le regard du jeune homme, Thérèse frémit d'étonnement. Le visage du gardien, qu'elle avait trouvé si beau, qui l'avait tant fait rêver depuis un mois, n'était plus le même. Elle y lisait une souffrance telle à travers la grimace que formaient sa bouche, les plis sur son front, les yeux fous, dilatés, où la folie explosait comme une fleur noire, qu'elle ne put s'empêcher de lui tendre les bras pour l'aider. Dans un brusque mouvement de recul, Gérard s'assit sur ses talons. « Approche pas ! » « Avez-vous de besoin de que-qu'chose ? » « Parle-moé pas ! Va-t'en ! » « Relevez-vous pis j'vas m'en aller, mais j'peux pas vous laisser à terre de même ! » « Tu le sais vraiment pas c'que je veux ? » « Non. » Se traînant sur les genoux, Gérard s'approcha de Thérèse qui posa ses deux mains sur sa tête. « C'que je veux, c'est abominable, Thérèse ! » Thérèse se revit embrassant les lèvres soyeuses du gardien du parc ; elle ressentit à nouveau le trouble si doux qui avait réchauffé son corps. Un sanglot monta à sa gorge. « J'espérais tellement que ça soye beau ! Moé, j'veux juste un bec ! » Gérard enlaça Thérèse, posa sa tête sur son petit ventre. « Va-t'en ! Vite ! Reste pas là ! Tu sens tellement bonne ! Frappe-moé, pendant qu'y te reste encore d'la force ! Grafigne-moé ! Arrache-moé les cheveux ! Crève-moé les yeux ! Appelle ! Crie ! Appelle quelqu'un à ton secours avant qu'y soye trop tard ! » Il ouvrit soudain les bras, libérant Thérèse qui ne bougea pas. « Va-t'en ! » Il avait crié si fort que Thérèse s'était mise à courir sans s'en rendre compte. « Pis aie pas peur ! Tu me reverras pus ! Jamais ! » L'uniforme de Thérèse s'éloignait dans un brouillard bleuté. Gérard s'appuya contre la clôture qui ceinturait l'arrière de l'église. Il posa ses mains sur son sexe gonflé. La robe noire avait disparu au détour de la ruelle. Gérard frottait son pantalon rageusement. « Une darnière fois ! Une darnière fois, avant de disparaître ! »

Thérèse retrouva son frère assis dans les marches de l'escalier de leur maison. « Tu vas pas dîner ? » Marcel pliait un bras comme s'il avait porté quelque chose et avec sa main libre il faisait le geste de flatter un animal imaginaire ou une poupée. « J'ai pas faim. » « Seigneur Dieu, c'est rare que ça t'arrive, ça ! » Elle s'assit à côté de lui. « Moé non plus, j'ai pas ben faim. » Thérèse était certes troublée mais elle était surtout déçue par ce qui venait de se passer sur la rue Garnier. À aucun moment elle n'avait eu peur de Gérard ; au contraire, elle avait vécu de longues secondes d'expectative : ces quelques secondes où Gérard l'avait tenue par la taille, son corps avait vibré et elle avait ressenti plus que jamais l'envie de l'embrasser, mais son regard fou et ses paroles dont elle n'avait pas compris la signification l'avaient arrêtée dans son élan. Elle savait maintenant, elle en était sûre parce qu'il le lui avait dit, qu'il voulait autre chose qu'un baiser. Mais quoi. « J'en sais pas plus qu'avant. J'devrais peut-être le demander à moman. Et pis non, a' serait capable de me donner une volée juste parce que j'y en ai pas parlé avant ! » Elle refoula donc encore une fois au fond de son cœur ces questions qui lui pesaient tant depuis un mois. Et, étonnamment, elle se sentit soulagée ; elle se surprit même à sourire à son frère. « Arrête de niaiser, Marcel ! Si tu veux jouer avec des catins, prends ma vieille, j'm'en sers pus, chus trop vieille, mais fais pas semblant comme ça, t'as l'air d'un vrai fou ! » « J'en ai déjà une catin, Thérèse ! J'ai pas de besoin des tiennes ! » Marcel la regardait avec de grands yeux ronds comme s'il avait voulu lui dire quelque chose d'important ou comme lorsqu'il venait de faire dans sa culotte. « As-tu encore pissé dans tes culottes, toé ! Hé, sainte ! T'as quatre ans, Marcel, t'es pus un bébé ! » Elle le prit par le bras, le souleva sans ménagement et ils commencèrent à monter lentement l'escalier. Marcel avait toujours la tête dans le dos et cela irrita sa sœur. « R'garde pas en arrière de même, là, tu vas tomber ! Quand on monte, on r'garde par en haut pis quand on descend, on r'garde par en bas, c'est pourtant pas difficile à comprendre ! Si tu regardes par en haut la prochaine fois que tu vas descendre l'escalier, tu vas te péter le coco pis on va être obligé de ramasser ton jaune à p'tite cuiller ! » Elle rit de son bon mot et Gérard disparut complètement de sa tête. Lorsqu'ils arrivèrent devant la porte, Marcel se retourna une dernière fois. « Viens, Duplessis, on va manger. » Il avait parlé tout bas ; Thérèse n'avait pas saisi ses paroles. De toute façon, elle ne l'écoutait pas. Comme Thérèse posait la main sur la poignée, la porte s'ouvrit et Albertine explosa avec une telle force que le balcon sembla vibrer sous les pieds de la fillette qui ne put réprimer un petit sourire narquois. « J'ai deux enfants, juste deux, pis y faut qu'y se mettent ensemble pour me faire du trouble ! Si vous vous mettez tou'es deux à être en retard à l'âge que vous avez, que c'est que ça va être quand vous allez être plus vieux ! Voulez-vous me faire mourir ! Richard pis Philippe sont déjà rendus à leur dessert ! Où c'est qu'est ta petite amie, toé, Thérèse ? Tu m'as faite faire du foie de veau pour une armée pis tu reviens tu-seule ! » Les deux enfants étaient entrés dans la maison, suivis de leur mère qui continuait ses invectives. « J'ai pas rien que ça à faire, moé, vous attendre pour vous faire à dîner ! J'vous ai dit cent fois que j'veux que tout le monde mange en même temps parce que c'est plus facile pour moé, vous êtes pas capables de comprendre ça ! Vos mains sont-tu propres ? Marcel, lave-toé-les ! Thérèse, aides-y ! » Victoire n'était pas retournée à sa chambre après « Francine Louvain ». Elle avait même insisté pour aider Albertine à préparer le repas (en fait, sa fille ne lui avait permis que de dresser la table et de piler les patates, ce qui avait bien humilié la vieille femme). Lorsque Philippe et Richard étaient revenus de l'école, Philippe hilare parce qu'il avait encore une fois réussi à faire rougir les oreilles de son frère en lui racontant une histoire cochonne qu'ils ne comprenaient pas ni l'un ni l'autre mais qu'ils sentaient très osée, Richard triste et malheureux de voir que ses oreilles l'avaient encore trahi, Victoire avait décidé de manger avec eux. Cela ne lui était pas arrivé depuis fort longtemps, mais ce jour-là sa jambe la faisait moins souffrir et elle avait besoin de compagnie. Mais le repas avait été beaucoup moins agréable qu'elle ne l'avait souhaité, car Albertine, ne voyant pas ses enfants arriver, s'était mise à tourner en rond dans la cuisine en sacrant et en renversant tout sur son passage : la théière, un verre de lait, une chaise, Philippe et Richard avaient plongé le nez dans leur assiette où trônaient quelques morceaux de foie qu'ils détestaient tous les deux mais qu'on les obligeait à manger une fois par semaine «parce que ça renforcit le sang». Victoire avait mastiqué lentement avec un air absent en regardant par la fenêtre de la cuisine qui donnait sur la galerie. Ils allaient tous trois se lever de table lorsque Thérèse et Marcel, toujours suivis de leur mère qui vociférait de plus belle, débouchèrent dans la cuisine. «Pis assisez-vous pas avant de vous avoir lavé les mains ou ben donc j'vous égorge tou'es deux un après l'autre!» Juste avant d'entrer dans la salle de bains, Marcel, sans réfléchir, se tourna vers sa mère et lui demanda candidement : «Moman, Duplessis, y peut-tu en avoir, lui aussi, du foie de veau?» Albertine s'immobilisa au beau milieu d'un sacre. Philippe pouffa de rire. Richard leva les yeux au ciel. Albertine déposa lentement la fourchette qu'elle tenait à la main et au bout de laquelle pendait un morceau de foie sanguinolent, s'approcha de Marcel, se pencha sur lui et lui parla doucement au grand étonnement de tout le monde. «Marcel, si tu parles encore du maudit chat, c'est pas le foie de veau qui va cuire dans'poêle, c'est ton cul!» Thérèse prit son frère par la main et le tira dans la salle de bains. Elle fit couler l'eau, commença à savonner les mains de Marcel. «Parle pas à moman des affaires qui existent pas, Marcel. A'comprend pas pis ça fait juste l'inquiéter.»

Marcel se raidit. «Duplessis, y'existe!» Il avait parlé d'une voix si assurée que toutes les têtes s'étaient tournées en direction de la salle de bains. Profitant de ce que sa sœur lavait ses propres mains, Marcel sortit de la petite pièce, traversa la cuisine et courut derrière la chaise de sa grand-mère où Duplessis s'était couché en rond. Il prit le chat dans ses bras et l'apporta dans la cuisine. «T'nez, le v'là! Pis v'nez pus me dire qu'y'existe pas!» Devant les bras vides de Marcel, si maigres mais tendus comme s'ils avaient porté quelque chose de très lourd, Philippe et Richard éclatèrent d'un méchant rire d'enfant. Albertine, pour sa part, avait quelque difficulté à contenir la colère qui montait de plus en plus en elle. Elle se contenta de soupirer en jetant ce qui restait de foie (en fait, ce n'était pas du foie de veau, mais du foie de porc qu'on appelait foie de veau parce que ça faisait moins pauvre) dans la poêle chauffée à blanc. «J'ai un fils fou! J'en ai rien qu'un, mais y'est fou! Que c'est que j'vas faire! L'asile, ça coûte trop cher, pis moé, mes narfs sont pas assez solides pour endurer toutes ses foleries! Chus pas née pour un petit pain, chus née pour une toast brûlée!» La seule à n'avoir pas réagi était Victoire qui avait pâli d'un coup lorsque Marcel était revenu dans la pièce. Dans les bras du garçonnet, elle *voyait* un énorme chat tigré qui semblait la narguer de son grand œil jaune. Elle s'était appuyée contre la table, incapable de détacher son regard de l'animal qui la fascinait. «C'est mon tour! Mon Dieu, c'est mon tour!»

Le pont Jacques-Cartier dressait son armature vert pâle au-dessus du fleuve nerveux, agité, plein de soubresauts, qui caressait avec colère l'île Sainte-Hélène pourtant si calme avec ses gazons tout neufs et ses arbres pétants de santé, sereine oasis peu fréquentée, à l'époque, sauf par quelques connaisseurs qui l'avaient d'ailleurs surnommée « l'île aux Fesses ». Le fleuve se transformait ensuite, exactement sous le tablier, en rapides violents où saillaient des rochers pointus dont la seule vue donnait des frissons. Gérard Bleau se tenait juste au-dessus de ces rapides. Il était appuyé contre la rambarde du pont, les coudes posés sur le garde-fou rond qui vibrait chaque fois qu'une voiture passait derrière lui. « C'est trop haut ! J'y arriverai jamais ! » Il avait traversé une partie de l'est de Montréal à pied avant de réaliser que ses pas le dirigeaient vers le pont Jacques-Cartier, haut lieu de ses jeux d'enfant, puis d'adolescent, alors qu'avec sa gang de la rue Dorion il allait courir, plusieurs fois par semaine, ou faire de la bicyclette, sur l'un ou l'autre des deux trottoirs de ciment qui ceinturaient le pont ; jeux volontairement dangereux (« Si tu montes su' l'bord, t'es t'un homme. Sinon, t'es rien qu'un fif ! ») où la force physique prédominait et d'où toute intelligence était totalement absente : des cow-boys et des Indiens se cassaient joyeusement la yeule, mais il fallait que les Indiens perdent parce qu'ils étaient les méchants ; des viols de filles du Roy étaient mimés de façon très réaliste, avec éjaculations à l'appui, et, ô suprême bonheur, on torturait vraiment de petits Anglais égarés tout en les traitant de têtes carrées, de maudits chiens sales et de blôques (d'où la chanson : « Les Anglais sont en haut d'la côte qui nous garrochent des roches ; si on leur pète leurs têtes de blôques les Tremblay vont sonner les cloches »). La pluie lavait le sang qui coulait lors de ces petits jeux et lorsqu'il ne pleuvait pas le sang séchait et on pouvait se dire, la fois suivante : « Ça, c'est moé ! » « Ça, c'est Pom-Pom Pommerleau quand y voulait pas monter su'l'bord du pont pis que j'y ai fendu la yeule en sang. » « Ça j'le sais pas, j'tais pas là ! » Une grande partie de la vie de Gérard courait, gambadait, riait sur ce pont qui commençait au pied de sa rue et que sa mère lui avait donné en cadeau quand il était petit. (Elle venait de se payer un dentier qu'elle appelait un bridge, donc un pont, et elle avait dit à Gérard : « J'viens de m'acheter un pont. Y'est ben beau. Mais y m'a coûté ben cher. » Dans sa grande naïveté, Gérard avait cru que sa mère venait de faire l'acquisition du pont Jacques-Cartier et s'était répandu en hurlant de joie dans la rue Dorion, claironnant la nouvelle à tout le monde, exigeant déjà un droit de passage — une cenne à pied, cinq cennes en bicycle. Tout le quartier s'était amusé de cette histoire et avait appris par le fait même que la mère de Gérard portait un dentier.) « Au moins, si j'me jetterais du côté du Montréal Swimming Pool, y'arait moins de roche ! J'me noyerais pareil mais ça ferait moins mal... » Gérard voulait vraiment mourir. Il ne voyait aucune autre solution au désir qui le torturait, auquel il était arrivé, il ne savait comment, à résister le matin même, mais qu'il savait sournois, exigeant et en fin de compte beaucoup plus fort que lui. Sa grande lâcheté de petit bum sans envergure pour qui la vie avait toujours été relativement facile vu sa belle gueule et le manque d'hommes dans la rue Dorion, était plus puissante que tout et même l'épouvantable désespoir qu'il ressentait en fixant les rapides et les remous n'arrivait pas à la mater ; il voulait mourir, mais il ne se tuerait pas. Il pensait à se jeter en bas du pont, il s'imaginait tomber en battant des bras comme pour s'envoler, il ressentait le vertige puis la joie de se savoir parfaitement libre de ses mouvements pendant cinq ou dix secondes ; il jouissait de peur entre le pont et l'eau, il saluait la ville en pointant les pieds vers les rochers, il envoyait des baisers à la tour de l'île Saint-Hélène, il faisait un bras d'honneur à l'est de Montréal qui l'avait vu naître et qui lui tournait le dos pendant qu'il se sacrifiait, mais au fond il savait bien qu'il rêvait encore, comme à l'époque où ici même, exactement au même endroit, il venait se masturber en pensant à madame Veilleux qui lui faisait des avances auxquelles il ne répondait pas parce qu'il ne savait pas encore comment, à madame Cinq-Mars dont on disait qu'elle avait cinq seins, ou à la petite Simard qui avait les yeux croches, mais dont elle savait déjà se servir pour fouiller dans les pantalons des hommes. Il avait caressé ses fantasmes ici même, il le faisait encore. L'œil de Dieu avait disparu ; la culpabilité aussi. Même Thérèse était momentanément absente de ses pensées. Seule restait la beauté du geste de sacrifice dont il rêvait, qu'il magnifiait tout en sachant très bien qu'il était hors de sa portée parce qu'il n'en était pas digne. Il resta des heures à flotter ainsi entre le ciel et l'eau, faisant des chutes vertigineuses et exaltantes ou calmes et apaisantes, mais ne pensant jamais aux raisons de ces chutes. Le soleil avait déjà commencé sa lente descente vers le mont Royal lorsque Gérard revint à pas traînants vers la ville, vide, épuisé, quand même un peu honteux de sa lâcheté. Quand il entra dans l'une des nombreuses tavernes de la rue Ontario, ses amis lui firent une longue ovation.

Ce soir-là, au bureau d'enregistrement de l'Armée canadienne, place Viger, au Champ de Mars, on vit arriver un être hirsute, titubant, visiblement paqueté, qui braillait des obscénités en se frappant la poitrine et qui exigeait une plume et de l'encre de chaque homme qu'il rencontrait, soldat ou civil. « J'veux signer, tabarnac ! J'veux signer ! Emmenez-moé avec vous autres ! Chus jeune ! Chus t'en santé ! J'ai pas les pieds plats ! S'il vous plaît, occupez-vous d'un écœurant qui veut pus rien savoir de la vie pis qui demande pas mieux que d'aller tuer du pauvre monde pour le salut de ses péchés ! J'veux signer ! Profitez-en pendant que mon nom est encore propre ! Demain, y va t'être trop tard ! Demain soir, à c't'heure-citte, j'vas l'avoir faite si vous vous occupez pas de moé ! Mon envie est trop forte pour moé pis Thérèse est trop belle ! Laissez-moé aller mourir de l'autre bord ! » Il s'écroula sur une chaise qu'on lui présentait et signa sans le lire un papier qui le condamnait à aller se battre de l'autre côté des grandes eaux pendant trois longues années. Dieu était revenu le visiter.

TROISIÈME MOUVEMENT

Allegro giocoso

Mercredi, 3 juin

« Y faut jamais se fier aux hommes qu'on trouve dans' rue. » « Sœur Sainte-Philomène ! On dirait que vous en connaissez vraiment long sur les hommes, vous ! » Sœur Sainte-Philomène rougit d'un coup, le temps de porter sa main à son cœur. « Dieu m'en garde, sœur Sainte-Catherine ! Mais j'sais comment c'qu'y sont ! C'est pas parce que j'm'en approche pas que j'les vois pas faire ! De toute façon, on n'a pas de besoin d'homme engagé, on a assez de sœurs fortes... » Ce disant, elle prit à bras-le-corps la statue grandeur nature du Sacré-Cœur de Jésus (une chose vraiment hideuse dont les enfants avaient peur tant le regard du Christ était fixe et ses lèvres mal peintes, mais qu'ils se voyaient dans l'obligation de trouver belle parce qu'elle représentait le Sauveur dans la fleur de l'âge et au top de sa carrière), la souleva en lâchant un « han » sonore qui se répercuta contre le mur de briques et sortit de la cour d'école à petits pas rapides, le dos barré, la bouche collée au cœur saignant de Jésus qui aurait eu un sérieux besoin d'être retapé. Sœur Sainte-Catherine la regarda s'éloigner en riant. En ce mercredi matin, veille de la Fête-Dieu, les élèves de sixième année étaient dans un état de fébrilité rare : en effet, on allait choisir parmi elles, dans les heures qui allaient suivre, celles qui auraient l'honneur de figurer la Vierge, les Anges, sainte Bernadette Soubirous et le petit ange suspendu, dans le tableau vivant qu'on avait coutume de composer pour le reposoir. Pour ce qui était de la Sainte Vierge, le sort en était jeté : on avait décidé depuis quelques années que l'élève de sixième année la plus forte en religion aurait automatiquement l'honneur d'endosser la robe blanche, le voile bleu et la petite ceinture dorée de la mère de Jésus. On gardait secret le nom de cette élève jusqu'à la veille du grand jour et, chaque année, les spéculations allaient bon train, chaque classe voulant voir sa championne couronnée. (On avait eu des Sainte Vierge obèses, rachitiques, aux yeux croches, aux dents gâtées, au nez trop long ou trop épaté ; on en avait même eu une bossue qui ne pouvait se tenir debout très longtemps et qu'on avait dû installer dans un trône improvisé. Les religieuses déploraient le fait que les premières en religion étaient souvent les élèves les plus laides ; elles, cependant, n'auraient jamais osé changer les règles qui couronnaient la connaissance plutôt que la beauté ; après tout, l'âme était plus importante que le corps !) Les trois fillettes en lice, cette année-là, étaient très populaires, mais pour des raisons différentes : la sixième année A était représentée par Pierrette que les religieuses aimaient beaucoup parce qu'elle avait eu quelque difficulté à se hisser au premier rang de sa classe mais qui avait un grave défaut : ses dents étaient loin d'être droites et même si son visage était assez joli, sa bouche ne fermait pas tout à fait juste et cela donnerait à la Saint Vierge, advenant le cas de la victoire de Pierrette, un air niais dont elles se désolaient à l'avance ; pour la sixième année B, Thérèse s'était facilement gagné la première place et sœur Sainte-Philomène se gonflait d'orgueil à l'idée de voir sa Thérèse, si intelligente et si *belle*, monter sur le piédestal de la Vierge sous les regards extasiés des paroissiens ;

quant à la sixième année C, l'une des classes les plus navrantes de l'école des Saints-Anges, où la paresse faisait loi et où régnait l'ignorance la plus épaisse au grand désespoir de sa titulaire, la douce sœur Sainte-Thérèse de l'Enfant-Jésus, elle avait vu couronner Ginette Chartier, une espèce de laideron à lunettes, enfant hypocrite, rusée et comploteuse qui avait triché toute l'année pour être première en religion parce que sa mère lui avait promis une bicyclette à tires ballounes si elle arrivait à se faire élire Sainte Vierge et que ses compagnes de classe respectaient parce qu'elles en avaient peur. Mais la pauvre enfant, malgré le chantage et les menaces dont elle usait volontiers, n'avait aucune chance : tout le monde savait que la vraie lutte se jouerait entre Thérèse et Pierrette qui, elles, ne s'en faisaient pas parce qu'elles savaient que celle qui ne monterait pas sur le piédestal de la Vierge aurait quand même la consolation de figurer Bernadette Soubirous ; elles étaient donc sûres d'être toutes les deux à l'honneur. (Et comme l'avait si bien dit Pierrette, le matin même, alors que le trio « Thérèse pis Pierrette » tournait le coin de Gilford et Garnier en discutant des chances de chacune et du peu d'intérêt qu'elles portaient à toute l'affaire : « J'aimerais mieux faire sainte Bernadette Soubirous parce que le monde me voieraient de dos pis qu'y voieraient pas mes dents croches. » Ce à quoi Thérèse avait simplement répondu : « T'as ben raison, c'est moé la plus belle. » Simone avait alors regardé Thérèse avec un air fâché : « T'es peut-être la plus belle, mais j'te dis que t'es loin d'être la plus délicate ! ») Sœur Sainte-Catherine sortit de la cour par la rue de Lanaudière, contourna l'école et se dirigea vers l'énorme escalier de ciment qui allait servir de base au reposoir. C'était un escalier très à pic que sœur Saint-Georges exécrait parce qu'elle avait à le balayer deux fois par semaine et qu'elle avait quelque difficulté à s'y tenir debout, son pied bot dépassant toujours de la marche sur laquelle elle se tenait, rendant ainsi son équilibre bien précaire. C'était aussi, il faut bien le dire, un escalier très laid, fonctionnel au point de verser dans le quelconque, comme un appendice accroché à l'école et qu'on n'aurait pas pris la peine de décorer; masse de ciment dénuée d'intérêt et qu'il fallait magnifier pour le rendre digne du Saint-Sacrement qu'on viendrait déposer là, le jeudi soir, comme si le sort du monde en dépendait. Mais ce matin-là, l'escalier, habituellement désert parce que mère Benoîte des Anges défendait aux élèves de jamais s'en servir, était envahi de petites filles excitées qui prenaient des mesures inutiles, donnaient des avis et lançaient des ordres que personne n'écoutait, grimpant les marches dix fois de suite sans aucune raison, les dévalant ensuite à toute vitesse pour aller aider une compagne qui n'avait besoin d'aucun secours, bruyantes, jacassantes et rouges d'émoi à cause de la grande chose qu'elles s'apprêtaient à réaliser. Lorsque sœur Sainte-Catherine arriva au pied de l'escalier, Lucienne Boileau, une natte fourrée dans la bouche selon son habitude lorsqu'elle était nerveuse ou concentrée, essayait de déplacer, pour une raison d'elle seule connue, la statue du Sacré-Cœur que sœur Sainte-Philomène venait de déposer sur le trottoir. Cette dernière, assise dans les marches, s'épongeait le front en soufflant comme une forge. Sœur Sainte-Catherine lui sourit. « Vous voyez que les hommes ne sont pas si inutiles, sœur Sainte-Philomène... » La grosse titulaire de la sixième année

B remit son mouchoir dans sa manche d'uniforme. «Si y se contentaient de déplacer des statues, j's'rais peut-être pas sœur!» Thérèse et Pierrette arrivaient avec la gigantesque malle en osier dans laquelle on entreposait les costumes. Elles la déposèrent à côté de Lucienne Boileau qui transportait toujours sa statue. Thérèse lui parla sans même regarder dans sa direction. «C'est-tu lui qui t'a demandé à danser ou ben donc si t'as too même pris l'initiative?» Pierrette renchérit sans, elle non plus, regarder la pauvre grosse fillette qui venait de redéposer la statue sur le trottoir. «On vient de rencontrer la directrice. A' voudrait que tu montes la statue dans son bureau. A'l' a décidé de faire une lampe, avec. Mais a' veut pas que tu passes par la grosse escalier. Faut que tu fasses le grand tour...» À mesure qu'on voyait le visage de Lucienne se décomposer, on sentait monter l'indignation de sœur Sainte-Philomène qui finit par se lever d'un bond. «Est folle! Notre directrice est rendue folle! Donnez-moé-la, c'te statue-là, Lucienne, j'vas aller la porter moé-même pis j'vous dis qu'a' va avoir ma façon de penser!» Thérèse et Pierrette cachaient leur fou rire dans la malle qu'elles venaient d'ouvrir. Sœur Sainte-Catherine épongeait le front de Lucienne. «Je pense que Thérèse et Pierrette ont essayé de nous dévoiler un coin de leur sens de l'humour, sœur Sainte-Philomène, mais j'ai bien peur qu'elles n'aient réussi à ne nous montrer que leur grande niaiserie.» Sœur Sainte-Philomène s'appuya contre la statue du Sacré-Cœur en soupirant d'aise. «Ah! C'tait juste une farce!» Elle regarda ensuite Thérèse et Pierrette qui avaient commencé à sortir les costumes. «Est-tait plate rare!» Lucienne Boileau fit une grimace en direction des deux amies, qui ne la virent pas, d'ailleurs, parce qu'elles étaient en train de se taper sur les cuisses, et s'éloigna en triturant sa natte. Sœur Sainte-Philomène la suivit en la rabrouant. « Combien de fois j'vous ai dit de lâcher vot'couette gauche, Lucienne! Vous allez finir par vous l'arracher pis vot'mère va venir nous dire qu'on vous martyrise! » Lucienne se mit à courir vers la rue Garnier en pleurant. Sœur Sainte-Philomène se tourna vers sœur Sainte-Catherine en levant les bras en signe d'impuissance. « A' pleure encore! A' va être tarie avant la fin de l'année, certain! » Sœur Sainte-Catherine laissa Thérèse et Pierrette sortir tous les costumes de la malle (douze robes d'anges en satin, défraîchies au point que les couleurs, des verts d'eau, des roses tendres, des jaunes très pâles, avaient presque disparu, surtout aux plis où elles avaient carrément bruni; le fameux costume de la Vierge qu'on se faisait un point d'honneur, chaque année, de déclarer « miraculeusement préservé » alors qu'en vérité il commençait, lui aussi, à se détériorer sérieusement; les vêtements de sainte Bernadette, une jupe carreautée trouvée par sœur Sainte-Philomène dans ses boîtes pour les pauvres, qui n'avait absolument pas l'air d'une jupe portée par une petite Française du dix-neuvième siècle, mais par une bonne fermière canadienne-française du vingtième siècle qui faisait une fixation sur le folklore de son pays, et une très belle blouse en poult-de-soie beige garnie de dentelle de coton héritée de la grand-mère de sœur Sainte-Catherine et qui jurait admirablement avec les gros carreaux jaunes et bleus de la jupe; quelques guenilles dont on affublait les bergers lorsqu'on avait envie de parsemer le reposoir de bergers et un costume de mouton au grand complet en une vraie fourrure que sœur Sainte-

Catherine n'avait jamais eu le courage d'utiliser parce qu'elle trouvait cruel d'enfermer une pauvre enfant dans la fourrure en plein mois de juin et ridicule l'image que les Canadiens français donnaient d'eux-mêmes à travers un animal aussi stupide), puis elle leur dit, avec un petit sourire narquois : « Voulez-vous bien me dire quelle utilité vous pouvez trouver à vider une malle de costumes au beau milieu d'un trottoir ! » Thérèse et Pierrette, qui s'attendaient à recevoir des compliments pour leur brillante initiative, se regardèrent, étonnées. « Pensez-vous qu'on va essayer les costumes devant toute la paroisse ? Des fois je me demande si vous n'êtes pas des premières de classe juste parce que les autres sont vraiment plus bouchées que vous ! » Elle éclata de rire en leur passant la main dans les cheveux. « Pierrette, vous direz à votre mère que si elle ne vous lave pas les cheveux pour demain soir, j'vas vous déguiser en nid d'oiseau ! En attendant, vous allez me faire le plaisir de tout remettre ça dans la malle et de la rapporter dans la cour ! Ça vous apprendra ! » Pendant tout ce temps-là, les autres fillettes n'avaient pas cessé de gigoter, de courir, de crier inutilement. La tension montait dangereusement et sœur Sainte-Catherine pensa qu'il fallait y mettre fin tout de suite si elle ne voulait pas voir la journée se terminer dans les drames et les crises de larmes. Elle grimpa quelques marches de l'escalier de ciment, sortit son claquoir de sa poche, en frappa trois coups. Toutes les têtes, rouges d'émoi et déjà couvertes de sueur, se tournèrent vers elle. « Maintenant que vous m'avez montré ce que vous ne savez pas faire, nous allons mettre un peu d'ordre dans tout ça... »

La veille, Thérèse n'avait pas eu le temps de sérieusement repenser à l'incident avec Gérard avant de se mettre au lit. La journée avait été trop chargée : le dîner, avec sa mère qui tempêtait contre Marcel et ses fantômes et au sujet de ses propres retards à elle, s'était déroulée dans les cris et les pleurs, Marcel hurlant chaque fois que sa mère s'approchait de lui, Thérèse rendant bêtise pour bêtise, coup pour coup comme à l'habitude. Thérèse avait eu l'impression de revenir en arrière de quelques semaines, avant que sa mère ne s'adoucisse suite à leur conversation au sujet de Marcel et au départ de la grosse femme pour l'hôpital. Pourtant cette courte période de presque bonheur qui s'achevait dans les cris avait été le plus beau moment de leur vie en commun : Albertine se transformait lentement en mère à peu près normale, cajolant ses enfants et leur adressant la parole sur un ton de confidence, leur faisant même confiance, elle qui avait toujours eu tendance à les espionner ; Thérèse, toute à ses questionnements au sujet de Gérard, avait enfin pu, grâce à l'humeur charmante de sa mère, abandonner son petit frère à lui-même, à ses jeux, à ses rires, à son enfance, enfin, sans s'inquiéter de son sort comme elle l'avait toujours fait ; Marcel évoluait d'une façon assez étonnante et demandait moins de soins ; plus discret et, surtout, moins nerveux qu'auparavant. Il disparaissait parfois de longues heures sans qu'on s'en inquiète parce qu'on savait qu'il reviendrait souriant, calme, avec un bouquet de pissenlits qui lui tachaient les mains et une histoire invraisemblable à raconter qui ravissait tout le monde.

Un jour, Richard avait dit de son petit cousin : « Si y continue comme ça, y va devenir poète, comme mon oncle Josaphat ! » Albertine s'était contentée de glisser entre ses dents : « Mais j'espère qu'y va mieux gagner sa vie... » Mais voilà qu'à midi, avec cette stupide histoire de chat imaginaire, tout s'était écroulé en quelques minutes, une couche de poussière s'était déposée sur ce beau mois de mai pourtant encore si proche comme pour le figer dans une parfaite immobilité : Marcel était redevenu le petit garçon nerveux terrorisé par sa mère, Albertine avait perdu cette lueur au fond des yeux que Thérèse aimait tant et retrouvait la rage et le mépris à varger sans discernement sur un de ses enfants ou un de ceux de la grosse femme, choisissant rarement ses victimes parce que ce n'est pas à elle mais au monde entier, à la vie, à l'existence, qu'elle en voulait. Comme d'habitude, vers une heure moins dix, Pierrette et Simone avaient attendu Thérèse au pied de l'escalier et l'après-midi, à l'école, s'était déroulé très rapidement. On ne s'était à peu près pas rendu compte de l'absence de Gérard parce qu'on n'avait pas vraiment besoin de lui pour les tâches qui restaient : épousseter les statues, laver à grande eau les estrades, les piédestaux, nettoyer au Brasso les chandeliers, les objets de culte, les colonnes du dais qui avaient terni durant l'hiver, rien enfin qui demandait la force d'un homme. Quelques fillettes avaient toutefois posé de timides questions, genre : « Oùsqu'y'est, le beau blond d'à matin ? » Elles s'étaient vu répondre par sœur Sainte-Catherine : « Il n'était pas blond, il était noir. Vous voyez comme votre sens d'observation n'est pas développé ! » « Mais ça nous dit pas oùsqu'y'est... » « Qu'est-ce que ça vous donnerait de le savoir ? » Mais elles avaient vite oublié Gérard au milieu des chiffons trempés de Brasso, des laines d'acier qui leur blessaient les mains et des eaux savonneuses qui sentaient fort l'eau de Javel. Pendant la récréation, Thérèse s'était approchée de Pierrette et de Simone qui continuaient de décrotter la base de la statue de la Vierge et leur avait dit : « Parlez-moé jamais pus du gardien du parc. Y reviendra pas. » Pierrette avait relevé la tête, avait repoussé la mèche de cheveux qui lui collait au front. « C'est lui qui te l'a dit ? » « Non. Y me l'a pas dit. Mais je le sais. » Pierrette s'était levée. « Tu me caches quequ'chose. » Thérèse l'avait regardée droit dans les yeux. « Oui. Pis quand j's'rai prête à t'en parler, j't'en parlerai. » Le soir, elle s'était collée au corps dodu et chaud de son cousin Philippe avec qui elle partageait le sofa du salon, elle avait passé un bras par-dessus sa petite bedaine moelleuse, avait posé sa bouche sur l'épaule du garçonnet. « J'te dis que t'es t'affectueuse à soir, toé ! » « Parle pas, c'est pas à toé que je pense ! » Philippe avait repoussé le bras de sa cousine « Si tu penses pas à moé en me caressant, touche-moé pas ! » Il lui avait tourné le dos et Thérèse avait pouffé de rire. « T'es ben orgueilleux ! » « Ben ! Quand j't'embrasse, moé, si j'te dirais que j'pense à grand-moman Victoire, que c'est que tu dirais ? » « J'te dirais que t'as pas de goût ! Mais celui à qui que j'pense, y'est ben plus beau que toé ! » Thérèse, qui connaissait parfaitement bien les points faibles de Philippe, s'était mise à le chatouiller en criant : « Une p'tite chatouille pour les oreilles, une p'tite chatouille pour les bras, une p'tite chatouille pour la grosse bédaine, une p'tite chatouille pour le cou... » Philippe se tordait de rire, demandait grâce, se rendait en pleurant, était au bord de la défaillance, râlait de plaisir. Thérèse en était à «... une p'tite chatouille pour la p'tite affaire » lorsqu'Albertine avait fait irruption dans la pièce, une règle de bois à la main. Au même moment, la porte de la chambre de Victoire s'était ouverte, la vieille femme avait passé la tête dans l'entrebâillement et avait murmuré, très doucement, presque imperceptiblement : «Si vous arrêtez pas c'te train-là tu-suite, j'vas mourir c'te nuitte pis ça va t'être de vot'faute ! » Elle avait refermé la porte sans rien ajouter. Albertine était restée figée dans la porte du salon, la règle toujours levée au-dessus de sa tête, les yeux exorbités, mais silencieuse. Les enfants, comme par miracle, s'étaient immobilisés tant le visage de leur grand-mère leur avait paru effrayant, vieilli, blême au point d'en être cireux et tellement cerné que les yeux faisaient peur. Albertine avait silencieusement menacé les deux enfants de sa règle puis leur avait tourné le dos. Philippe s'était réfugié dans les bras de Thérèse. «Pense à qui c'que tu voudras, mais lâche-moé pas ! » Thérèse avait eu un petit rire méchant. « Vas-tu penser à elle quand tu vas m'embrasser, à c't'heure ? » « Ouache ! Donne-moé pas mal au cœur ! » Lorsque le souffle de Philippe était devenu régulier, Thérèse avait repoussé son cousin, l'avait bordé, lui avait donné un bec sur le front. Et elle avait enfin pu penser à Gérard en paix. Elle savait qu'elle ne le reverrait plus de longtemps. Peut-être plus jamais. Elle l'avait senti aussitôt après la scène de la rue Garnier. Elle ignorait si cela lui faisait de la peine ou non. Oui, peut-être un peu. Elle avait senti que quelque chose de très grave avait failli se passer entre eux, mais comme elle n'avait aucune idée de ce dont il s'agissait, elle ne pouvait ni le regretter ni se sentir soulagée.

« J'veux savoir c'est quoi ! J'veux le savoir ! » De petits frissons excitants, une douleur au bas-ventre et des palpitations la troublaient encore plus, la laissant pantelante, essoufflée, pleine d'expectative et pourtant convaincue que rien ne se passerait. « J'voulais juste l'embrasser ! Comme j'embrasse Philippe avant qu'y s'endorme... mais avec quequ'chose de plus ! » Soudain une image très précise lui revint et elle sursauta ; elle revit Gérard poser sa tête sur son ventre. Elle cacha son nombril avec ses deux mains. Elle s'était sentie si bien, presque délivrée, lorsqu'il avait fait ça ! Un jeu de ses cousins qu'elle trouvait très stupide lui revint en mémoire, un de ces jeux ennuyants comme la pluie qu'on garde pour les dimanches après-midi quand on est habillé propre et que tout est défendu ; elle revit son cousin Philippe s'approcher de Marcel et lui dire en le menaçant de son index : « J'vas te dévisser le nombril pis les deux fesses vont te tomber. » Elle revit son frère ouvrir sa chemise en répondant à son cousin. « Envoye donc, pour voir ! » Et, chaque fois, après que Philippe eut tourné son index plusieurs fois dans le nombril de Marcel, ce dernier se retournait pour voir si ses fesses étaient tombées sur le trottoir. Puis déçu, il disait à son cousin : « T'as pas la bonne clef ! » Thérèse avait alors introduit son index dans son nombril et agité son doigt plusieurs fois en pesant de plus en plus fort. Un chatouillement inconnu s'était propagé de son nombril à son anus et elle s'était pliée en deux. Et sans trop s'en rendre compte, elle avait posé sa main libre sur son sexe. « C'est par là. C'est quequ'part par là. » Mais aussitôt, la vision du confessionnal, le mot « luxure », le long pet de sœur Sainte-Philomène et le souvenir de sa mère lui disant en fronçant les sourcils :

« Quand tu te laves par là, fais ça vite, c'est pas propre ! »
lui firent remonter les deux mains sur ses seins naissants.
« J'pourrai jamais arriver à comprendre tu-seule ! Pis
j'connais parsonne qui peut m'aider ! Maudite marde ! »
Elle avait fini par sombrer dans un sommeil agité où flottait une tête d'homme, si belle et si douce, qui se posait
sur son ventre en disant : « Moé, j'arais pu te le montrer. Moé, j'arais pu te le dire. Àc't'heure, y'est trop tard.
Tu le sauras jamais ! »

Posté dans le vestibule du presbytère, le nez collé à
la vitre propre de la porte qui sentait encore le vinaigre,
monseigneur Bernier avait attendu que les trop
envahissantes fillettes aient déserté l'escalier de l'école
des Saints-Anges avant de se décider à mettre le nez
dehors. Il n'aimait pas les enfants. Ils avaient longtemps
représenté pour lui le Mal, l'œuvre inachevée du
Seigneur, l'hypocrisie, la chute de l'homme après le
péché originel, le fruit de ce péché, le fruit de la femme,
mais il avait bien été obligé de s'habituer à eux lorsque,
trente ans plus tôt, il avait été nommé curé de la paroisse
Saint-Stanislas-de-Kostka, l'une des plus « fécondes »
de l'île de Montréal, et il avait fini par les regarder comme
un mal nécessaire, le côté désagréable de son sacerdoce,
ce qui ne l'empêchait pas, chaque fois qu'il le pouvait,
de les éviter en traversant une rue pour ne pas les croiser
ou en refusant de se rendre dans une maison où il savait
en trouver en trop grand nombre. En fait, les enfants le
gênaient. Ces petits êtres dépendants, encore informes,
qu'il fallait gaver, éduquer, redresser, ignorants à un point
désespérant et si peu intéressés à sortir de leur ignorance,

incertains de leurs gestes en bas âge et soudain trop sûrs d'eux-mêmes lorsqu'ils atteignaient six ou sept ans, trop timides ou pas assez et, surtout, menteurs, tellement menteurs, le mettaient mal à l'aise parce qu'il ne s'était jamais donné la peine d'essayer de les comprendre : un regard d'enfant, si pur fût-il, cachait forcément des pensées sales et dangereuses parce qu'il en avait ainsi décidé pour se faciliter la vie. Il était bien obligé de jouer au bon curé qui adore les enfants, de temps en temps, mais cela lui demandait un effort surhumain qu'il avait, avec ses soixante-cinq ans bien sonnés, de plus en plus de difficulté à produire. On le voyait encore parfois tapoter une tête ou pincer une joue mais cela était devenu tellement rare que les enfants ainsi gratifiés étaient considérés par leurs mères comme « élus », presque « sacrés ». (« Le curé s'est penché sus mon p'tit Raymond, dimanche passé, pis y y'a pris le menton ! J'étais tellement mal que j'ai pu rien dire ! J'l'ai toujours dit que Raymond avait quequ'chose de spécial ! C't'enfant-là est pas ordinaire ! Pis monseigneur Bernier s'en est aparçu ! Ben, j'ai décidé qu'y f'rait un prêtre, plus tard, pis y'a rien qui va m'en empêcher ! ») Cette gêne devant les enfants et ce mépris pour leur naïveté qu'il prenait pour de l'hypocrisie était ce qui l'avait rapproché de mère Benoîte des Anges qui partageait ses sentiments en complice silencieux et efficace. Tous deux vivaient entourés d'enfants (moins monseigneur Bernier qui était allé jusqu'à les bannir du presbytère en prétextant de fréquentes et violentes migraines causées par leurs trop bruyants jeux) et auraient dû centrer leur vie sur eux, cela faisait partie du quotidien de leur position respective, mais l'aversion qu'ils ressentaient tous deux était

226

tellement forte qu'elle les amenait à outrepasser les règles les plus élémentaires de l'éthique professionnelle en s'unissant pour ériger autour d'eux une barrière infranchissable qui les coupait presque totalement du monde des enfants. En effet, il n'était presque jamais question des enfants entre eux. Ils parlaient volontiers des « affaires » de l'école, de ses besoins (en argent) et de son efficacité, mais rarement de ses produits dont ils se dissociaient étrangement. Monseigneur Bernier attendit donc que sœur Sainte-Catherine ramène tout son monde dans la cour d'école pour risquer un pied en dehors de son presbytère. Il traversa la première partie du boulevard Saint-Joseph puis s'immobilisa sur le terre-plein gazonné qui séparait l'avenue en deux. Il regarda l'école des Saints-Anges longuement en secouant la tête. « Ce reposoir attire l'attention sur nous, soit, et j'en suis fort heureux, mais en attendant l'école a l'air d'un garage ! » Il faut dire, aussi, que le trottoir et le parterre étaient jonchés de guenilles de toutes sortes (qui ne se voulaient pas toujours des guenilles, d'ailleurs) et de statues, couchées ou debout, qui semblaient perdues au milieu des estrades appuyées contre la clôture et des décorations (têtes d'angelots, frises ou socles en plâtre) jetées pêle-mêle jusque dans les marches de l'escalier. « Il faut que tout rentre dans l'ordre avant ce soir. C'est demain la Fête-Dieu et je dois m'y préparer à tête reposée. » Il traversa à toute vitesse le reste du boulevard Saint-Joseph, le trottoir devant l'école et se mit à gravir les marches de l'escalier de ciment en contournant les objets qui y traînaient. Lorsqu'il sonna à la porte, son cœur battait trop vite et il était essoufflé. « Ces maudites marches finiront par venir à bout de moi ! Et dire que j'ai encore un escalier à monter ! » La porte s'ouvrit en haut de l'escalier de bois, à l'intérieur de l'école, et sœur Saint-Georges leva les bras au ciel en apercevant le vieux curé. Chaque fois que monseigneur Bernier rendait visite à l'école des Saints-Anges, sœur Saint-Georges essayait de descendre l'escalier plus vite pour lui éviter d'attendre trop longtemps ; son boitillement s'en trouvait accentué et elle descendait les marches en se berçant de gauche et de droite comme un jouet désarticulé. Et, chaque fois, monseigneur Bernier fermait les yeux pour ne pas la voir. « Pauvre sœur Saint-Georges, elle finira par débouler l'escalier et bloquer la porte d'entrée ! » Sœur Pied-Botte tira sur la porte avec une énergie qui lui était inhabituelle. Elle semblait surexcitée. « Monsieur le curé ! Bonjour ! Justement, j'voulais vous voir ! » Le vieux prêtre fronça les sourcils. « Si c'est encore pour que j'intercède auprès de la directrice pour qu'elle réajuste votre budget de cire en pâte, sœur Saint-Georges, laissez-moi vous dire que c'est peine perdue ! » Mais sœur Saint-Georges était tellement énervée qu'elle coupa son curé pour la première fois de sa vie. « C'est pas ça, monsieur le curé, c'est plus grave... J'voudrais me confesser. » Monseigneur Bernier revit le long chapelet si ennuyeux des petits péchés dont sœur Saint-Georges s'était accusée depuis qu'il la connaissait et une grande fatigue l'envahit. Elle avait dû manger trop de dessert, encore, ou répondre d'une façon impertinente à sa directrice, ou réprimander une élève ou quoi encore... « Je n'ai pas le temps de vous confesser, ce matin, sœur Saint-Georges, je vous pardonne sans vous entendre. » Il leva le bras pour la bénir mais sœur Saint-Georges se jeta à genoux dans l'escalier en criant : « Vous pouvez pas, monseigneur, c'est trop grave ! » Le curé posa une main sur l'épaule de la religieuse. « Vous n'avez jamais rien fait de grave, sœur Saint-Georges, vous ne commencerez certainement pas aujourd'hui... » Il lui donna une rapide bénédiction et monta l'escalier le plus vite qu'il put de peur que sœur Saint-Georges n'insiste. Cette dernière était restée prosternée dans les marches, comme foudroyée. Lorsque le curé fut entré dans le bureau de la directrice, elle se releva péniblement en se cachant la figure dans les mains. « Mais ma punition, c'est quoi ! J'mérite une grosse punition ! J'peux pas être pardonnée sans une grosse punition ! Y'a donc parsonne qui peut m'aider ! »

« Fiez-vous pas sus elle, ma sœur, a' s'rait capable d'y peinturer la face en vert ! » Thérèse et Pierrette éclatèrent en grimaces et en rires pendant que Simone les menaçait de son pinceau. « C'est ben pas vrai, tu sauras, Pierrette Guérin ! J'connais mes couleurs mieux que toé ! » Simone était assise sur le bord d'une table improvisée que sœur Sainte-Philomène venait de monter à toute vitesse avec une vieille porte de bois qu'elle avait dénichée au fond du hangar et deux montants de fer qui serviraient plus tard à soutenir une partie du reposoir, et elle scrutait intensément le visage de la statue de la Vierge qu'elle avait à rafraîchir. La remarque de Pierrette l'avait beaucoup froissée parce que, effectivement, ses notions de la couleur étaient plus que précaires (on avait même cru un moment qu'elle était daltonienne) même si elle se refusait obstinément à l'avouer. « Qu'y me laissent peinturer en paix pis y vont voir comment c'que ça va être beau ! » Sœur Sainte-

Thérèse de l'Enfant-Jésus avait rassemblé autour d'elle les plus petites élèves de sixième année (et les plus faibles physiquement) en leur disant : « Nous allons laisser le gros ouvrage aux plus grandes et pendant ce temps-là nous allons essayer de rajeunir les statues. » Elle avait pris Simone dans ses bras, l'avait assise sur le bord de la table, lui avait mis des pinceaux dans les mains, avait posé des pots de peinture un peu partout autour d'elle. « Vous, Simone, je vous confie la Sainte Vierge... Il faudrait lui faire une belle bouche rouge et un beau visage couleur peau, elle en a bien besoin, la pauvre... » La bouche rouge, Simone savait qu'elle n'aurait aucune difficulté à la réussir : elle avait aperçu, parmi les pots de peinture, un merveilleux rouge vif qu'elle poserait délicatement, sans dépasser les lèvres bien moulées dans le plâtre ; c'était plutôt la couleur du visage qui l'inquiétait. Elle avait beau chercher un pot de peinture couleur peau, elle n'en trouvait pas. « Chus pas ben bonne dans les mélanges, peut-être que j's'rais mieux de d'mander à la sœur... » Mais son orgueil, piqué à vif par la pointe lancée par Pierrette, l'empêchait de demander de l'aide et elle ouvrit doucement un pot de peinture jaune. « C'est ben jaune... La Sainte Vierge avait certainement pas l'air de t'ça... » Elle se pencha sur un tube de blanc. « Avec du rouge, a' va avoir l'air d'une Sauvagesse... » Elle prit un pot de bleu dans ses mains. « Avec du bleu, ça va avoir l'air d'la marde ! Eh, maudit ! » Sur les entrefaites arriva Lucienne Boileau qui guettait Simone depuis quelques minutes. Elle s'appuya contre la table. « As-tu besoin d'aide ? » Simone ne la regarda même pas pour répondre. « Va manger tes couettes ailleurs, toé, fatiquante ! » Thérèse et Pierrette se trouvaient maintenant à l'autre bout de la cour ; Thérèse frottait énergiquement un encensoir qui en avait bien besoin pendant que Pierrette sortait un par un les costumes du gros panier d'osier. Simone tourna la tête vers elles. Pierrette aurait pu l'aider. Ses dessins étaient toujours parmi les plus beaux de l'école. Lucienne avait suivi le regard de Simone. « C'est pas à Pierrette que la sœur a demandé de peinturer le visage de la Sainte Vierge, Simone, c't'à toé ! » Simone la regarda pour la première fois de la journée. Depuis le matin, elle sentait que Lucienne la guettait et elle avait tout fait pour éviter son regard. « Si c'est à moé qu'a'l'a demandé, pour que c'est faire que tu viens m'achaler, d'abord ! J't'ai pas assez dit de bêtises, hier, j'suppose, t'en veux d'autres ! Rends-toé donc utile au lieu de te mettre dans les jambes de tout le monde ! » Simone donna une poussée à Lucienne qui buta contre la statue et faillit la renverser. « Okay, d'abord, arrange-toé tu-seule pis on verra ben de quelle couleur qu'y va t'être le visage de la Sainte Vierge, demain soir ! » Elle tourna le dos et s'éloigna vers sœur Sainte-Philomène qui reclouait une estrade. Simone reprit le pot de peinture rouge. « J'vas juste mélanger du rouge pis du blanc... La peau c'est rose... » Pierrette avait installé son panier d'osier entre les deux perrons de ciment qui menaient à la salle de récréation. Elle dépliait chaque costume, le secouait puis l'étendait sur de grandes toiles posées par terre comme le lui avait demandé sœur Sainte-Catherine. « 'Gard' ça si c'est beau, Thérèse ! As-tu déjà vu un beau vert de même, toé ? Avec le doré, là, c'est de toute beauté de voir ça ! Mais j'me d'mande à quoi ça sert, c'te costume-là, par exemple... Ça l'a pas l'air d'être un costume d'ange. » Thérèse arrêta de frotter son encensoir, remonta la mèche de cheveux qui lui barrait le front. «Tu t'en rappelles pas, y'a deux ans, quand on était en quatrième année, y'avaient mis les trois Rois mages dans le reposoir...» «Non, j'm'en rappelle pas...» «Ben oui, t'sais ben, la grande Jeannine Trépanier avait échappé son cadeau au beau milieu de la cérémonie pis le curé l'avait chicanée devant tout le monde...» «Ah! oui... C'tait les trois Rois mages, ça? J'savais pas... J'pensais que c'tait juste des saints ordinaires...» «Ben c'te costume vert-là c'tait le nèye qui le portait...» Pierrette déposa le costume de taffetas vert pomme à côté d'une paire d'ailes froissées qu'elle avait eu toutes les misères du monde à déplier. «C'est un maudit beau costume pour un nèye...» L'activité continuait sans relâche autour d'elles; des fillettes venaient régulièrement chercher les costumes que Pierrette aérait, en disant: «La sœur veut avoir la robe de l'archange saint Gabriel. A'dit que c'est une robe rose avec des ailes rouges» ou bien «As-tu vu une grosse perruque blanche avec un toupet carré?» ou bien encore «Si tu trouves une boîte ronde avec des bijoux dedans, tu me le diras. Faut que j'les compte!»; d'autres passaient à côté d'elles en courant, un marteau à la main ou une règle, rouges et essoufflées par les efforts que sœur Sainte-Philomène exigeait d'elles; d'autres encore faisaient le tour des statues à la recherche de défauts qu'il faudrait réparer le plus tôt possible: «Saint Joseph a le nez cassé!» «La face du gros ange laitte est toute déteindue!»; «Mon Dieu! Saint Christophe a pus de tête!» Lorsque la cloche de la récréation retentit à travers l'école, les fillettes continuèrent leur ouvrage en se faisant des grimaces ou des clins d'œil. Pas de récréation, aujourd'hui! La journée entière ne serait qu'une longue récréation dont elles parleraient avec fierté pendant toute leur vie. Aussitôt la cloche sonnée, des centaines de têtes apparurent aux fenêtres des classes et de la salle de récréation. Les élèves des autres années criaient des choses à leurs amies de sixième, leur envoyaient la main, se moquant un peu d'elles pour la forme, mais enviant leur journée de congé et leur grande responsabilité devant la paroisse tout entière. Les grandes de huitième et de neuvième étaient descendues dans la salle de récréation mais les autres étaient condamnées à rester enfermées dans leurs classes. Elles auraient dû dessiner ou lire mais aucune ne suivait la règle parce qu'elles savaient que vers la fin de la récréation sœur Sainte-Catherine annoncerait les noms de celles qui figureraient au reposoir et elles étaient dans un état d'énervement tel que certaines titulaires s'étaient vues dans l'obligation de sévir. Pierrette avait fini de vider son panier qu'elle avait refermé d'un geste brusque et sur lequel elle s'était assise en poussant un soupir de satisfaction. « Ouf ! J'te dis que toutes ces costumes-là, ça sent pas toutes la fleur ! » Thérèse achevait d'astiquer son encensoir. Elle commençait à être pas mal tannée de frotter. « Les sœurs vont les nettoyer pour demain. » « J'espère ben ! J'ai pas envie de passer trois heures dans une robe pis un voile qui pusent ! » Thérèse avait relevé la tête en souriant. « C'est qui, tu penses, qui va faire la Sainte Vierge ? Toé ou ben donc moé ? » Pierrette ramassa des miettes imaginaires sur sa jupe. « J'te l'ai dit... y faudrait que ça soye toé parce que t'es la plus belle... À moins que la fatiquante à Ginette Chartier aye fini par séduire sœur Sainte-Catherine... » Des applaudissements qui venaient de la salle de récréation attirèrent alors leur attention et elles se tournèrent toutes deux vers l'école. Sœur Sainte-Catherine sortait à ce moment-là en levant les bras pour demander le silence. « Ça y est, le grand moment est arrivé... Viens. » Thérèse prit Pierrette par la main et toutes deux vinrent s'appuyer contre le perron de ciment sur lequel se tenait sœur Sainte-Catherine. Cette dernière souriait en attendant que le silence se fasse complètement. « Les noms des élèves qui auront l'honneur de figurer au reposoir viennent d'être choisis par sœur Sainte-Philomène, sœur Sainte-Thérèse de l'Enfant-Jésus et moi-même ! Les voici donc. » Thérèse et Pierrette s'enlacèrent, gênées, rouges, presque défaillantes. « Sainte Bernadette sera interprétée par notre belle Thérèse de sixième année B ! » Des applaudissements montèrent pendant que Pierrette embrassait son amie. Thérèse lui glissa à l'oreille : « Ma maudite, toé, si c'est toé qui fais la Sainte Vierge, j'vas te faire rire pis tout le monde va voir tes dents croches ! » Lorsque le silence fut revenu, sœur Sainte-Catherine reprit la parole. « La Sainte Vierge aura cette année le beau visage de Pierrette, de sixième année A ! » Pierrette avait porté sa main à son cœur. « C'est moé ! C'est moé qui a gagné la Sainte Vierge ! » Thérèse l'embrassa à son tour. « Pis j'vas tellement te faire rire que tu vas pisser dans ta belle robe bleue ! » Sœur Sainte-Catherine continuait : « Les anges à trompettes seront Claire Morrier, Lucie Pineault et Ginette Chartier ! Quant à l'archange Gabriel, il sera joué par Lucienne Boileau et le petit ange suspendu par Simone Côté ! » D'autres applaudissements s'élevèrent dans la cour et à l'intérieur de l'école. Pierrette était catastrophée. « Que c'est que j'vas faire avec mes dents?» «Tu les mettras dans ta poche!» «Aïe, dis-moé que c'est pas vrai que tu vas me faire rire!» Thérèse s'éloigna de son amie en fredonnant méchamment un petit air. Pierrette la suivit. «Promets-moé que tu me feras pas rire, Thérèse!» «Okay, choisis: ou ben donc j'te fais rire, ou ben donc j'te mets du poil à gratter dans ton costume!» Thérèse éclata de rire et prit Pierrette dans ses bras. «Ponooo tu que j'te f'rais ça! Chus ben que trop contente pour toé!» On entourait Thérèse et Pierrette, les autres aussi et même Simone qui, toute à son ouvrage, concentrée sur le visage de la Vierge, un bout de langue sorti et le pinceau quelque peu tremblant à la main, n'avait rien entendu de ce qui venait de se passer. Lucienne Boileau se précipita vers elle en battant des mains. «Es-tu contente, Simone? Es-tu contente?» Simone sortit de sa torpeur d'un seul coup comme si elle s'était éveillée d'un très profond sommeil. «Contente de quoi?» «T'as pas entendu?» «Entendu quoi?» «Les noms sont sortis! J'fais saint Gabriel pis toé l'ange suspendu!» Le cœur de Simone bondit dans sa poitrine. L'ange suspendu! Le plus beau des anges! Celui avec le costume le plus élaboré et les ailes les plus grandes! Celui dont tout le monde parlait le plus parce qu'il était le plus en vue! Elle posa son pot de peinture en tremblant. Sœur Sainte-Catherine, Thérèse et Pierrette arrivèrent en même temps. Les deux amies donnèrent des tapes sur les cuisses de Simone pendant que sœur Sainte-Catherine la serrait contre elle en lui murmurant à l'oreille: «Vous allez être tellement belle, là-haut, Simone!» Simone noua ses bras autour du cou de la religieuse sans rien dire. Derrière le groupe que formaient les trois fillettes et la religieuse, la statue de la Sainte Vierge arborait un visage rose tomate qui lui donnait un air d'écorchée vive.

Le gros corps de mère Benoîte des Anges débordait de la chaise droite sur laquelle la directrice s'était installée, cette chaise inconfortable habituellement réservée aux visiteurs, mais qu'elle n'avait jamais osé imposer au vieux curé, plus par politique que par déférence. Monseigneur Bernier n'était d'ailleurs plus dupe depuis fort longtemps et s'amusait de cette position d'infériorité dans laquelle se plaçait la directrice de l'école des Saints-Anges lorsqu'il venait lui rendre visite : il se carrait toujours franchement dans le fauteuil de mère Benoîte des Anges, prenant ses aises, agrippant les deux accoudoirs en propriétaire, appréciant du pouce et de l'index la fraîcheur des petits clous de métal qui retenaient le cuir sous les arabesques de bois chantourné qui les paraient, allant même jusqu'à appuyer voluptueusement la tête sur le coussinet qui couronnait le fauteuil en lui donnant un vague air de chaise de barbier assez comique. Monseigneur Bernier était, comme la plupart des curés de paroisse, assez sensible à la flatterie mais, fin rusé et usant lui-même assez volontiers de cette précieuse denrée, il finissait toujours par la débusquer, en comprendre le mécanisme et les raisons pour ensuite s'en servir au détriment du flatteur sans que celui-ci le sache. C'était ce qui était arrivé avec mère Benoîte des Anges qui croyait le manipuler mais qui se doutait bien, aux airs qu'il prenait souvent lorsqu'elle lui parlait d'argent, par exemple, à l'ironie qui allumait parfois son œil autrement morne et même totalement vide, aux petits sourires qu'il arrivait mal à réprimer et qui flottaient sur son double menton, que quelque chose en lui, une perfide intelligence de courtisan peut-être ou plus simplement un cynisme froid, lui échappait, qu'elle aurait voulu dépister, découvrir, contrôler et mater de façon à rester seule maîtresse de la situation sans crainte de voir le vieux curé exhiber une parade aussi inattendue qu'efficace. Elle avait connu peu de défaites dans sa vie et cette semaine qui avait si mal commencé pour elle l'inquiétait tellement qu'elle n'en dormait presque plus. Elle se surprenait même, au beau milieu de la nuit, à marmonner des insultes à l'une ou l'autre des religieuses de l'école des Saints-Anges, esquissant dans son lit de grands gestes de menaces et pointant du doigt un hypothétique enfer qui se serait trouvé quelque part dans les caves près de la fournaise, et elle en rougissait de honte. Cette femme contrôlée, logique, organisée au point de friser la manie se laissait miner depuis deux jours par une petite religieuse à forte tête et une élève hier laide à faire peur et que tout le monde semblait vouloir protéger soudain uniquement parce qu'elle avait subi une bénigne intervention chirurgicale qui lui donnait une bouche à peu près normale ! C'était d'autant plus déprimant qu'elle n'arrivait pas, comme elle l'avait toujours fait, à passer outre à ces problèmes pourtant insignifiants et se laissait gâcher la vie sans presque réagir et surtout sans comprendre pourquoi elle ne réagissait pas plus énergiquement. «C'est vrai que je vieillis, en fin de compte. C'est donc ça. C'est donc ça, vieillir...» Pour satisfaire la grande soif de victoire qui l'avait toujours ravagée et lui avait fait commettre tant de délicieuses imprudences qu'elle avait d'autant mieux savourées qu'elles avaient été dangereuses et parfois fort compromettantes, il aurait fallu que le drame entre sœur Sainte-Catherine et elle explose d'une façon plus dramatique de manière à ce qu'elle puisse, elle, après tout directrice de l'école des Saints-Anges *et* de ses religieuses, l'écraser de tout son poids, lui faire crier grâce, lui faire rendre les armes, l'humilier publiquement (c'était toujours là le moment le plus délicieux), et la jeter ensuite comme une trop vieille guenille, un objet désormais inutile et même nuisible, au lieu de quoi elle s'était vue dans l'obligation de ménager cette adversaire abhorrée parce que la paroisse, plus puissante qu'elle, avec une réputation à soutenir et cette publicité que lui apportait le maudit reposoir, avait besoin de sœur Sainte-Catherine pour quelques jours encore. Mère Benoîte des Anges en voulait au curé, aux marguilliers, aux dames de Sainte-Anne, aux Jeannettes, aux scouts et même aux filles d'Isabelle qui allaient le lendemain soir parader, raides et ridicules, déguisés et pomponnés, pendant qu'elle-même rongerait son frein en jetant des regards fulgurants à la maîtresse de l'événement, le point de mire de la soirée, cette ennemie jurée qu'on allait vanter devant elle sans qu'elle y puisse rien. Une rage enfantine la faisait bouillir d'impatience sur sa trop petite chaise et quelques perles de sueur coulaient déjà sous sa capine raide d'empois lorsque le curé commença à parler, ne se doutant pas le moins du monde que ce qu'il allait dire achèverait mère Benoîte des Anges, l'acculerait au pied du mur du désespoir et lui ferait commettre des bêtises irréparables qui précipiteraient sa chute. « J'ai reçu un téléphone de votre supérieure, mère Benoîte des Anges. Hier après-midi. » La directrice se crispa sur sa chaise, remonta sa tunique noire de chaque côté comme pour ramener sur elle ses chairs débordantes. Elle réussit à esquisser un petit sourire froid. « Ah ! Bon. Et je suppose qu'elle vous a raconté la visite de sœur Saint-Georges... » « Non, pas du tout. Elle n'a pas fait mention de cette visite. Elle m'a cependant raconté que sœur Sainte-Catherine était allée lui porter une certaine lettre écrite par vous... » Mère Benoîte des Anges se leva brusquement, blême de colère, s'appuya d'une main contre son bureau tout en serrant de l'autre sa croix d'ébène qu'elle semblait ainsi vouloir arracher. Se méprenant sur les raisons de la colère de la directrice, le curé se leva à son tour. « Mère Notre-Dame du Rosaire n'a pas commis d'indiscrétion, ma sœur. Elle savait seulement que sœur Sainte-Catherine est très utile à la paroisse et voulait me prévenir de son départ... » Mère Benoîte des Anges ne trouvait rien à répondre tant son humiliation était grande. Elle revoyait sœur Saint-Georges lui raconter sa visite à la maison mère, surtout ses grands yeux de ruminant où elle avait cru lire comme toujours la béate fidélité et l'inépuisable loyauté pendant que la vieille boiteuse lui décrivait le service à thé de la supérieure ! Même sœur Saint-Georges, le chien fidèle, le gardien de nuit, la trompait donc ! Le curé continuait, cependant : « Rasseyez-vous, ma sœur, vous semblez toute secouée. Votre supérieure m'avait prévenu que votre lettre dénotait un état d'esprit pour le moins inquiétant, mais je n'aurais jamais cru que vous étiez si mal en point. » Rassemblant toutes ses forces, mère Benoîte des Anges réussit à répondre au curé sur un ton à peu près normal en reprenant place sur la chaise droite. « Je ne suis pas du tout mal en point, monseigneur. Je... Je suis seulement un peu étonnée d'apprendre que ma supérieure ne m'a pas téléphoné pour me prévenir... » « Elle devait vous appeler ce matin... Si elle ne l'a pas fait, c'est qu'elle n'a pas encore pris de décision... » « Une décision ? Quelle décision ? » Le curé se rassit lentement dans le fauteuil de la directrice, appuya sa tête sur le coussinet, scruta le plafond quelques secondes comme s'il y avait cherché ses mots. « Ne m'interrompez plus, mère Benoîte des Anges. Ce que je vais vous dire vous choquera probablement plus que ce que je vous ai déjà dit, mais la décision est presque prise et sans retour. » Cette fois, mère Benoîte des Anges porta ses deux mains à sa croix. « Je crois deviner ce que vous allez me dire, monsieur le curé. Notre supérieure aurait donc choisi sœur Sainte-Catherine, après tout. » « Votre supérieure n'a pas choisi, ma sœur. Moi, j'ai choisi. Ou, plutôt, j'ai fortement suggéré une solution à laquelle votre supérieure réfléchit en ce moment même... » Il se pencha par-dessus le bureau de la directrice comme elle-même l'avait fait tant de fois pour impressionner ses interlocuteurs, les intimider, les clouer dans la chaise droite sur laquelle elle tremblait à son tour d'indignation. « Pour moi, il n'est pas question de perdre sœur Sainte-Catherine, ma sœur. Et vous savez pourquoi. Je n'ai pas à vous vanter ses mérites, vous les connaissez et dans l'état où vous êtes vous n'avez certainement pas envie de m'entendre les énumérer. Il n'en reste pas moins que ce même reposoir que sœur Sainte-Catherine est en train de monter en ce moment représente pour la paroisse une occasion unique... » Mère Benoîte des Anges le coupa sur un ton où le désespoir transparaissait en filigrane, filtré par l'orgueil mais tellement présent que le vieux curé en fut

étonné. « Vous avez donc choisi sœur Sainte-Catherine !
Et vous êtes venu chercher ma démission ! » « Pas du
tout ! Où êtes-vous allée chercher tout ça ! Il n'est pas
question que vous quittiez l'école des Saints-Anges
comme il n'est pas question que sœur Sainte-Catherine
la quitte non plus ! Nous avons besoin de vous deux, ma
sœur, de vous autant qu'elle ! Je sais que votre orgueil
aura quelque difficulté à accepter cet état de fait, mais
je crois avoir convaincu votre supérieure de vous garder
toutes les deux ! » Une joie méchante se lisait dans les
yeux du curé, que mère Benoîte des Anges surprit alors
qu'elle allait répondre d'une façon très cavalière, oubliant
volontairement le respect qu'elle devait au vieil homme
pour lui cracher à la figure sa haine pour sœur Sainte-
Catherine dont l'insolence dépassait les bornes de la
décence. Mais la vue de cette flamme ironique et du petit
sourire de satisfaction qu'elle crut deviner sur les lèvres
de monseigneur Bernier l'empêcha d'exploser. Elle comprit en un éclair que c'est exactement ce que recherchait
le curé qui croyait en l'humiliant de cette façon lui
remettre toutes ces heures passées ici, dans ce même
bureau, à discuter argent et petits contrats, lui qui avait
toujours voulu s'immiscer dans les affaires de l'école
des Saints-Anges et qu'elle avait toujours réussi à écarter
de justesse, inventant des prétextes si souvent boiteux
mais qui portaient toujours et le reléguant toujours, lui
le chef de la paroisse, au second plan où son rôle ne consistait qu'à signer les papiers qu'elle avait décidés, pla-
nifiés et rédigés elle-même. Prudence. La vengeance est
un plat qui se mange froid. Elle prit une longue respiration en fermant les yeux. « Je vais réfléchir à tout cela,
monseigneur. » Et le vieux curé lança sa dernière

fléchette, la plus empoisonnée, celle qu'il savait à coup sûr mortelle et qu'il avait gardée pour la fin. « Vous n'avez pas le choix, ma sœur. C'est nous qui décidons. » Il se leva lentement devant le masque fermé qu'était devenu le visage de mère Benoîte des Anges, contourna l'énorme bureau qui trônait au milieu de la pièce et sortit sans ajouter un seul mot. Mère Benoîte des Anges resta immobile très longtemps sur la chaise droite. Elle n'entendit pas sonner la cloche qui annonçait la fin des cours du matin, les bruits de pas dans les escaliers, les courses à travers les corridors et les cris de six cents petites filles qu'on libérait après un avant-midi lourd en surprises. Elle n'entendit donc pas non plus qu'on ne parlait que du petit ange suspendu dont on avait confié le rôle (« on » c'était bien sûr sœur Sainte-Catherine, qui d'autre) à l'une de ses bêtes noires, en fait la source de tous ses problèmes actuels : Simone Côté, le laideron transformé pour son grand malheur en beauté.

« Comment ça s'appelle, déjà? J'm'en rappelle jamais... » « Ça s'appelle un piano. » « Un piano. C't'un beau mot... » « Oui. » « J'sais pas si a' n'en joue souvent. C'tait la première fois que je l'entendais. » « Moé aussi. » « Si j'y demande de me jouer la même chose qu'hier, penses-tu qu'a' va pouvoir? » « Ben oui, niaiseux, a' lisait tout ça dans un grand livre! » « Traite-moé pas de niaiseux, Duplessis, j'aime pas ça! » « Fais pas le niaiseux, pis j'te traiterai pas de niaiseux, c'est toute! » Ils étaient tous les deux installés dans la chaise de la grosse femme, sur le balcon. Marcel avait commencé par se bercer énergiquement en tenant Duplessis contre son cœur, mais ce dernier lui avait demandé d'arrêter au bout d'un moment. Il lui avait dit, en le regardant avec son œil rond : « J'vas mieux, Marcel, mais pas à ce point-là ! Ça me donne mal au cœur de bercer trop fort, comme ça... » Dans un grand élan de compassion, Marcel avait demandé : « Tu vas-tu renvoyer ? » Est-ce que les chats rient ? En tout cas, Duplessis avait produit quelque chose qui ressemblait à un rire, mais pas tout à fait et Marcel s'était tapé sur les cuisses. « T'as mal au cœur mais ça t'empêche pas d'avoir du fun, hein ? » Ils en étaient tout naturellement venus à parler de Rose, Violette et Mauve et de leur mère, Florence ; Duplessis s'était même surpris à raconter sa convalescence : « Y'ont été ben fines, tu sais. Surtout la mère. Y'ont été aux petits soins, avec moé. Du lait deux fois par jour, du foie tous les matins, pis du foie de veau, là, blanc pis tendre, pas du foie de porc comme l'aut'folle me donnait parce que ça coûtait moins cher... » « Dis pas ça, Duplessis, Marie-Sylvia est pas folle, est fine, elle aussi ! » « Oui, c'est vrai. Chus pas ben ben reconnaissant... » « C'est quoi, reconnaissant ? » Et tout aussi naturellement, Duplessis avait commencé à éduquer Marcel à sa façon. C'est ainsi que le mot « reconnaissant » était entré dans le vocabulaire du petit garçon. Ils en étaient donc au piano, à la beauté de ses sons et aux chatouillements de joie qu'il avait provoqués dans le cœur de Marcel lorsqu'un bruit, derrière eux, à leur droite, leur fit tourner la tête. Victoire ouvrait la fenêtre de sa chambre qui donnait dans l'escalier. « Grand-moman rouvre son châssis, Duplessis. Faut pus se parler. » (Victoire s'était enfermée, la veille, après le repas du midi. Elle avait bien fermé la porte et la fenêtre de sa chambre, s'était couchée sous les couvertures malgré la chaleur presque suffocante et on l'avait entendue marmonner et pleurnicher une grande partie de l'après-midi. Et le soir, lorsque Richard, son petit-fils, était entré dans la pièce double pour se coucher, il l'avait trouvée assise sur le bord de son lit, un livre de prières à la main. «J'pensais que vous dormiez, grand-moman. J'essayais de pas faire de train pour pas vous déranger...» «J'ai dormi, après-midi... mais à soir, j'ai peur de mourir.» Richard s'était timidement approché d'elle. «Pourquoi vous dites ça?» Elle avait posé son livre de prières à côté d'elle, sur le lit. «Ça se sent, quand la fin vient, Richard. J'sens la mort rôder autour de mon litte. J'la sens qui me sent comme un chien qui renifle une clôture... J'l'entends marcher, j'l'entends respirer... J'ai tellement peur!» Richard avait fini par s'asseoir à côté d'elle. Il avait passé son bras autour du cou de la vielle femme. «C'est des accrères que vous vous faites, grand-moman. Vous mourrez pas tu-suite, vous avez encore ben d'la force...» Il ne croyait pas un mot de ce qu'il disait, cependant: il revoyait toutes ces nuits où il avait cru voir mourir sa grand-mère, si fragile dans son sommeil, si laide, aussi, avec sa bouche ouverte sur des gencives blanches; il l'entendait renâcler, puis toussoter, puis cracher; il l'entendait respirer, surtout, avec cet atroce bruit de tuyau bouché, et il pensait: «C'est peut-être vrai, c'te fois-là. Est peut-être rendue au bout de son rouleau.» Et soudain il ne voulait plus qu'elle parte. Il avait pourtant souhaité cette mort cent fois, au moins: quand il se réveillait au milieu de la nuit parce qu'elle geignait trop fort, ou au petit matin, souvent, quand elle se mettait à parler dans son sommeil, hurlant des insanités ou insultant Dieu; quand, aussi, il contemplait la grotte grisâtre de sa bouche à la lueur de sa lampe de chevet qu'elle oubliait si souvent d'éteindre. Mais maintenant que la vieille avait nommé la mort, Richard ne voulait plus perdre sa grand-mère. Il avait appuyé sa tête aux longues oreilles rouges sur l'épaule de Victoire. « J'ai une idée, grand-moman! On va y jouer un bon tour, à la mort! Prenez mon lit pliant pour à soir! Couchez-vous à ma place! Si la mort vient rôder autour du lit, a' va ben voir que vous êtes pas là pis a' va s'en aller! Moé, a' me fera rien, chus trop jeune, chus trop p'tit! Pis vous, vous allez pouvoir dormir toute la nuit dans mon lit pliant... » Il avait donc déplié son lit en se battant avec les ressorts, comme d'habitude, et y avait installé sa grand-mère qui s'était laissé faire sans rien dire. Il avait ensuite grimpé dans le lit de Victoire qui sentait fort l'huile de camphre et d'autres odeurs de vieux, convaincu qu'il passerait une nuit blanche à se battre contre les fantômes de sa grand-mère, mais une grande paix l'avait envahi lorsqu'il s'était retrouvé sur le dos au milieu du petit matelas mou. Était-ce parce que Victoire s'était endormie presque aussitôt, libérée de ses peurs, ou était-ce plutôt parce qu'il était content de lui-même? Il n'aurait su le dire, mais il souriait. Lorsque son oncle Édouard était rentré en titubant, vers minuit, il s'était contenté de lui dire, tout bas: « Chus dans le lit de grand-moman, mon oncle... Vot'mère a pris ma place pour à soir... Couchez-vous pis faites pas de train! » Édouard avait eu un fou rire qu'il n'avait même pas essayé de réprimer. « Vous jouez à'chaise musicale à c't'heure-là! Comptez pas sus moé, en tout cas! J'ai pas envie de voir ma vieille mère retontir dans mon litte! Tant qu'à toé... » Il ne s'était pas rendu au bout de sa pensée, s'était couché en silence et dix minutes plus tard il ronflait bruyamment comme à l'accoutumée. Richard n'avait pas beaucoup dormi cette nuit-là mais il avait été très heureux.) Duplessis sauta des genoux de Marcel et se dirigea d'un pas décidé vers la fenêtre de Victoire. «Fais-y pas peur, Duplessis! a' te voit, elle aussi, pis a'l'a pas l'air d'aimer ben ben ça...» «J'veux pas y faire peur, j'veux juste y dire bonjour!» Il sauta sur le bord de la fenêtre après avoir hésité quelques secondes. Aussitôt, un cri retentit au fond de la chambre et Duplessis fila dans l'escalier, cul par-dessus tête. Victoire parut dans la fenêtre, hagarde, les bras levés au-dessus de la tête. «Va-t'en maudit chat! Va-t'en! Chenaille! Maudit fantôme! Maudite mort! Maudite mort!» Elle se plia en deux et Marcel courut vers la fenêtre. «Que c'est que vous avez à crier après Duplessis comme ça, grand-moman! Y vous a rien faite!» Sa grand-mère leva sur lui un regard méchant et Marcel recula d'un pas au risque de débouler l'escalier. Elle lui parla plus doucement qu'à Duplessis, mais la même frayeur pointait dans sa voix. «Toé aussi, va-t'en. J'veux pus te voir. T'es fou pis t'es t'après me rendre folle! Tu transportes ma mort dans tes bras!» Marcel lui tourna le dos, descendit lentement l'escalier en se tenant à la rampe de fer forgé, s'assit sur la dernière marche où Duplessis vint le rejoindre en ronronnant malgré tout. Lorsque le chat se fut bien pelotonné sur ses genoux, Marcel lui posa la question qui le brûlait: «Duplessis, c'est quoi, la mort?» Et c'est ainsi que le mot mort entra à son tour dans son vocabulaire.

Bernadette Soubirous, la Vierge Marie et le petit ange suspendu revenaient de l'école bras dessus, bras dessous, en hurlant à tue-tête un *J'irai la voir un jour* quelque peu faux, à tel point heureuses que même celles parmi leurs compagnes de classe qui les jalousaient les trouvaient belles. On les avait entourées, on les avait complimentées, on leur avait tapé dans le dos et tiré un peu les cheveux et toutes trois, puisant soudain une once ou deux de magnanimité au cœur de leur joie, s'étaient laissées aller jusqu'à prendre Lucienne Boileau dans leurs bras et à l'embrasser comme si elles l'avaient aimée. Mais tout de suite après Thérèse avait commencé à appeler Lucienne «trompette», surnom qui lui resterait jusqu'à la fin de ses jours tant il la décrivait bien avec ses tresses grasses et sa voix qui résonnait aux oreilles comme un appel au combat, et la pauvre fillette, qui s'était pendant quelques minutes crue acceptée au cœur du saint des saints, était encore revenue chez elle toute seule, suivant le trio «Thérèse pis Pierrette» de quelques pas, savourant sa défaite en même temps que sa tresse gauche. «J'ai assez hâte d'être suspendue au-dessus du saint sacrement, là, c'est ben simple...» Simone partit d'un grand rire excité qui fit se violacer un peu la fine ligne de chair rouge qui lui barrait encore la lèvre supérieure. «Tout le monde vont te regarder, Simone, j'te dis que t'es mieux de te tenir le corps raide pis les oreilles molles!» Pierrette dansait d'un pied sur l'autre. «Pis moé, pensez-vous que le monde me regarderont pas? Aïe, j'ai assez hâte d'annoncer ça à ma mére! Chus la première dans la famille à faire quequ'chose dans le reposoir... Mes sœurs ont jamais été ben ben bonnes en religion, j'pense...» Pierrette s'imagina ses trois sœurs, Germaine, Gabrielle et Rose, enceintes jusqu'aux yeux, debout devant leur cadette déguisée en Sainte Vierge... « Y vont tellement être fières de moé ! Ça va être beau de les voir accotées toutes les trois sur la clôture du parterre de l'école avec leurs gros ventres... » Thérèse donna un coup de pied à une petite pierre qui alla se perdre quelque part sous une voiture. « Moé, pendant ce temps-là, j'vas tourner le dos au monde pis j'verrai rien ! Bernadette Soubirous, elle, a' voit rien ! » Ses deux amies se regardèrent. « T'as dit que t'étais contente de faire Bernadette Soubirous, t'à l'heure, Thérèse... » « Ah ! chus contente, aussi... Mais j'viens juste de penser que j'verrai rien d'la parade... » « C'est pas une parade, Thérèse, c'est une procession ! » « Aïe, Pierrette Guérin, c'est pas parce que tu vas faire la Sainte Vierge demain soir que t'as le droit de me reprendre en français ! Chus meilleure que toé, de toute façon ! » « C'est une procession pareil ! C'est pas une parade ! » Thérèse soupira. « Ben oui. Okay. C'est une procession. Mon Dieu ! Veux-tu que j'te fasse des excuses ! Ben ta procession, là, j'la verrai pas parce que j'vas passer mon temps à genoux devant une Sainte Vierge aux dents croches qui va avoir peur de sourire ! » Elles étaient arrivées devant chez Simone. « J'sais pas comment ma mére va prendre ça, par exemple... » « Si est pas contente, est folle ! Aïe, l'ange suspendu ! Tu vas même peut-être avoir ton portrait dans *la Presse*, comme Lise Bellemare, l'année passée, pis toute ! » Simone, qui n'avait pas encore pensé à cet aspect des choses, rougit violemment. « Moé, dans le journal ! » Thérèse sourit tristement. « Ça a toujours été mon rêve, moé, de faire l'ange suspendu... Mais chus trop grande... » Simone commença à monter les marches de l'escalier qui menait chez elle.

Elle s'arrêta, soudain, se retourna, le front plissé. « Moé, j'y tiens pas tant que ça, t'sais... J'peux demander à la sœur de nous changer de place... Même si le monde me voyent juste de dos, j'vas t'être contente pareil ! » « Voyons donc, Simone Côté, t'as une chance de te montrer, un peu, profites-en ! » Thérèse s'était réveillée de sa torpeur et remontait un de ses bas qui commençait à glisser sur sa jambe. « J'te dis que moé, si on m'avait donné une chance pareille, j'arais pas été généreuse de même avec mes amies ! » Soulagée, Simone grimpa les marches en courant et disparut. Ses deux amies franchirent en silence les quelque quinze ou vingt pieds qui séparaient l'escalier de Simone de celui de Thérèse. Sur la première marche, Marcel jasait avec son chat imaginaire. Thérèse leva les yeux au ciel. « Tu vois comment c'que chus faite, Pierrette ? Y'a cinq menutes, j'chantais *J'irai la voir un jour* comme une défoncée, pis là chus triste comme une guénille... » Elle s'appuya contre la clôture. Pierrette hésita quelques secondes avant de parler. « Thérèse... T'sais, la Sainte Vierge, j'y tiens pas vraiment... » Thérèse la coupa en lui donnant une tape sur l'épaule. « Arrêtez donc de m'offrir vos rôles de même, maudit verrat de bâtard, vous êtes ben fatiquantes ! C'est vous autres que les sœurs ont choisies, c'est pas moé ! » Elle se précipita dans l'escalier en bousculant son frère. « Pis toé, la tête heureuse, viens manger pis arrête de parler tu-seul ! » Marcel déposa Duplessis par terre pendant que Pierrette s'éloignait, tête basse. « J'pense que t'es t'aussi ben de pas monter avec moé pour dîner, Duplessis. Va voir ma tante Florence, peut-être qu'a'l' a du manger pour toé. » Duplessis resta assis dans un carré de terre et regarda Marcel grimper

péniblement les marches de bois. «Ma tante Florence ?
J'espère qu'y commencera pas à m'appeler mon oncle
Duplessis !» Lorsque Marcel fut entré dans la maison,
Duplessis s'étendit sur le dos au soleil. «Ahhhh ! Une
p'tite sieste ! Quelle joie !» Trente secondes plus tard,
il dormait.

Mère Benoîte des Anges trouva la liste des petites
élues dans son assiette, posée sur sa serviette pliée en
triangle. C'était la première fois qu'on dressait cette liste
sans elle et elle sentit, avant même de la lire, qu'elle y
trouverait quelque mauvaise surprise. Tous les visages
étaient tournés vers elle dans le réfectoire ; on attendait
son bénédicité pour commencer à manger. Aussi
décida-t-elle de réciter la prière avant de lire la liste ;
elle éviterait ainsi qu'on devine son mécontentement ou
qu'on la voie rougir. Toutes les cornettes se penchèrent
pendant la courte invocation, sauf celle de sœur Saint-
Georges qui resta obstinément tournée dans la direction
de mère Benoîte des Anges. Sœur Pied-Botte n'avait pas
revu la directrice depuis la veille, depuis ce terrible
moment où mère Benoîte des Anges l'avait congédiée
pour le reste de la journée parce qu'elle avait sonné la
cloche de la fin des cours deux minutes en retard. Elle
avait d'abord commencé par aller se cacher dans sa petite
chambre, la seule qui se trouvait au rez-de-chaussée de
la maison des religieuses, une cellule grise, munie d'une
minuscule fenêtre, qui avait jadis servi de vestiaire mais
qu'on avait convertie en chambre à peu près habitable
depuis que mère Benoîte des Anges avait décidé que sœur
Saint-Georges ferait aussi office de portière de la maison

des religieuses même si on n'en avait pas vraiment besoin. Elle ne s'était pas couchée. Elle s'était assise sur la petite chaise droite, près de la fenêtre, elle avait collé son nez à la vitre comme pour chercher quelque chose dans la rue Garnier, et elle avait pensé à mourir. Non pas d'une façon violente (le suicide ne lui serait jamais venu à l'esprit, c'était un péché beaucoup trop grand pour elle), mais d'une façon très douce, très discrète ; cela se faisait sans que personne ne s'en rende compte : on la savait malade au lit mais on se disait que ce n'était pas grave, qu'elle s'en sortirait bravement et qu'on la retrouverait à son poste dans quelques jours ; elle, pendant ce temps-là, se laissait dépérir, refusant toute nourriture et se sentant faiblir avec délectation ; puis, lorsque le moment de partir arrivait, elle faisait venir mère Benoîte des Anges, lui avouait sa faute, lui demandait grâce et mourait dans un grand moment d'exaltation. Alors la directrice se jetait sur son corps, poussant des hauts cris, implorait son pardon... et finissait par mourir de chagrin. Ce rêve éveillé, aussi enfantin fût-il, lui avait fait un bien énorme. Elle s'était imaginé les cris hystériques de la directrice après sa mort et des bouffées de joie lui étaient montées à la gorge. «C'est rien que si je pars qu'a' va se rendre compte qu'a'l' a de besoin de moé ! » Puis son plaisir s'était émoussé peu à peu et la triste réalité avait repris le dessus : elle était punie parce qu'elle avait fauté, cela était juste, mais personne encore ne lui avait prodigué l'absolution. Elle s'était levée, soudain, comme mue par un ressort, et était sortie de sa chambre en laissant la porte ouverte derrière elle. Elle avait erré à travers les corridors de la maison en longeant les murs, la tête basse, boitillant plus que jamais. Dix fois elle avait failli aller se jeter aux pieds de mère Benoîte des Anges, mais chaque fois l'image de sœur Sainte-Catherine et de sœur Sainte-Thérèse de l'Enfant-Jésus mangeant en riant les fruits volés à la cuisine lui revenait en mémoire et elle s'arrêtait pile au beau milieu d'un escalier ou d'un couloir. « J'ai pas le droit de les vendre non plus ! » Ce dilemme était vraiment trop grand pour elle ; plus elle y réfléchissait, plus sa culpabilité se décuplait et plus elle souffrait. Non seulement ne s'était-elle pas présentée au repas du midi mais encore s'était-elle refusé le verre d'eau qui aurait étanché sa terrible soif ; elle voulait souffrir le plus possible, s'imaginant ainsi en arriver à expier une partie de sa faute. Alors lui vint l'idée saugrenue de laver tous les planchers de la maison qui n'en avaient absolument pas besoin. Elle s'arma d'un seau et d'une brosse, se jeta à genoux sur le premier plancher venu et se mit à frotter comme une forcenée. Elle avait travaillé pendant quatre heures d'affilée, lavant d'abord les trois grands corridors, les cirant jusqu'à ce qu'ils brillent comme des miroirs, puis s'attaquant ensuite au plancher de la cuisine où la cuisinière l'avait très mal reçue parce qu'elle se trouvait toujours dans ses jambes, pour finir dans le réfectoire dont elle prit un soin particulier, la sueur au front, la tête vide — enfin ! —, des crampes lui nouant les bras. Lorsqu'elle avait terminé, elle était exténuée, violette, courbaturée et plus malheureuse que jamais. Son effort physique n'avait produit qu'un oubli passager et sa culpabilité la rongeait toujours autant. Elle s'était alors traînée jusqu'à sa chambre, s'était étendue sur son lit sans faire sa toilette, croyant pouvoir se reposer quelques minutes avant le repas du soir qui se prenait vers cinq heures trente, et s'était endormie d'un seul coup, s'enfonçant dans le sommeil sans lutter, comme une enfant fatiguée. Elle avait dormi douze heures d'affilée sans se réveiller une seule fois et si elle avait rêvé, elle ne s'en était pas souvenue tant son sommeil avait été profond. Mère Benoîte des Anges ne sourcilla pas lorsqu'elle lut la liste que sœur Sainte-Catherine avait dressée à son intention. Elle avait commencé par déplier lentement sa serviette, après le bénédicité, repoussant la feuille de papier blanc comme un objet inutile, puis elle avait commencé à manger la soupe au barley qu'on venait de verser dans son assiette. C'était trop chaud; elle avait fait une légère grimace et, pour se donner une contenance, s'était emparée de la salière. Elle avait ensuite soufflé consciencieusement sur chaque cuillerée de soupe sans jamais lever un regard sur les autres religieuses. Lorsqu'on vint retirer son bol à peu près vide, une goutte de liquide tomba sur la liste et, machinalement, mère Benoîte des Anges l'essuya du bout de son doigt. La feuille n'était pas pliée; le nom de Simone Côté lui sauta à la figure. Elle ne broncha pas, prit la liste et la lut jusqu'au bout. Ainsi sœur Sainte-Catherine était allée jusqu'à choisir le trio «Thérèse et Pierrette» au complet pour la narguer! L'ange suspendu, l'orgueil du reposoir, serait cette enfant bête à cause de qui tout allait si mal depuis trois jours à l'école des Saints-Anges! Elle aurait voulu laisser sa colère exploser, faire déborder le fleuve de sa hargne, hurler, condamner publiquement, punir ces religieuses hérétiques: sœur Sainte-Catherine, l'intrigante, sœur Saint-Georges, la menteuse, sœur Sainte-Thérèse de l'Enfant-Jésus qui avait jadis refusé sa protection pour suivre le mauvais exemple et les complots de sœur Sainte-Catherine ; elle aurait voulu les frapper, les blesser, les fouetter jusqu'au sang, mais rien ne parut dans son visage qui resta impassible comme toujours. Elle chercha sœur Sainte-Catherine du regard, ne la trouva pas. Sœur Sainte-Thérèse de l'Enfant-Jésus n'était pas là non plus. Et couardes en plus ! La seule titulaire de sixième année qui fût présente était sœur Sainte-Philomène qui sapait joyeusement en enfournant son deuxième bol de soupe, celui, bien sûr, de sœur Saint-Georges qui ne pouvait rien avaler. Mais mère Benoîte des Anges accrocha tout de suite le regard de sœur Saint-Georges qui la guettait comme un chien qu'on vient de battre. Et toute sa colère se cristallisa sur cette religieuse ignorante et sans intelligence qu'elle avait toujours méprisée malgré son grand dévouement et qui avait osé lui désobéir et lui mentir. Elle parla avec cette voix glaciale qui faisait s'arrêter les cœurs et trembler d'effroi les personnes interpellées : « Sœur Saint-Georges, levez-vous, je vous prie. » Étonnamment, ce fut sœur Sainte-Philomène qui sursauta. La bouche pleine de barley qu'elle mâchait avec un plaisir évident, elle regarda la directrice, puis sœur Saint-Georges qui venait de se lever à côté d'elle. « Approchez-vous, sœur Saint-Georges. Veuillez vous présenter devant moi. » Sœur Sainte-Philomène déposa sa cuiller dans son assiette en regardant sœur Saint-Georges s'éloigner en boitillant. Elle fronça les sourcils. Tout le monde savait que le repas du midi était le moment préféré de mère Benoîte des Anges pour infliger ses reproches et ses punitions devant tout le monde rassemblé ; un silence de mort était tombé sur le réfectoire. Personne n'osait plus bouger, même la cuisinière, de l'autre côté du guichet qui servait à passer les plats. Lorsque sœur Saint-Georges fut devant elle, mère Benoîte des Anges se leva à son tour. Le visage de la pauvre portière grimaçait d'une façon pitoyable, sa lèvre inférieure tremblait comme celle d'un bébé qu'on se prépare à gronder. « Ainsi, sœur Pied-Botte, on ose me mentir ! » Sœur Saint-Georges porta ses mains à son cœur. Elle essayait de dire quelque chose, mais rien ne sortait de sa gorge. Sa tête s'agitait d'un côté puis de l'autre comme si elle avait désespérément cherché sa respiration. Alors la directrice se laissa aller. Profitant de la faiblesse de son adversaire, elle laissa s'échapper, dans une scène très laide où rien ne fut épargné à sœur Saint-Georges, toutes ses frustrations de la semaine et même de plus vieilles encore, reprochant à toute l'école, à travers la pauvre boiteuse, le peu de respect dont elle se croyait la victime, les intrigues qu'elle prétendait voir se tramer autour d'elle, les vilenies qu'on lui cachait et celles qu'on osait lui montrer ; la désobéissance, le mensonge, l'hypocrisie dont faisaient preuve, selon elle, la plupart des religieuses ; sa paranoïa éclata comme un fruit pourri ; elle hurlait, elle menaçait, les bras en croix, son vaste corps secoué par la rage ; elle tapait du pied et donnait des coups de poing sur la table ; elle postillonnait et semblait sur le point de défaillir de fureur. Sœur Saint-Georges était tombée à genoux sous le fardeau de toutes ces accusations et avait enfoui son visage dans ses mains. Et soudain, au milieu d'une insulte particulièrement injuste, sœur Sainte-Philomène bondit sur ses pieds et se mit à frapper dans son bol de soupe vide avec sa cuiller. « Ça va faire ! Ça va faire, là, c'est assez ! » Mère Benoîte des Anges s'arrêta pile comme si on l'avait débranchée. Les yeux ronds, elle dévisageait sœur Sainte-Philomène qui se dirigeait maintenant vers sœur Saint-Georges qu'elle prit par les épaules. « V'nez-vous-en, Saint-Georges, restez pas là... » Sœur Saint-Georges s'accrocha à son ancienne amie comme à une bouée. Sœur Sainte-Philomène l'aida à se relever puis regarda la directrice dans les yeux. Cette dernière la fixait toujours, incrédule. « Si vous dites un mot de plus, moé-si je pars ! Vous perdrez pas rien que l'organisatrice du reposoir, vous allez perdre aussi le meilleur professeur de mathématiques de la ville ! » Elle se dirigea vers la porte en soutenant sœur Saint-Georges qui avait posé sa tête sur son épaule. Avant de sortir, sœur Sainte-Philomène se tourna vers sa directrice. « Vous étiez après la tuer, vous savez ! Vous étiez après la tuer ! Ça aussi ça va vous être compté ! »

« La Sainte Vierge ! Toé ? » Rita Guérin retira du feu la poêlée de baloney qu'elle était en train de faire rissoler — un des mets favoris de Pierrette : le baloney en petits chapeaux — et s'essuya la figure avec son tablier. « Comment ça, la Sainte Vierge ! » Pierrette était appuyée contre le chambranle de la porte, rose d'émotion. « Ben oui... J'ai dû arriver première en religion ou quequ'chose, mais en tout cas j'ai été élue Sainte Vierge pour c't'année ! » « Pour la parade ? » « C'est pas une parade, moman, c'est une procession ! Pis tu sais ben que la Sainte Vierge, a' reste dans le parterre tout le temps... » Rita Guérin s'était approchée de sa fille qu'elle n'osait pas toucher tant elle était impressionnée. « Ma p'tite fille qui va faire la Sainte Vierge ! J'arais jamais osé rêver ça ! Faut que j'appelle les autres ! » « Tu les appelleras plus tard, moman, j'ai faim ! » Rita Guérin se tourna brusquement vers son poêle. « Mon Dieu ! La Sainte Vierge va t'être pognée pour manger du baloney ! Ça l'a pas de bon sens ! Veux-tu du jambon ? Y m'en reste... Veux-tu que j'te fasse cuire du steak haché ? Hon... j'en ai pas ! » Pierrette furetait maintenant autour du poêle, le nez dans les chaudrons, les cheveux touchant presque le gras au fond de la poêle de fonte. « Des p'tits chapeaux c'est parfait, moman ; tu sais comment c'que j'aime ça ! » Rita remit la poêle sur le feu. « C'est vrai qu'avec des p'tites patates pilées c'est pas bête... » Pierrette s'empara d'un bout de carotte qu'elle trouva au fond de l'égouttoir. « La sœur, a' te fait dire de me laver les cheveux, aussi... A' dit qu'y sont raides comme un nid d'oiseau... » Rita Guérin esquissa un geste d'impatience. « Est ben bête, c'te sœur-la ! » « Est pas bête, moman, a' m'a élue Sainte Vierge !" » « Sainte Vierge tant que tu voudras, a'l'a pas d'affaire à me dire quand c'est laver la tête de mes enfants ! Chus pas une cochonne, j'le sais quand laver la tête de mes enfants ! » « Pompe-toé pas, là, moman... » « C'qu'a sait pas pis que tu vas me faire le plaisir d'aller y répéter, c'est que t'as le cheveu gras naturel ! A' pense-tu vraiment que j'vas laisser ma fille faire la Sainte Vierge sans y laver la tête ! C'est ben eux autres, ça ! Y te donnent un cadeau d'une main pis y t'insultent de l'autre ! » Tout en parlant elle avait dressé la table pour elles deux. Elle emplit les assiettes avec des gestes rageurs. Pierrette mangea avec appétit pendant que sa mère picochait dans son assiette. Lorsqu'elle eut terminé, Pierrette se leva de table en s'essuyant la bouche et les doigts. Rita semblait s'être un peu calmée. « Vas-tu avoir la robe blanche, le voile bleu, la p'tite ceinture dorée pis toute ? » « Moman, tu sais ben que la Sainte Vierge est toujours habillée pareil ! » « J'arrive pas à le croire ! C'est Germaine qui va t'être jalouse ! Son rêve ! » Pierrette était revenue s'asseoir en face de sa mère, une pomme à la main. « Ça arait faite une maudite grosse Sainte Vierge ! » « Est-tait pas si grosse que ça, à ton âge... C'tait pas une mèye sèche comme toé mais est-tait pas toutoune comme aujourd'hui non plus... » Pierrette se versa un verre de lait. « Y'a d'autre chose qui me tra-casse, moman... » « Que c'est qu'y'a encore ? » Pierrette hésita quelques secondes. « C'est mes dents... » « Bon, encore les maudites dents ! La sœur t'a-tu dit que ta bouche avait l'air d'un trou à lapins ? » « Moman, maudit, chaque fois que j'te parle de mes dents, tu ris de moé ! » « J'ris de toé parce que t'es folle d'y penser de même ! Premièrement, sont pas si croches que ça, pis deu-xièmement, on peut rien faire d'icitte à demain soir ! De toute façon, la Sainte Vierge, a' montrait pas ses dents, a' souriait la bouche farmée ! As-tu déjà vu la Sainte Vierge avec la yeule fendue jusqu'aux oreilles ? Non ? Ben tu f'ras pareil ! » Pierrette tapa du plat de la main sur la table. « Moman, même quand j'souris la bouche farmée, les dents me dépassent pareil ! » « Penses-tu qu'on va voir ça à cinquante pieds ? » La voix de Rita Guérin avait monté d'un ton, tout à coup. Elle ne pouvait plus retenir son impatience. « De toute façon, l'année passée, leu' Sainte Vierge avait des boutons gros comme le pouce, dans'face, c'est pas deux p'tites dents blanches qui vont gaspiller leu' journée ! C'est pas des spot lights, Pierrette, c'est des dents ! Sont peut-être un peu grosses mais sont pas laides ! » Pierrette se leva brusquement de table et sortit de la pièce en courant.

Rita Guérin entendit la porte de sa chambre claquer. Elle haussa les épaules. « Si a' continue de même, elle, j'vas moi-même y casser à grands coups de poings, ses maudites dents ! » Cette pensée la fit sourire. « Franchement ! Pour avoir des pensées de même, faut vraiment que j'soye énervée ! Moé qui ferais pas de mal à une mouche... » Pour alléger un peu l'atmosphère, elle entonna à tue-tête *Marinella* tout en débarrassant la table. Lorsqu'elle eut terminé, elle sortit de la cuisine à son tour et se dirigea vers la chambre de sa fille. Elle frappa doucement à la porte. « J'ai pas le temps de te laver la tête à midi, ma crotte, a' l'arait pas le temps de chesser, mais à soir, j'vas te donner un beau grand shampoo comme t'es aimes... » Pas de réponse. Elle soupira. « Es-tu morte, Pierrette, ou ben donc si tu fais semblant ? » Elle entendit rire Pierrette. « Chus morte, pis c'est toé qui m'as tuée ! » Rita Guérin rit à son tour. « C'est ça, ça me coûtera pas cher pour t'exposer, les sœurs vont s'en occuper, demain soir ! » Elle se jeta sur le téléphone et composa le numéro de sa fille Germaine tout en continuant de chantonner.

« Pourquoi c'que j'me pâmerais ? On va te voir rien que de dos ! » Thérèse avait beaucoup tourné autour du pot avant d'annoncer la grande nouvelle. La présence de son frère et de ses deux cousins la gênait ; elle avait peur de faire rire d'elle : on n'était pas fanatiquement religieux, dans la famille, et tous les gestes extérieurs trop prononcés étaient raillés. (On allait à la messe, ça, oui, c'était fondamental, mais jamais aux vêpres et jamais non plus on ne récitait la prière en famille. Comme l'avait si bien dit la grosse femme, un jour : « Si les autres veulent

jouer aux pharisiens, on n'est pas obligé de faire pareil !
Quand j'me mets à genoux à l'église c'est pour prier ;
mais quand j'me mets à genoux icitte c'est pour laver
mes planchers ! ») C'était d'ailleurs une des raisons, avec
le manque d'argent, pourquoi Richard et Philippe
n'étaient jamais entrés chez les croisés : leur mère avait
beaucoup ri en leur décrivant le costume de satin blanc,
la ridicule petite cape et le béret au pompon rouge.
Aujourd'hui, avec ses onze ans bien sonnés et ses oreilles
qui rougissaient d'un rien, Richard se félicitait d'avoir
échappé à tout ça ; Philippe, lui, regardait encore parfois avec un œil attendri les rangs de petits garçons vêtus
de blanc qu'on admirait tant parce qu'ils perpétuaient
la grande tradition des croisés. (Philippe n'avait aucune
idée de ce qu'avaient pu être les croisés mais on lui avait
dit qu'ils avaient été braves et même héroïques et cela
lui suffisait.) Il était donc bien difficile pour Thérèse d'annoncer comme ça, de but en blanc, qu'elle allait revêtir
le costume d'une sainte et rester immobile, aux pieds
de la Vierge jouée par Pierrette Guérin, pendant des
heures et des heures... Elle avait attendu au dessert, alors
que sa mère s'assoyait avec eux pour manger. Au lieu
de rire, comme elle s'y attendait, cette dernière avait
haussé les épaules en continuant à manger sa soupe
qu'elle avalait très chaude. Les trois petits garçons, par
contre, s'en donnèrent à cœur joie : Richard grimpa sur
une chaise et Philippe se jeta à ses genoux en criant :
« Montré-moé tes dents, Sainte Vierge ! » Albertine, qui
aurait normalement dû très mal réagir à cette petite bouf-
fonnerie, n'avait pas bronché. Marcel riait à grands cris
joyeux en donnant des coups de cuiller à dessert sur la
table même s'il n'avait qu'une très vague idée de qui

était la Vierge et s'il n'avait jamais entendu parler de Bernadette Soubirous. « C'est un honneur, moman ! » Albertine immobilisa sa cuiller entre son assiette et sa bouche, regarda sa fille intensément. Un peu de soupe lui coulait sur le menton qu'elle essuya du revers de la main. « Écoute, Thérèse, si tu veux que j'me roule à terre de joie, apprends-moé que la guerre est finie, ou ben donc que ton père est porté disparu, ou ben donc qu'on est devenus millionnaires mais franchement, Bernadette Soupirous me fera pas mouiller mes culottes à midi ! » La réaction de Thérèse fut très inattendue : pendant que les trois garçons éclataient de rire en pensant aux culottes mouillées d'Albertine, la fillette posa doucement la main sur le bras de sa mère. « Que c'est qui se passe, tout d'un coup, donc, moman ? Depuis quequ'temps, t'étais tellement fine ! Tu riais avec nous autres, tu jouais avec nous autres, j't'ai même entendue chanter l'aut'jour pendant que tu faisais la vaisselle. Pis... depuis hier, t'es redevenue comme avant ! T'es bête comme tes pieds ! » Richard, Philippe et Marcel, prévoyant un orage imminent, s'immobilisèrent au milieu de leur fou rire et disparurent doucement avant que la foudre tombe sur la cuisine. Mais Albertine resta très calme. Elle prit même trois ou quatre cuillerées de soupe avant de répondre. Quand elle parla, ce fut d'une voix douce, sans regarder Thérèse, comme si elle s'était parlé à elle-même. « J'ai beau essayer de changer, c'est toujours la même maudite affaire : toute me tombe su'a'tête aussitôt que j'ai le dos tourné ! Comment c'que tu veux que j'soye de bonne humeur quand mon propre enfant pense qu'y jase avec un chat imaginaire pis qu'y voit des femmes qui tricotent des pattes de bébés dans une maison vide ! Pis quand ma mére s'enfarme dans sa chambre en disant qu'a'veut mourir ! Comment c'que tu veux que j'me sente ? J'ai l'impression d'avoir rendu mon p'tit gars fou pis d'avoir poussé ma propre mére dans sa tombe ! J'aimerais ben ça être une femme ordinaire, fine pis joyeuse, mais la chienne de vie s'arrange toujours pour venir chier sur mon perron ! Si j's'rais une autre mére, j's'rais peut-être ben contente que tu jouses Bernadette Soupirous dans la parade de la Fête-Dieu mais avec toute la marde que j'ai reçue depuis hier, j'peux pas m'empêcher de penser qu'y va t'arriver un malheur pis ça me coupe mon fun ! » « Que c'est que tu veux qui m'arrive, moman... » Thérèse pensait à Gérard en se disant qu'elle avait épargné une bien plus grosse inquiétude à sa mère en ne lui disant rien à son sujet. Albertine leva enfin la tête vers sa fille. Des larmes qui n'arrivaient pas à couler voilaient ses yeux. « J'le sais pas. Pis j'le souhaite pas, Thérèse. Mais dis-toé ben que j'irai pas te voir. Pis Marcel non plus. » « Parce qu'on va juste me voir de dos ? » « Non. Parce que toutes ces affaires-là, c'est juste des foleries. » « Mais tu me le défends pas ? » « Pour te le défendre, y faudrait que j't'enfarme, tu le sais ben. Pis j'ai pas la force. Fais-la, Bernadette Soupirous, si tu peux, mais si tu reviens les genoux en sang ou ben donc si tu pognes une crampe, viens pas te plaindre à moé ! » Thérèse embrassa sa mère sur la tempe. Albertine enlaça soudain sa fille qui venait de se lever et posa sa tête à l'endroit où Gérard Bleau, la veille, avait posé la sienne. Thérèse sentit un grand vertige la saisir et elle s'appuya contre la table. Sa mère sanglotait. « J'arais aimé ça être une mére comme les autres, t'sais, Thérèse ! J'arais tellement aimé ça ! » Thérèse décida alors que sa Bernadette

Soubirous ne passerait pas inaperçue et que toute la paroisse la verrait de face.

« Suspendue ! Tu vas-t-être suspendue ! Mais où, ça ? Après quoi ! » « Tu le sais ben, moman, on y'a été, l'année passée, pis tu trouvais ça ben beau... » « J'trouve ça beau quand c'est les enfants des autres qui gigotent entre ciel et terre, pas quand c'est les miens ! » Charlotte Côté déposa sa tasse de thé vert en secouant la tête. « Pis si t'as envie de pisser, hein, as-tu pensé à ça ? Que c'est que tu vas faire ? Y vont-tu te descendre en disant au monde : "Excusez-nous mais notre ange a de besoin d'aller aux bécosses !" J'ai pas envie de te voir venir les yeux fixes comme quand t'étais petite pis que tu faisais encore dans tes culottes ! » Simone jouait avec le bord de la nappe en prenant une mine renfrognée. « Pour une fois qu'y m'arrive quequ'chose ! » « C'est justement parce que j'ai peur qu'y t'arrive quequ'chose que chus pas contente qu'y t'arrive quequ'chose, Simone ! » Maurice rit, la bouche pleine, et quelques nouilles molles en sortirent. Son cœur avait bondi lorsque Simone avait annoncé que Pierrette allait être la Sainte Vierge au reposoir ; il allait enfin pouvoir la contempler pendant de longues heures sans qu'elle puisse rien faire pour le rabrouer : il n'avait qu'à se porter volontaire, le lendemain matin, pour jouer un rôle de soldat romain et il pourrait se pâmer devant sa flamme pendant toute la soirée. (Six costauds de neuvième année étaient choisis chaque année pour contenir la foule des fidèles qui s'amassait sur le boulevard Saint-Joseph en face de l'école des Saints-Anges et qui devenait parfois houleuse. On les déguisait en soldats romains et ils servaient à la fois de garniture rouge au reposoir et de police.) Lorsque Simone avait ajouté que Thérèse serait Bernadette Soubirous, il s'était exclamé : « Y'a pas de rôle de yable pour elle ? » L'antagonisme entre Maurice et Thérèse était devenu légendaire sur la rue Fabre : ils se battaient depuis qu'ils se connaissaient, Thérèse tapochant Maurice autant que celui-ci la malmenait et ce, souvent et volontiers. En fait, ils se ressemblaient beaucoup trop pour que leur amitié fût sans orage ; car il s'agissait bien d'une amitié : sous les claques, les injures et les cris se dissimulait une grande tendresse qui prendrait des années à s'assumer mais qui, du moment où elle accepterait de jaillir au grand jour comme une eau claire et joyeuse, durerait jusqu'à la mort. En attendant, ils se traitaient de tous les noms, se calomniant avec un plaisir méchant et vif, inventant les histoires les plus scabreuses sur le dos de l'autre et finissant par y croire tant ils y mettaient de l'énergie et de l'imagination. Sa mère s'était tournée vers lui avec impatience. « Tes quatorze ans t'ont vraiment pas amélioré, toé, hein ? Quand t'ouvres la bouche, c'est encore pour dire des niaiseries ! » Charlotte Côté était souvent exaspérée par les piètres performances de son fils aîné en classe, par son manque d'intelligence, aussi, et surtout, par son insondable paresse qui en faisait facilement un profiteur qui ne manquait jamais une occasion de tromper quelqu'un dans le but d'obtenir un petit service ou un grand cadeau. Il lui arrivait même de détester ce gros fainéant qui aimait déjà mieux, à quatorze ans à peine, se procurer une bière en cachette plutôt que de préparer son avenir en faisant consciencieusement ses devoirs. Quand il rentrait à la maison, titubant et fleurant la tonne à plein nez, elle avait envie de sauter dessus mais elle le savait plus fort qu'elle et déjà méchant quand il avait bu ; elle se contentait donc de l'injurier sous le sourire narquois de son mari qui trouvait plutôt sympathique ce jeune homme lourdaud, son fils, qui commettait ses premières incartades à l'âge où lui-même avait connu les siennes. Maurice avait rougi violemment sous l'insulte de sa mère. Son seul point vraiment sensible était son intelligence qu'il savait précaire et qui le rendait complexé devant les gens qu'il trouvait brillants. Il avait rageusement tourné sa fourchette dans ses nouilles en murmurant des choses inintelligibles, vraisemblablement peu flatteuses pour sa mère. Et quand Simone avait glissé dans la conversation, sans appuyer, comme si cela avait été tout à fait normal, qu'elle allait elle-même flotter pendant deux ou trois heures au-dessus du reposoir, suspendue au fronton de l'école des Saints-Anges, dans une grande robe blanche et une paire d'ailes roses, Maurice et Charlotte s'étaient regardés avec de grands yeux incrédules, réconciliés, soudain, unis contre l'absurdité qui leur tombait dessus ; Maurice parce qu'il avait le vertige, Charlotte parce qu'elle croyait que Simone l'avait. « Mais comment c'qu'y vont faire pour te suspendre ? Y vont-tu te mettre un corset, ou quoi ! Comment c'qu'y vont faire pour te descendre dans le vide ? Pis pour te remonter quand ça va être fini ? » Simone lâcha le bord de la nappe. « J'vas toute savoir ça après-midi, moman, on va faire une pratique... » « Ah ! non, ma p'tite fille, tu pratiqueras pas après-midi, c'est moé qui te le dis ! » Charlotte se leva et vida sa théière dans l'évier. Elle la rinça ensuite à l'eau froide en faisant de grandes éclaboussures. Maurice et Simone n'avaient pas bougé. Le cœur de Maurice se soulevait à la seule pensée de sa sœur se balançant au bout d'une corde, comme une pendue, au-dessus du reposoir. « Viens voir la pratique, après-midi, moman, tu vas ben voir si ça l'a du bon sens ! » Charlotte s'essuya les mains à son tablier. « J'ai dit non, Simone ! J'ai été faire une crise, avant-hier, à ton école, c'est assez ; si y me voyent encore là après-midi, y vont me prendre pour une police ! Ou ben donc y vont penser que j'veux rentrer chez les sœurs ! » Elle pointa Maurice du doigt. « Pis toé, l'épais, ris pas ! » Maurice, qui s'apprêtait effectivement à pousser un gros rire moqueur, se bloqua au milieu de sa respiration et faillit s'étouffer. Simone se leva de table, transporta son assiette et son verre de lait vide dans l'évier et se mit à les rincer en imitant les gestes de sa mère. « Fais ça pour moé, moman, j'aimerais tellement ça ! » Elle arrêta de parler pendant quelques secondes comme si elle cherchait ses mots. « Chus belle, moman, pis comme ça, tout le monde va le savoir ! »

Il s'était endormi à l'ombre ; il s'éveilla au soleil, le poil du ventre brûlant, la langue épaisse et sèche. Il avait dormi sur le dos, confiant et abandonné, ses pattes de devant pliées de chaque côté de sa tête, un bout de langue rose sorti, le museau humide et mobile. Il sacra un peu en s'éveillant parce qu'il n'avait pas prévu dormir si longtemps ; il éventra quelques pissenlits pour faire passer sa rage et courut après leur semence qui dansait effrontément autour de lui. Il se réfugia ensuite sous l'escalier de la maison de Florence et déposa consciencieusement sa crotte en ouvrant bien grands les yeux comme s'il n'avait pas voulu croire un grand secret qu'on lui révélait, puis l'enterra avec un comique sérieux, reniflant la terre vingt fois, la brassant et la creusant avec acharnement jusqu'à ce que toute odeur ait disparu. « V'là une bonne chose de faite ! » Il n'était pas sorti depuis un mois et il avait souvent rêvé, pendant qu'il reprenait des forces sur la bavette du poêle, aux gazons de la rue Fabre, ceux qu'on coupait trop souvent et ceux qu'on ne coupait jamais ; à ses carrés de terre où poussaient tant de mauvaises herbes odoriférantes auxquelles il était si agréable de se frotter en ronronnant ; à ses clôtures et à ses arbres, aussi, qui sentaient toujours le chien en rut ou le chat malpropre qu'il faudrait dépister puis chasser de son territoire, sans merci. La veille, il avait résisté à toutes ces odeurs envoûtantes pour rester avec Marcel, pelotonné contre son ventre rebondi, à jaser sans fin, riant aux bons mots et même aux mauvais, niché dans la chaleur des retrouvailles, mais aujourd'hui il allait reprendre ses randonnées à travers le quartier à la recherche d'aventures crapuleuses ou de délicieux forfaits ; il visiterait les sombres fonds de cour où parfois une souris et même un rat (il avait vu un rat, une fois !) essayait de se bâtir un nid avec des déchets ou de la poussière ; il grimperait à l'arbre des Jodoin qui s'élevait fièrement au milieu de leur cour, gigantesque et plein d'écureuils sots et excités qu'il se ferait un plaisir de pourchasser en poussant des miaulements qui les feraient trembler ; il pousserait même peut-être une petite pointe jusqu'à la rue Mont-Royal pour voir si le chien Godbout y régnait toujours dans la terreur et dans le sang. Il se leva longuement, frottant son museau et sa tête de sa patte qu'il avait humectée, puis passant sa langue rugueuse partout dans son poil, le lustrant, le farfouillant même de ses dents à la recherche des puces qu'il n'avait plus depuis que Violette (ou Rose? ou Mauve?) l'avait enduit d'un onguent qui sentait bien mauvais, mais qui l'avait débarrassé de ses vilaines bibittes, se nettoyant ensuite l'anus, la patte levée bien droite vers le ciel, prenant des poses comiques pour ne pas perdre l'équilibre (lorsqu'il faisait ça devant elle, Florence disait toujours à ses filles : « Tiens, notre Duplessis qui joue du violoncelle ! »). Lorsqu'il eut terminé son grand nettoyage de la journée, il resta écrasé quelques instants dans l'herbe, essoufflé, épuisé par cet exténuant exercice ; il eut même envie de piquer un autre petit somme mais se dit que ce serait franchement verser dans la paresse et partit comme une flèche derrière une mouche qu'il goba avant même qu'elle ne soit morte. Il traversa la rue Fabre et se dirigea sans y penser, automatiquement, vers le restaurant de Marie-Sylvia, son ancienne maîtresse qu'il avait tant méprisée parce qu'elle avait trop pris soin de lui. Il franchit la ruelle en quatre bonds, en ressentant comme un picotement du côté du cœur. Et lorsqu'il arriva devant les marches de ciment qui menaient au restaurant de Marie-Sylvia, une vraie bouffée d'émotion lui monta à la tête. « Duplessis, mon ami, tu mollis ! Si y faut que tu te mettes à avoir des palpitations juste parce que tu t'en vas voir ta vieille mosusse, que c'est que ça va être quand tu vas croiser les chattes qui t'ont tant fait jouir dans le passé ! » Il se dressa sur ses pattes de derrière, colla son museau à la vitre de la porte. Rien n'avait changé. Marie-Sylvia était toujours au même endroit, dans son « fauteuil mystérieux », entre les deux comptoirs de bonbons ; sa tête était tournée vers la vitrine et elle tétait tristement un coke probablement chaud. Il revit dans un éclair les années qu'il avait passées dans cette boutique aux odeurs fortes qui s'imprégnaient jusque dans sa fourrure ; les nuits d'été où il aurait voulu sortir parce que des chattes en chaleur parcouraient la ruelle en annonçant leur détresse ; les nuits d'hiver, si douces malgré le vent qui faisait rage, qu'il passait sous le poêle, couché dans la position du fœtus et ronronnant de bien-être ; il pensa à sa boîte de sable que Marie-Sylvia changeait trop souvent à son goût et il rit intérieurement. « Tout ça est bel et bien fini. Mais m'as toujours ben aller y dire bonjour. » Il agita la clenche de la serrure comme le lui avait appris sa maîtresse quand il était encore tout petit et Marie-Sylvia sursauta. Il recolla son museau à la vitre et vit le vaste corps de Marie-Sylvia (elle portait bien sûr ce jour-là sa robe du mercredi, la plus ordinaire des sept parce que comme elle l'avait toujours dit : « Le mécredi, tu vois pas un chat ; pis quand t'en vois un, y dort ! ») traverser le restaurant à petit pas hâtifs. « Mon Dieu, mais a'l'a ben vieilli ! » Marie-Sylvia ouvrit la porte et lança un sonore « Duplessis » que le chat prit pour une exclamation de joyeuse surprise, mais qui n'était en fait que le cri de douleur qu'elle poussait depuis un mois à tout moment, depuis ce jour maudit où elle lui avait dit de ne plus revenir parce que ses escapades se faisaient de plus en plus nombreuses et de plus en plus longues. Lorsque Marie-Sylvia regarda d'un côté et de l'autre avec un air navré, Duplessis se rappela qu'elle ne pouvait plus le voir et pour la première fois en ressentit une vraie douleur. Il tendit le cou vers elle, il miaula le plus fort qu'il put ; rien n'y fit. Après quelques autres « Duplessis ! » de plus en plus faibles, Marie-Sylvia baissa la tête (en fait elle regardait exactement à l'endroit où le chat se tenait) et pleura. Bouleversé, Duplessis se frotta à ses jambes; il aurait donné toute sa vie, à ce moment, pour qu'elle sente la fraîcheur de son poil sur ses chevilles. Mais elle rentra dans son restaurant et referma doucement la porte. Il entendit la petite clochette et se dit que c'était la dernière fois.

Lorsqu'elle aperçut le piédestal sur lequel elle aurait à grimper, Pierrette eut un mouvement de recul. «C'est ben haut, ma sœur!» Sœur Sainte-Catherine installait une table de bois à côté du piédestal pour que Pierrette puisse y monter. «Quatre pieds, c'est pas la fin du monde, Pierrette... Et vous verrez, la plate-forme est plus grande qu'elle ne paraît...» Pierrette monta sur la table sans difficulté et s'approcha de la colonne de plâtre sur laquelle elle aurait à passer une grande partie de la soirée du lendemain. «J'trouve ça ben p'tit, moé!» «Vous avez le vertige?» «Le vertige? Non...» «Bon, alors, essayez. Posez d'abord un pied sur la plate-forme, très doucement, puis quand vous sentirez que vous êtes prête, donnez-vous un bon élan...» Au lieu de suivre les conseils de sœur Sainte-Catherine, Pierrette se tourna complètement et s'assit sur le piédestal. Sœur Sainte-Catherine vint s'installer sur la table, à ses pieds. «Si vous ne vous sentez pas capable, Pierrette, il faut le dire maintenant... Je suis sûre que Thérèse se fera un plaisir de vous remplacer...» «Non, non, non... j'veux le faire, ma sœur! C'est juste... C'est juste que c'est la première fois... Quand je l'aurai faite une fois, ça va être correct...» En essayant de ne pas trop y penser, Pierrette se leva et grimpa sur le piédestal d'un seul coup. De voir la salle qu'elle connaissait tant pour y avoir passé d'innombrables récréations d'hiver ou de mauvais temps d'un point de vue tout à fait nouveau l'étonna: les tables de croquignol ou de mississippi n'étaient plus les mêmes et le plancher de tuiles n'avait jamais semblé aussi régulièrement quadrillé. Des objets familiers qu'elle ne voyait même plus lorsqu'elle entrait dans la vaste pièce, les chaises pliantes entassées dans un coin, les drapeaux accrochés aux murs, le piano droit sur la scène, prenaient un aspect nouveau, presque menaçant, qui l'oppressait. Elle avait un peu l'impression de rêver qu'elle flottait entre le plancher et le plafond et que sa présence dérangeait. « Vous sentez-vous étourdie, Pierrette ? » Pierrette ravala avant de répondre. « Pantoute ! J'aime ça ! Pis quand j'vas être dans le parterre, en avant, j'vas voir le monde de par en haut pis ça va être le fun ! » Sa voix était mal assurée et ses mains tremblaient. Thérèse venait d'entrer dans la salle sur la pointe des pieds, Pierrette l'aperçut et lui envoya la main, timidement. « T'as l'air tout p'tite, Pierrette, jouquée sus ta colonne ! » Thérèse vint s'asseoir près de sœur Sainte-Catherine. « Moé, mon piédestal, y'est-tu ben bas ? » Sœur Sainte-Catherine sourit discrètement et montra une sorte de boîte rectangulaire qu'on avait placée à une dizaine de pieds de la colonne de plâtre sur laquelle Pierrette se tenait maintenant bravement, les mains jointes et le regard fixe. « C'est rien que ça ? Parsonne va me voir ! » La religieuse passa un bras autour des épaules de la fillette. « Allez l'essayer, Thérèse... » Celle-ci courut s'agenouiller sur la boîte. « C'est ça, hein ? Faut que je reste à genoux tout le temps pis que je prenne un air pâmé ? » « Vous pouvez laisser faire l'air pâmé, Thérèse, personne ne le verra, comme vous le dites si bien vous-même ! Et nous allons poser de petits coussinets sous votre robe pour que ce soit pas trop pénible pour vos genoux... » Thérèse et Pierrette se regardèrent et pouffèrent de rire. Pierrette envoya quelques baisers à son amie qui posa ses deux mains sur son cœur en battant des cils. « Je vous salue, Marie ! » « Salut, vous itou ! » Sœur Sainte-Catherine en profita pour retirer la table qui était appuyée contre le piédestal de Pierrette. Aussitôt, cette dernière arrêta de rire et s'accroupit sur la plate-forme en criant : « Moman ! J'veux descendre ! » La religieuse revint vers elle et lui prit la main. « Allons, Pierrette, soyez coura-geuse... si vous avez pu vous tenir debout, tout à l'heure, vous le pouvez encore... » « Ben, t'nez-moé pendant que j'me lève, au moins ! » S'appuyant sur l'épaule puis la tête de la religieuse, Pierrette réussit péniblement à se relever. « Ne regardez pas en bas, Pierrette... Regardez plutôt au loin... Regardez en direction de Thérèse mais ne la regardez pas elle... pas maintenant, en tout cas... » Pierrette releva les yeux d'un coup et son vertige dis-parut complètement. « C'est vrai, c'est moins pire, de même ! » Sœur Sainte-Catherine recula de quelques pas et regarda les deux fillettes en souriant. « Ce sera très joli. Vous serez ravissantes, toutes les deux, dans vos costumes... » Pierrette tourna la tête dans sa direction. « Va-tu falloir que je sourisse ? » Thérèse, comme à un signal, se leva aussitôt et remonta son bas qui lui glis-sait toujours sur la jambe. « J'ai eu une idée, ma sœur... au sujet des dents de Pierrette... J'pense que c'est ben bon ! » Thérèse avait pris cette voix cajoleuse dont Pierrette avait appris à se méfier parce qu'elle annonçait infailliblement un bon tour ou une insulte déguisée en compliment. Elle s'agita sur sa colonne de plâtre. «J'aimerais ça descendre, là, c'est assez pour la première fois!» Mais Thérèse attirait déjà sœur Sainte-Catherine vers les tables de mississippi. «Thérèse! Viens m'aider à descendre, bon!» Thérèse se contenta de lui envoyer la main. «Reste donc tranquille! Chus t'en train de te sauver la vie!» Sœur Sainte-Catherine revint vers le piédestal de Pierrette en souriant. «Si vous voulez parler de Pierrette, Thérèse, elle doit vous entendre.» Thérèse la suivit en traînant les pieds. Pierrette commençait à s'impatienter sérieusement: «J'peux-tu descendre, là?» La religieuse lui donna une légère tape sur le pied. Thérèse tourna le dos à son amie pour expliquer son plan à sœur Sainte-Catherine: «J'ai pensé à une affaire. Si on changerait les deux piédestaux de place, si on mettrait le mien plus au fond, pis celui de Pierrette plus près de la clôture, on pourrait les changer de bord pis la Sainte Vierge pourrait regarder vers l'école pis Bernadette Soupirous vers la rue...» Sœur Sainte-Catherine cacha son fou rire derrière sa main et fit semblant de tousser. Thérèse continuait: «Comme ça, Pierrette s'rait tranquille, a' pourrait sourire tant qu'a' voudrait, ça dérangerait pas parsonne, parsonne verrait ses dents!» Elle avait pris un air triomphant qui n'échappa pas à la religieuse. «Pis moé, ben... j'prendrais un air pâmé pis j'vous promets que j'f'rais ben ça!» Sur son piédestal, Pierrette jubilait. «Aïe, c't'une bonne idée vrai, ça, ma sœur! C'est ça qui m'inquiétait le plus, mes dents! Pis Thérèse est tellement plus belle que moé!» Sœur Sainte-Catherine était abasourdie par l'habileté de Thérèse et la naïveté de Pierrette; elle n'osa acquiescer, pensant

qu'elle aurait le temps de penser à tout cela avant le lendemain soir. Mais Thérèse sentait qu'elle avait gagné la
partie et fit un clin d'œil à Pierrette qui sautillait
d'excitation.

Le fronton de l'école des Saints-Anges qui sur-
plombait l'escalier où s'affairaient sœur Sainte-
Philomène et les plus robustes parmi les élèves de
sixième année, au milieu du fouillis le plus total, était
surmonté d'une croix de ciment carrée et trapue, que les
pluies, la neige et le vent avaient usée avec patience,
adoucissant les arêtes et lui donnant cette patine grisâtre,
bien éloignée de son blanc original, propre aux monu-
ments trop malmenés par les intempéries. Au-dessus de
cette croix, entre les fenêtres du deuxième et du troisième
étage, on pouvait lire, gravée aussi dans le ciment, une
inscription en lettres parfaitement quelconques :
ACADÉMIE DES S.S. ANGES. Et c'est sur ce fronton en
pente, sous cette inscription que se tenaient maintenant
sœur Sainte-Catherine, sœur Sainte-Thérèse de l'Enfant-
Jésus et Simone Côté, accroupies sur leurs talons et très
fébriles. On avait passé à Simone une sorte d'attelage
en cuir bouilli qui se terminait, dans le cou, par un anneau
de métal auquel était attachée une longue corde de
chanvre. Simone prenait de grandes respirations pour
dissimuler sa nervosité, mais le tremblement de ses mains
la trahissait et elle se croyait obligée de répéter à tout
instant : « Non, non, non, j'ai pas peur... J'ai pas peur...
ça va ben aller... » On venait de lui expliquer qu'on allait
la basculer dans le vide et la descendre lentement, pouce
par pouce, jusqu'à ce qu'elle soit à la hauteur de la rosace

en demi-cercle, au-dessus de la porte d'entrée. Dix fois sœur Sainte-Catherine lui avait demandé si elle n'avait pas changé d'idée, si elle se sentait toujours le courage d'affronter le vertige qui ne manquerait pas de s'emparer d'elle lorsqu'elle se trouverait suspendue entre ciel et terre et dix fois Simone avait répondu qu'elle avait confiance, qu'elle savait très bien qu'on ne l'échapperait pas et qu'elle prévoyait même aimer son petit voyage dans le vide. Charlotte Côté, catastrophée, se tenait au pied des marches, les bras tendus malgré elle vers son enfant qu'elle ne reconnaissait plus depuis quelques jours et qu'elle sentait lui échapper. « Simone, penses-y encore, y'est encore temps de changer d'idée, mon poulet ! » Simone se passa la tête par-dessus l'ornement triangulaire et sourit à sa mère. « Aie pas peur, moman, y'a pas de danger ! » Charlotte réalisa le ridicule de la situation et rit amèrement. « C'est ça, console-moé, toé ! C'est toé qu'on va sacrer en bas de l'école pis c'est moé qui a peur ! » Lorsqu'elle vit Simone s'asseoir sur le bord du fronton dans une position très précaire puis se laisser basculer par en avant, elle sentit mollir ses jambes. Sœur Sainte-Catherine et sœur Sainte-Thérèse de l'Enfant-Jésus avaient enfilé de gros gants de cuir jaune et laissaient lentement filer la corde entre leurs doigts. « Est vraiment pas pesante... » La voix de sœur Sainte-Thérèse de l'Enfant-Jésus se voulait joyeuse mais une pointe d'inquiétude la voilait bizarrement. Sœur Sainte-Catherine se pencha un peu par-dessus le fronton. « Elle ne dit rien. C'est mieux que celle de l'année dernière qui s'était mise à hurler avant même qu'on ne lui passe l'attelage... » Aussitôt qu'elle s'était sentie dans le vide, Simone avait fermé les yeux. « Y faut pas que je crise ! Si je crie,

moman voudra pas que je revienne, demain ! Y faut que
j'aime ça ! Y faut que j'aime ça ! » Elle pinçait les lèvres
et n'osait pas bouger ; elle aurait voulu agiter les jambes
ou les bras, faire un signe à sa mère pour la rassurer, mais
elle n'arrivait pas à délier ses muscles qui s'étaient noués
malgré elle. Elle sentit soudain qu'elle ne descendait plus.
Elle devait se trouver juste devant le vitrail bleu et rouge
qu'elle avait toujours rêvé de voir de près. « C'est le
temps, là, t'es juste à côté, maudite folle ! » Mais ses
paupières restaient obstinément closes et elle fronçait
les sourcils, d'un air buté. La voix de sœur Sainte-
Catherine s'éleva au-dessus d'elle, douce et caressante.
« Comment ça va, Simone ? Vous n'avez pas trop peur ? »
« Je le sais pas, ma sœur, j'ai pas encore ouvert les yeux ! »
Charlotte Côté avait grimpé quelques marches et
s'était assise sur une estrade, juste sous sa fille, se disant
que si Simone arrivait à tomber, elle la recevrait, au risque
de mourir assommée. « J'rêve ! Ça l'a pas de bon sens,
tout ça est pas en train d'arriver ! C'est ça, j'rêve ! J'vas
me réveiller pis j'vas rire de tout ça, c'est trop ridicule ! »
Sans montrer son inquiétude, sœur Sainte-Catherine continuait à parler à Simone. « Vous ne pouvez pas passer
deux ou trois heures d'affilée les yeux fermés, Simone...
Je vous assure qu'il n'y a aucune espèce de danger...
Ouvrez juste un œil, si vous voulez... Et ne l'ouvrez que
deux ou trois secondes... » Simone commençait à sentir
un début de panique : le vide autour d'elle, rien pour s'appuyer et rien à quoi s'accrocher, semblait vouloir l'aspirer
vers le bas ; ses pieds étaient lourds et sa tête très légère ;
des picotements désagréables lui parcouraient le dos et
lorsqu'elle levait la tête vers le haut elle pouvait sentir
l'anneau de métal contre sa nuque et le début de la corde

276

dans ses cheveux. «Y faut pas que je crise! Y faut pas que je gâte toute mon fun!» Elle était sur le point de hurler lorsqu'une voix moqueuse qui semblait venir de très loin souffla d'un seul coup sa peur et lui fit ouvrir les yeux: «Serre tes jambes, Simone, on voit tes culottes!» Elle aperçut aussitôt Thérèse et Pierrette, de l'autre côté du boulevard Saint-Joseph, qui lui envoyaient la main en se tordant de rire. Elle agita joyeusement les bras et les jambes et se mit à rire à son tour. «Mais c'est ben beau! Pis c'est ben le fun! J'ai l'impression de voler! Allô, moman! Reste pas effouerrée de même dans les marches, tu vas toute te salir!» Heureuse comme un poisson dans l'eau, soudain, Simone prenait des poses et faisait semblant de nager sous l'œil amusé des quelques passants qui s'étaient arrêtés pour la regarder. «Ne vous agitez pas trop, Simone!» En levant la tête, Simone aperçut les deux cornettes de sœur Sainte-Catherine et de sœur Sainte-Thérèse de l'Enfant-Jésus qui dépassaient d'une façon très comique du fronton de ciment. «Penchez-vous pas trop, vos cornettes vont tomber!»

Lorsque sœur Sainte-Philomène entra dans la lingerie, sœur Saint-Georges achevait de repasser le voile bleu de la Sainte Vierge. Elle chantonnait gaiement un cantique dont elle avait oublié les paroles. «Vous avez décidé de vous remettre à l'ouvrage, Saint-Georges?» «J'vous dis que c'est pas une p'tite affaire, contourner toutes ces dentelles d'or-là!» Elle s'essuya le front avec le revers de sa manche. Sœur Sainte-Philomène s'était approchée, gauche et rouge, pendant que sœur Saint-Georges parlait. «J'tais venue voir si ça allait mieux...» Sœur Saint-

Georges déposa le fer sur le support de métal et n'osa pas lever les yeux sur son amie retrouvée. « Ah ! oui, ça va ben, Sainte-Philomène... » Après l'horrible scène avec mère Benoîte des Anges, sœur Sainte-Philomène avait ramené son amie dans sa cellule, l'avait aidée à se déshabiller (grave entorse aux règles de leur communauté) et l'avait mise au lit avec de douces paroles d'apaisement. Et se tenant par la main, les deux religieuses avaient mêlé leurs reproches, leurs excuses, leurs souvenirs, leurs doléances ; émues aux larmes, elles s'étaient enfin posées les questions qui les brûlaient depuis des années : « Pourquoi c'que vous m'avez donné c'te surnom-là, Sainte-Philomène ? » ; « Pourquoi c'que vous l'avez tant mal pris ? C'tait juste une farce ! » ; « Une farce qui dure toute une vie, c'est pus une farce, c'est une malédiction ! Vous avez jamais pensé à ça ? ». Elles s'étaient ensuite attardées sur toutes ces années d'amitié perdues à cause d'une grossière plaisanterie et s'étaient enfin juré de ne plus jamais laisser quoi que ce soit les séparer. Toutes à leurs retrouvailles, elles n'avaient d'abord pas parlé de mère Benoîte des Anges et du danger qu'elle représentait maintenant pour elles ; sœur Sainte-Philomène préférait garder ce problème pour plus tard, après la Fête-Dieu qui allait accaparer chaque minute de l'école des Saint-Anges jusqu'au lendemain soir. Sœur Saint-Georges ne s'était pas endormie, mais elle avait fermé les yeux en parlant. Et sa main était restée posée sur celle de son amie. Au détour d'une conversation sans grande importance, alors qu'il était question des plantes superbes de l'entrée de la maison des religieuses dont sœur Saint-Georges était particulièrement fière parce qu'elles lui avaient donné beaucoup de mal, elle avait soudain avoué à son amie ce qu'elle considérait comme son grand péché, ses remords après ce grave mensonge, la situation intenable dans laquelle elle se débattait depuis deux jours et avait en fin de compte fondu en larmes à l'idée du châtiment qui l'attendait sûrement. Sœur Sainte-Philomène, pour sa part, avait éclaté de rire, un rire bien gros et bien franc qui lui arrondissait les joues déjà rebondies et lui faisait monter le sang au visage. Elle s'était ensuite essuyé le front avec son mouchoir déjà taché par une demi-journée de labeurs et avait même fini par se lever de sa chaise pour esquisser quelques pas de danse. « Vous avez des remords pour ça ? Saint-Georges, voyons donc, vous avez réalisé sans vous en rendre compte un des grands rêves de toutes les religieuses de l'école des Saints-Anges ! Vous avez joué un tour à mère Benoîte des Anges sans qu'a' s'en aperçoive ! » « A'l'a fini par s'en apercevoir, c'est ben ça qui est terrible ! » « Mais c'est pas une punition que vous méritez, c'est une récompense ! » Sœur Saint-Georges avait fini par esquisser un sourire timide, pas très convaincu, se disant que c'était bien beau de s'amuser de la déconfiture de la directrice, mais que celle-ci trouverait bien un moyen de se venger. Sœur Saint-Georges reprit le fer à repasser avec un geste brusque. « J'vas avoir fini ça dans trente secondes, pis j'vas aller porter le voile... » Sœur Sainte-Philomène s'empara des derniers costumes accrochés dans la penderie. « J'espère que les essayages vont ben aller ; les filles sont pas mal énervées... pis nous autres aussi... » « Attendez-moé avant de commencer ; j'veux toute voir ça au complet... » Sœur Sainte-Philomène contourna la planche à repasser en soufflant un peu. « J'vous dis que not'p'tit ange suspendu va t'être beau c't'année!» Sœur Saint-Georges prit le voile dans ses mains, doucement, le secoua, le plia avec de grands gestes délicats. «C'est-tu vrai que la Sainte Vierge va-t-être de dos, c't'année?» Sœur Sainte-Philomène, qui venait d'ouvrir la porte de la lingerie, se retourna. «Comment ça se fait que vous savez déjà ça, vous?» «Les nouvelles courent vite, dans une école de filles, Sainte-Philomène, vous devriez le savoir!»

La fenêtre était grande ouverte mais aucun filet d'air ne circulait dans la chambre. Les trois lits parallèles étaient occupés; le premier, celui le plus près de la porte, par une petite maigre qui mangeait tout le temps et parlait la bouche pleine en postillonnant des choses parfois un peu dégoûtantes, le second, celui du milieu, par une joviale rougeaude qui faisait rire tout le monde avec des histoires cochonnes dont elle avait un répertoire impressionnant qu'elle claironnait d'une voix rauque et puissante au bénéfice de tout l'étage qui l'avait évidemment surnommée «la comique», le troisième (celui situé près de la fenêtre où venait justement de se poser un pigeon particulièrement effronté qu'on appelait «Roméo» parce qu'il poussait sa sérénade, chaque après-midi, ponctuellement), par une masse de chair qui semblait vouloir couler en dehors du drap de coton qui la couvrait mal. La grosse femme, presque méconnaissable tant elle avait engraissé durant les dernières semaines, au terme, croyait-elle, de sa grossesse, pâle et défaite, et respirant parfois avec difficulté. On l'obligeait à dormir assise depuis une dizaine de jours et elle ronflait tellement que ses compagnes de chambre, chacune à son tour, venaient la pousser pour qu'elle change de position. Elle se confondait alors en excuses mais ses voisines, qui l'aimaient beaucoup à cause de son courage et de son grand bon sens, lui disaient de ne pas s'en faire, qu'elles la comprenaient et la plaignaient. Mais la grosse femme ne voulait pas qu'on la plaigne et essayait de leur expliquer qu'elle était heureuse malgré les difficultés de sa grossesse. Elles ne semblaient pas la croire tout à fait. Certaines nuits, la grosse femme ne se rendormait pas pour ne pas les déranger et regardait le jour se lever sur le parc Lafontaine. Comme elle était toujours assise et que son lit était haut, elle avait une très belle vue sur les premiers arbres et même sur l'allée qui longeait la rue Sherbrooke avec ses bancs de bois peints en vert où venaient s'asseoir toute la journée des enfants gigoteux ou des vieux trop calmes qui passaient des heures immobiles à manger des pinottes en écales. Elle n'avait jamais vu le jour se lever, avant, et lorsqu'elle sentait l'air de la nuit devenir transparent, peu à peu, grisonner puis blanchir jusqu'à ce qu'un rai de lumière jaune touche le faîte des arbres comme pour leur redonner vie, elle sentait son âme s'élever, elle avait presque l'impression de sortir de son lit, de s'envoler par la fenêtre et de planer au-dessus du parc en dirigeant de ses deux bras levés ce concert de lumière qui la baignait de chaleur pour la réconforter. C'est dans ces moments-là qu'elle s'ennuyait le plus de la rue Fabre ; de ses enfants qui n'avaient pas le droit de venir la visiter (les enfants ne pouvaient entrer à l'hôpital Notre-Dame qu'à Noël et à Pâques) et à qui elle n'avait pas vraiment eu le temps de parler avant de partir ; Philippe qui n'avait pas semblé comprendre qu'il serait longtemps sans la voir et qui l'avait embrassée distraitement et Richard qui, lui, comprenait trop et s'accrochait à elle en hurlant ; de son mari qu'elle adorait, dont elle ne s'était jamais séparée depuis leur mariage et dont l'absence lui pesait tant ; en fait, elle s'ennuyait de tout le monde. Elle qui parlait depuis quelques mois de déménager à tout prix, voilà qu'Albertine lui manquait, et ses enfants, et la vieille Victoire, aussi, si malcommode mais si attachante. Quand le soleil était tout à fait levé, elle s'endormait bruyamment. On la laissait faire, alors, parce que c'était l'heure du petit déjeuner et qu'un ronflement ne dérangeait plus personne au milieu des conversations, des chars de métal poussés sans ménagement par des sœurs grises et des ablutions matinales qui se faisaient partout en chantant et en riant. Lorsque Gabriel entra dans la chambre, cet après-midi-là, la grosse femme lisait *la Chartreuse de Parme*. Elle était tellement absorbée par sa lecture qu'elle n'entendit pas sa voisine lui dire en riant : « Tiens, vot'deuxième Roméo qui arrive ! » Elle sursauta un peu lorsqu'il lui toucha le bras. « Comment ça va, aujourd'hui ? » Elle sourit à peine pendant qu'il l'embrassait sur le front. « C'tu effrayant, c'te pauvre gars enfarmé dans un cachot, pis qui essaye d'envoyer des messages à sa bien-aimée... » Elle déposa le livre sur sa table de chevet. « J'espère qu'y va réussir à y dire quequ'chose ! » Gabriel avait tiré une chaise près du lit de sa femme. « C'tu bon, au moins ? » « Ah ! oui, j'te dis que c'est ben écrit, vrai ! Mais mon Dieu que c'est triste, pis que c'est compliqué ! Y'écrivaient jamais rien de drôle, dans ce temps-là ? » Gabriel passait délicatement sa main sur le gigantesque ventre de sa femme, espérant sentir un peu de vie, un coup de pied ou quelques battements de cœur comme cela était souvent arrivé ces derniers jours.

« Y'est-tu toujours aussi tannant ? » La grosse femme prit la main de Gabriel et la plaça à un endroit précis de son ventre. « J'appelle pus ça être tannant ! Sais-tu c'qu'y'a faite, c'te nuitte ? Y s'est retourné, mon cher ! Pour moé, y commence à avoir sérieusement son voyage d'être là ! » Lorsqu'elle parlait de son enfant, la grosse femme se transformait ; elle reprenait des couleurs, s'animait et semblait toujours sur le bord d'éclater de rire. « C'est rendu que j'joue avec, des fois, c'est pas mêlant ! C'est vrai ! J'me tâte, là, pis j'touche à un de ses petits bras, ou ben donc à un de ses petits pieds, pis j'pousse dessus... J'te dis qu'y réagit vite ! J'fais ça pendant des heures, des fois, en y parlant ; c'est tellement le fun ! » Gabriel avait enfoui sa tête dans le ventre de sa femme. Elle lui caressa doucement la nuque. Ses deux voisines, que ces démonstrations de tendresse étonnaient et même gênaient parce que leurs maris n'auraient jamais osé un tel geste devant des étrangers, se regardèrent en se faisant de petits signes, sortirent de leurs lits et quittèrent discrètement la chambre. « Pis toé, comment ça va ? » « J'm'ennuie ben gros, t'sais. » La grosse femme échevela Gabriel gentiment puis lui donna une petite tape sur la tête. « Arrête de me dire ça, j'vas finir par le croire ! » « Crois-lé, c'est vrai ! Chus tanné d'entendre Albertine crier, les enfants crier, ma mère se plaindre... Quand t'es pas là, j'me rends compte à quel point on est pauvres pis ça me déprime tellement ! R'viens vite, avec le bébé, on va tellement être ben ! » Soudain, comme pour répondre à son père, l'enfant donna un coup de pied dans le ventre de la grosse femme qui gémit autant de joie que de douleur. « Touche, là, touche ! Le p'tit maudit, y'est après te souhaiter la bienvenue ! »

QUATRIÈME MOUVEMENT

Allegro energico e passionato

Jeudi, 4 juin

Des banderoles alternativement blanches et or pendaient du toit de l'école et masquaient en partie les fenêtres du troisième étage. Chacune d'elles portait une lettre en or cousue au bas du tissu ; lorsqu'on s'éloignait suffisamment (du perron de l'église, par exemple, la vue était impressionnante), on pouvait lire : PRIEZ POUR NOUS en lettres moulées qui se balançaient au gré du vent au-dessus du reposoir. Au fur et à mesure que la nuit tomberait, ces lettres allaient disparaître une à une faute d'un éclairage adéquat pour ne plus former, à la fin de la cérémonie, qu'un vague voile sur la façade de l'école, comme une nappe qui pend d'une table. Le reposoir lui-même transformait le vieil escalier de ciment d'étonnante façon : les marches disparaissaient complètement sous un foisonnement de tissus posés sur de petites estrades ou masquant des socles ou des piédestaux qui supportaient des vases de lis en papier ou des statues repeintes de frais offrant avec des airs pâmés leurs sourires tout neufs ou leurs cœurs saignants malhabilement retapés à la gouache ; un autel improvisé (deux tables de mississippi ficelées côte à côte) où brillaient des dizaines de cierges électriques et sur lequel trônait un tabernacle de fortune fabriqué quelques années plus tôt avec une caisse de bois recouverte de satin blanc, cachait en partie la porte de l'école qu'on avait elle-même dissimulée sous un lourd velours noir pour faire ressortir le blanc et l'or qui régnaient partout ailleurs ; des coussins, petits pour les enfants qui les occuperaient et gros pour les prêtres qui auraient à s'y agenouiller, avaient été minutieusement disposés aux endroits stratégiques (celui de monseigneur Bernier était en brocard or piqué au chiffre papal), d'abord sur la première marche où une frange d'anges en rose resteraient prosternés pendant la cérémonie, puis au pied de l'autel, là où le gratin de la paroisse Saint-Stanislas-de-Kostka (les marguilliers et les vicaires, en fait) s'installerait pour bien se faire voir. Toutes les fenêtres du deuxième étage qui se trouvaient près du reposoir (celle du bureau de mère Benoîte des Anges autant que les autres) croulaient sous les drapeaux papaux de tous formats, du petit, pas plus grand qu'un mouchoir de poche, jusqu'à l'énorme drapeau de parade garni de cordages et de glands en or, disposés en éventail et que le vent arrivait mal à démêler tant ils étaient nombreux et serrés. Tout cela brillait doucement et frémissait sous le regard ému de sœur Sainte-Thérèse de l'Enfant-Jésus qui avait traversé le boulevard Saint-Joseph pour avoir une vue d'ensemble (un dernier coup d'œil rapide est toujours utile pour déceler les petits défauts qui nous ont échappé jusquelà) pendant que sœur Sainte-Catherine disposait les fleurs sur l'autel. « Mon Dieu que c'est beau ! C'est parfait comme ça, on pourrait pas faire mieux ! Et dire que c'est la dernière fois ! » Sœur Sainte-Thérèse de l'Enfant-Jésus n'allait pas jusqu'à se demander où elle se trouverait l'année suivante à pareille date, mais quelque chose lui disait qu'elle ne serait plus à l'école des Saints-Anges et la perspective de ne plus revoir le reposoir briller au soleil couchant la navrait. Le soleil de six heures dorait la façade de l'église Saint-Stanislas lorsque sœur Sainte-Catherine se retourna pour quitter le reposoir. La religieuse replaça un coussin qu'elle avait dû pousser un peu pour se frayer un chemin jusqu'à l'autel et redescendit sur le trottoir en prenant mille précautions. Elle sourit à sœur Sainte-Thérèse de l'Enfant-Jésus qui la regardait, de l'autre côté du boulevard Saint-Joseph, et même lui envoya la main. « Il faudrait aller manger, Sainte-Thérèse ! Nous aurons besoin de toutes nos forces, ce soir ! » Sœur Sainte-Thérèse de l'Enfant-Jésus lui fit signe de venir la rejoindre et sœur Sainte-Catherine traversa le boulevard en courant, retenant sa jupe d'une main et sa coiffe de l'autre. Un autobus passa en klaxonnant et le chauffeur fit un geste d'appréciation en montrant le reposoir. Sœur Sainte-Catherine vint s'appuyer contre la clôture du parterre de l'église, à côté de son amie qui avait dissimulé ses mains dans ses larges manches en croisant les bras. Elle regarda son œuvre pendant deux bonnes minutes sans parler, scrutant tout, les banderoles, les statues, les vases de fleurs, la nappe brodée de l'autel, les drapeaux, les cierges électriques, plissant les yeux en connaisseuse. Puis son jugement tomba comme le couperet d'une guillotine, retranchant d'un seul coup et à jamais le reposoir de sa vie : « Tout ça est bien laid. Et bien vain. » Sœur Sainte-Thérèse de l'Enfant-Jésus la regarda avec un air offusqué. « Vous trouvez pas ça beau, Sainte-Catherine ? » « J'ai toujours trouvé ça laid, Sainte-Thérèse, et aujourd'hui plus que jamais ! » Elle avait à son tour caché ses mains dans ses manches. « Mais tout ça est fini. Bel et bien fini. »

« Y me semble qu'est-tait moins longue que ça, hier ! »
« C'est parce que t'étais deboute sur un banc quand tu
l'as essayée, épaisse ! » « Traite-moé pas d'épaisse,
Pierrette Guérin ! Tu sauras que chus pas plus épaisse
que toé ! » Simone avait déjà enfilé sa robe blanche
d'ange qu'elle devait tenir à deux mains pour l'empêcher
de traîner par terre. Pierrette était assise à côté d'elle,
sur un petit banc, et mangeait une orange. Elle l'avait
d'abord épluchée avec soin, mettant précautionneuse-
ment chaque morceau d'écorce dans sa poche d'uniforme, puis elle avait crié : « Éloignez-vous, ça va
revoler ! » Elle avait éventré l'orange sous les regards
de convoitise des quelques fillettes qui l'entouraient et
avait commencé à la manger gravement, mastiquant
chaque bouchée longtemps, les yeux fermés, concentrée sur cette joie qui éclatait d'abord dans sa bouche,
piquante et sucrée, pour ensuite couler délicieusement
dans sa gorge et disparaître en laissant des picotements
jusque dans son nez. Entre deux quartiers d'orange, elle
avait aperçu Simone qui se tenait devant le grand miroir
que sœur Sainte-Catherine avait fait installer sur la scène
de la salle de récréation. Simone faisait des mines et des
saluts, envoyait des baisers et se tordait le cou pour
essayer de se voir de dos. Pierrette était venue s'asseoir
à côté d'elle tout en se léchant les doigts. « On n'est pas
supposées de s'habiller avant sept heures, Simone. Y'est
juste sept heures moins vingt, que c'est que tu fais avec
ta robe su'l'dos ? » « J'prends de l'avance ! T'à l'heure,
y va y'avoir trop de monde, pis on s'ra pus tranquilles ! »
Simone fit demi-tour, releva sa robe au-dessus de ses
fesses et s'assit sur le bord de la scène. Pierrette parla
la bouche pleine. « Tu vas toute la salir. Ôte-la donc. »

«Où c'est que t'as pris ça, c't'orange-là, donc toé?»
«C'est Thérèse qui me l'a donnée. En veux-tu?» «Non,
j'veux pas salir ma robe! Où c'est qu'a'l'a pris ça, elle?
Des oranges, ça se trouve pas de même, pis ça coûte cher
sans bon sens!» «C'est son oncle Josaphat qui a apporté
ça chez eux...» «Y'est ben riche, son oncle Josaphat!»
Pierrette engloutit son dernier quartier de fruit juteux et
sortit un morceau d'écorce qu'elle se passa soigneuse
ment sur les dents. «Que c'est que tu fais là, maudite
folle!» «J'me lave les dents, c't'affaire! T'as jamais faite
ça, te laver les dents avec une écorce d'orange?» Simone
baissa la tête et passa le plat de la main sur sa robe comme
pour la défroisser. «J'ai jamais mangé d'orange...»
Pierrette remit son morceau d'écorce dans sa poche.
«T'as jamais mangé d'orange! Pour que c'est faire que
t'as pas pris le morceau que j'voulais te donner,
d'abord!» «Quand j'vas manger une orange, j'vas en
manger une toute au complet, pas rien qu'un morceau!»
Thérèse arriva sur les entrefaites, suivie de Lucienne
Boileau qui avait profité du fait qu'elle était seule pour
lui coller aux talons. Thérèse ne lui avait pas adressé la
parole, mais Lucienne avait marché fièrement à côté
d'elle, convaincue qu'elle venait de gagner une des
grandes victoires de sa vie alors que Thérèse ne s'était
à peu près pas aperçue de sa présence. Thérèse s'était
soigneusement peignée et ses admirables cheveux lui
tombaient gracieusement sur les épaules, brillants et à
peine ondulés. Au coin de Garnier et du boulevard Saint-
Joseph, Lucienne lui avait demandé avec une petite voix
faussement naïve: «Frises-tu naturel? Tes cheveux sont
tellement beaux!» Thérèse avait simplement répondu:
«Si j'te donne la claque qui me démange depuis tout à

l'heure, ta bouche va friser naturel pour le restant de tes jours, toé!» Lucienne, qui n'avait vraiment pas d'orgueil, avait ri. «Salut, les filles! Excusez-moé d'être en retard, mais mon oncle Josaphat était chez nous pis y jase tellement, pis y'est tellement intéressant que j'ai pas vu le temps passer...» Thérèse monta les six marches qui menaient à la scène en courant. «Vous avez été capables de trouver l'école tu-seules?» Elle embrassa d'abord Pierrette et lui dit en se bouchant le nez: «Tu pues l'orange à plein nez! Y'a-tu quelqu'un qui t'a faite un cadeau?» Pierrette ressortit de sa poche le même morceau d'écorce à moitié rongé. «Aïe, c'tait assez bon! J'ai les doigts toutes collés mais c'est pas grave, j'vas aller me laver les mains quand ça va t'être fini!» Thérèse se dirigea ensuite vers Simone qui boudait dans un coin, la robe tournée en boule entre ses jambes. «Comment ça se fait que t'as mis ta robe avant ton attelage, donc, toé? Y'ont-tu décidé de te suspendre par le gras du cou? Sœur Sainte-Catherine nous a demandé de l'attendre avant de s'habiller, Simone, es-tu sourde?» «Lâchez-moé donc tranquille, vous autres, avec vos critiques! Laissez-moé donc faire! Chus capable de m'arranger tu-seule!» Thérèse lui tourna le dos sans répondre et vint s'asseoir à côté de Pierrette au bord de la scène. «Not'p'tite Simone fait sa démone, faut pas l'approcher!» Elle sortit une énorme orange de la poche de son uniforme et la leva au-dessus de sa tête comme pour regarder la lumière à travers. «C'est plate qu'a' soye pas plus de bonne humeur que ça, parce que j'avais comme un p'tit cadeau pour elle!» Elle entendit une galopade derrière elle, puis l'orange disparut de sa vue. «Tu m'en as apporté une! J'vas enfin manger une orange! Que

c'est que ça goûte ? Ça goûte-tu les bonbons à l'orange ? »
« Non, épaisse, ça goûte les bonbons aux cerises ! Ôte
ta robe, par exemple, sans ça, ça va sentir l'orange jusque
dans le boulevard Saint-Joseph, à soir ! » Simone
enleva prestement sa robe, l'accrocha où elle l'avait prise
et se retira dans un coin en serrant son orange dans ses
mains. « Mon Dieu ! J'espère que j's'rai pas désap-
pointée ! » Elle s'assit sur un petit banc, déposa son fruit
sur ses genoux. Lucienne Boileau vint cordialement s'installer à ses pieds sur le plancher de la scène. « Tu vas
manger une belle orange, Simone ? » Simone lui fit un
grand sourire et l'espoir de Lucienne monta d'un bon
cran. « Oui ! Pis si tu restes là, tu vas pouvoir me regarder
faire ! » La salle de récréation se remplissait peu à peu
de fillettes nerveuses et bruyantes qui jacassaient comme
des poules en jetant des coups d'œil d'envie vers la scène,
endroit privilégié réservé aux élèves de sixième année
qui avaient eu le bonheur, et l'honneur, d'être choisies
pour figurer au reposoir. Les grandes de neuvième, plus
braves que les autres, et plus moqueuses, aussi,
venaient carrément s'accouder au bord de la scène,
lançant en riant des remarques peu flatteuses à l'endroit
des élues qui commençaient à s'impatienter et à fureter
autour du vestiaire à costumes. « Oubliez pas de mettre
vos ailes, les filles, sans ça vous allez juste avoir l'air
en jaquette ! » « Ça va être l'année la plus laide qu'on a
jamais vue ! » « C't'idée, aussi, de faire jouer la Sainte
Vierge par un lapin ! » « Aïe, Marie, quand tu vas embrasser le p'tit Jésus avant qu'y se couche, à soir, fais
attention de pas le mordre, y pourrait attraper la rage ! »
Mais sœur Sainte-Catherine gâta bientôt leur fun en
faisant irruption dans la salle de récréation, suivie de sœur

Sainte-Thérèse de l'Enfant-Jésus, sœur Sainte-Philomène et sœur Saint-Georges qui arborait un large sourire et boitillait presque allègrement. Le silence se fit aussitôt et les grandes de neuvième disparurent comme par enchantement du bord de la scène, se mêlant innocemment aux autres élèves qui commençaient à entourer les quatre religieuses. Sœur Sainte-Catherine ne s'arrêta pas pour parler ; elle donna ses ordres d'une voix forte, précise, en se dirigeant vers la scène : « Tout le monde dehors, s'il vous plaît ! Je ne veux voir ici que celles qui en ont la permission ! Les autres, dans la cour ! Et je demanderais aux grandes de neuvième d'arrêter leurs enfantillages et de s'occuper des petites de première qui ne doivent sous aucun prétexte salir leurs robes de premières communiantes... Rendez-vous utiles, pour une fois, au lieu de niaiser tout le monde ! » Un brouhaha terrible se fit dans la salle pendant que les religieuses montaient sur la scène et étaient littéralement assaillies par des fillettes dont la nervosité et le trac pouvaient se lire dans les yeux et dans la voix. Sœur Sainte-Catherine donna quelques ordres supplémentaires et ses trois compagnes se dirigèrent vers les tâches qui leur avaient été assignées : sœur Sainte-Thérèse de l'Enfant-Jésus se glissa dans la salle d'habillage (un énorme paravent qu'on ouvrait devant le miroir), sœur Sainte-Philomène et sœur Saint-Georges sortirent de la salle en poussant le porte-manteau à roulettes sur lequel étaient suspendus les costumes de soldats romains qu'elles auraient à enfiler aux garçons de neuvième année de l'école Saint-Stanislas qui les attendaient dans la cave. Sœur Sainte-Catherine trouva Simone en pleine dégustation, du jus d'orange sur le menton et un air pâmé lui illuminant le visage. Thérèse la tira par la manche en lui murmurant : « Chicanez-la pas, ma sœur, c'est sa première orange. » Sœur Sainte-Catherine, qui avait d'autres chats à fouetter, s'éloigna des deux amies en haussant les épaules et pointa du doigt Lucienne Boileau qui suçotait encore une de ses tresses. « Lucienne, vous allez finir par vous empoisonner ! » Elle frappa dans ses mains pour attirer l'attention des fillettes qui s'étaient remises à jacasser. « S'il vous plaît, tout le monde, écoutez-moi ! Je veux que tout se passe bien alors nous allons suivre un plan de travail bien précis : je veux voir tout de suite les anges roses du pied du reposoir se présenter à sœur Sainte-Thérèse de l'Enfant-Jésus pour se faire habiller ; ensuite, ce sera le tour des anges à trompette puis, pour finir, la Vierge, Bernadette et l'ange suspendu... C'est compris ? » Pour enfiler les robes d'anges aux fillettes, il n'y avait aucun problème : elles les avaient essayées la veille, les bords avaient été faits, les manches raccourcies ou allongées ; mais pour les ailes, c'était autre chose ; quelques-unes les trouvaient trop pesantes, d'autres trop longues ; elles les accrochaient partout, dans les portes, dans les rideaux, dans le paravent, dans leurs compagnes, dans les religieuses ; il y eut une crise de larmes, quelques claques échangées entre deux ennemies jurées qui trouvaient l'autre plus belle et sœur Sainte-Catherine dut gronder et même sévir. Les fillettes finirent par se calmer un peu et on les installa sur deux longs bancs de bois en leur intimant l'ordre de rester totalement immobiles jusqu'à ce qu'on les appelle pour sortir. Alors elles eurent chaud. Et on dut ouvrir quelques fenêtres. Les anges à trompettes étaient sensiblement plus calmes et seule Ginette Chartier fit quelque problème plus par mauvaise foi qu'autre chose, d'ailleurs. Leurs costumes étaient plus élaborés (c'était des anges chic), plus diversifiés, aussi, mais tout aussi laids : il y en avait un vert d'eau avec des ailes roses et une trompette argent ; un bleu pâle avec des ailes blanches et une trompette or ; un jaune canari avec des ailes argent et une trompette blanche et le dernier était rose avec des ailes et une trompette rouges (on avait décidé que c'était l'ange Gabriel et on l'installait toujours à la droite de l'autel). Lucienne Boileau avait hérité de ce costume et n'en était pas peu fière : elle parada pendant de longues minutes en prenant des poses et alla jusqu'à essayer de jouer *J'irai la voir un jour* dans sa trompette de papier mâché, ce qui eut l'heur de tomber sur les nerfs de tout le monde et lui attira d'autres quolibets de la part de Thérèse et de Pierrette. L'habillage de Thérèse fut rapidement réglé : son costume était des plus simples et ne posait aucun problème. Thérèse se contenta de glisser entre ses dents en s'installant entre deux des anges les plus flamboyants : «J'ai l'air d'une pauvre, moé, là-dedans! On dirait que j'me sus trompée de party!» Lorsque Pierrette, rose et tremblante, si belle dans sa robe blanche et son voile bleu, si vulnérable, aussi, avec sa bouche bien fermée et ses yeux inquiets, sortit de derrière le paravent, le silence se fit dans les rangs d'anges. Sentant tous les regards sur elle, elle fit demi-tour et voulut se réfugier dans la salle d'habillage mais sœur Sainte-Catherine la retint, l'embrassa sur la joue et fit signe aux autres de l'applaudir. Thérèse se leva de son banc et montra la place laissée libre à Pierrette. « Assis-toé, Pierrette... Tu vas être deboute toute la soirée! » Sœur Sainte-Catherine trouva Simone au même endroit, dans le coin de la scène. Des pelures d'orange jonchaient le plancher autour d'elle. La fillette leva vers sœur Sainte-Catherine des yeux où se lisait le désespoir le plus complet. « J'y vas pus. J'ai mal au cœur. »

Maurice Côté se trouvait tellement ridicule en soldat romain qu'il se tenait dans un coin, figé et hagard. La tunique, surtout, le mortifiait cruellement : il n'avait jamais montré ses jambes à personne parce qu'il les savait grassettes et molles et voilà que la paroisse entière pourrait s'en moquer à l'aise et par sa faute par-dessus le marché ! Et tout ça pour pouvoir contempler de près une fille qui ne voulait rien savoir de lui ! Il avait bien essayé de s'esquiver discrètement mais sœur Sainte-Philomène l'avait rattrapé au dernier moment et remis dans le rang. Elle ne voulait pas perdre un seul soldat romain, cette année, parce qu'il ne s'en était présenté que cinq alors qu'à l'accoutumée les garçons de neuvième se battaient pour en faire partie... La grosse religieuse évoluait d'ailleurs au milieu de ces garçons de quinze ans à moitié nus et aux odeurs quelque peu suspectes, avec une surprenante aisance : elle distribuait casques à balai et sandales romaines avec des gestes brusques et aboyait de temps en temps une injure cuisante ou un bref compliment qui faisait sursauter tout le monde. Sœur Saint-Georges, elle, aidait les adolescents à enfiler leurs costumes et s'en trouvait bien mortifiée ; les garçons aussi, d'ailleurs, qui refusaient carrément de se déshabiller devant cette sorcière dont ils passaient dix mois de l'année à se moquer, et prenaient des airs de jeunes filles prudes très comiques en se cachant derrière la fournaise pour revêtir leurs guenilles. (On n'avait pas retouché les soldats romains depuis des années et ils s'en allaient sérieusement en lambeaux.) Quand tout fut fini, que les jeunes hommes furent fagotés tant bien que mal et rouges de gêne autant que de plaisir, sœur Sainte-Philomène décida de les passer en revue et fut bien déprimée. « Ça fait pas mal pauvrette, c'te garde-là, vous trouvez pas, saint-Georges ? » Sœur Saint-Georges, qui trouvait que c'était pas mal assez d'avoir habillé cinq garçons en un seul jour, se contenta de répondre par un grognement qu'il était bien difficile d'interpréter. Sœur Sainte-Philomène s'était appuyée contre une porte et s'épongeait le visage. « Vous avez pas des frères, des cousins, des amis qui pourraient venir vous aider à faire des fous de vous autres ? On en aurait de besoin de trois autres... » Personne ne répondant, sœur Sainte-Philomène décida de leur quotient intellectuel et leur tourna le dos en soupirant. « J'pense qu'on est tombées sus une gang de gnochons, c't'année, Saint-Georges ! Sont trop petits ou ben donc trop grands, y pusent, pis y sont épais ! » Les cinq garçons (dont trois au moins faisaient partie des terreurs de l'école Saint-Stanislas et devant qui tous les autres élèves tremblaient) baissaient les yeux, bavochaient et gigotaient de gêne devant cette grosse femme brusque qu'ils énervaient et qui les ridiculisait. Les petits de troisième ou de quatrième année qui devaient payer une cenne ou deux pour entrer à l'école, certains matins, auraient été bien étonnés de voir leurs bourreaux se défaire et couler en eau devant une simple religieuse. Sœur Sainte-Philomène ouvrit la porte qui donnait dans l'escalier de la rue de Lanaudière. « Allez vous rapporter à sœur Sainte-Catherine dans la salle de récréation. Vous êtes capables de retenir c'te nom-là à

vous cinq, j'espère ? Sainte-Catherine ! Pensez à la rue !
Nous autres, pendant ce temps-là, Saint-Georges, on va
aller jeter un dernier coup d'œil au reposoir. » Les pauvres soldats romains disparurent dans l'escalier sans oser
se regarder les uns les autres. Sœur Sainte-Philomène
les suivit avec un regard de mépris. « Quand vous serez
en âge d'aller vous battre, si la guerre est pas finie, allez
surtout pas vous engager, y vont rire de vous autres ! »
Sœur Saint-Georges avait commencé à monter les
marches une à une en se tenant à la rampe. « Pourquoi
c'que vous êtes bête de même avec eux autres, Sainte-
Philomène ? Y vous ont rien faite ! » « Chus bête d'avance
parce que j'sais comment c'qu'y sont ! »

On promenait Simone autour de la salle de récréation ; on lui disait de prendre de grandes respirations,
de retenir l'air dans ses poumons pendant quelques secondes, puis de le relâcher lentement, par petites saccades
irrégulières. Toutes les fenêtres avaient été ouvertes mais
pas un souffle d'air ne circulait dans la grande pièce.
Simone avait réussi à libérer un ou deux petits rots au
grand soulagement de sœur Sainte-Catherine et de ses
deux amies qui l'entouraient comme une reine abeille.
« Ça va mieux, maintenant, Simone ? » Simone ne répondait pas encore, concentrée sur le mal de cœur qui semblait vouloir disparaître de temps en temps, puis revenait
d'un seul coup, lui soulevant l'estomac d'épouvantable
façon. Soudain, au moment même où les cinq soldats
romains faisaient irruption dans la salle, Simone eut un
horrible haut-le-cœur et partit comme une flèche vers
les toilettes qui étaient situées derrière la scène. En

passant, elle bouscula son frère qu'elle n'avait pas reconnu et celui-ci la suivit en lui demandant ce qu'elle avait. En apercevant les soldats romains, si gauches et si piteux dans leur ridicule accoutrement, sœur Sainte-Catherine leva les yeux au ciel et remonta sur la scène en essayant de se composer le visage le plus serein possible. « Vous autres, les garçons, vous allez prendre votre poste au bord de la rue immédiatement... Je crois que votre professeur, le frère Martial-Rosaire, vous a déjà expliqué ce que vous avez à faire... » Le plus brave des quatre prit son courage à deux mains et s'avança de deux pas vers elle. « C'est la grosse sœur qui nous a dit de venir vous voir... Nous autres, on le sait pas ben ben, que c'est faire... » « C'est sœur Sainte-Philomène qui vous a envoyés ici ? Bon, d'accord... mais elle aurait dû penser que des garçons de votre âge dans une salle remplie de petites filles ne peuvent qu'attirer des ennuis... En tout cas, c'est pas de votre faute... Alors, retournez la voir et dites-lui de ma part qu'elle doit s'occuper de vous jusqu'à ce que la procession commence... » Plus piteux que jamais, les quatre soldats quittèrent la salle en courbant le dos. « Et redressez-vous, un peu ! Oubliez pas que vous êtes des soldats ! » Pendant ce temps, Thérèse et Pierrette avaient suivi Simone et Maurice dans les toilettes. En voyant entrer Pierrette dans son costume de Sainte Vierge, Maurice eut un léger sursaut et tous deux rougirent jusqu'à la racine des cheveux. Thérèse s'était donc vue dans l'obligation de faire les frais de la conversation ; elle savait qu'ils resteraient tous deux muets, chacun dans son coin essayant d'éviter le regard de l'autre. « Oùsque t'es, Simone ? » Deux petites jambes dépassaient de la porte d'une des cabines. « Simone, es-tu là ? » Elle n'entendit qu'un vague gargouillement qui lui souleva un peu le cœur. « Débarre la porte, Simone ! Ta mère t'a jamais dit qu'y faut jamais s'enfermer dans les toilettes quand on est après renvoyer ? » La porte s'entrebâilla et Thérèse s'engouffra dans la cabine. Pierrette et Maurice réalisèrent alors qu'ils étaient seuls dans des toilettes de filles et leur gêne s'en trouva décuplée. Ils évitaient de se regarder, contemplant la pointe de leurs souliers ou tournant de temps en temps la tête vers la cabine d'où leur parvenaient des sons très peu agréables à entendre. Lorsque sœur Sainte-Catherine entra à son tour dans la pièce froide et humide où régnaient à l'année longue le son des chasses d'eau qui partent toutes en même temps en faisant un vacarme épouvantable et l'odeur insistante du savon liquide vert, ils ne s'étaient pas encore dit un seul mot. « Pierrette ! qui est ce garçon ? Vous, la Sainte Vierge, avec un soldat romain dans les toilettes ! » La voix de Thérèse leur parvint de la cabine où tout semblait s'être calmé depuis quelques secondes. « C'est Maurice, le frère de Simone, ma sœur ! Pis Simone va mieux, ça fait que vous pouvez y dire de s'en aller... » Sœur Sainte-Catherine n'eut pas à répéter ce que venait de dire Thérèse ; Maurice quitta les lieux en titubant presque de gêne et se précipita vers la salle de récréation où il croyait retrouver ses quatre camarades. La porte de la cabine s'ouvrit toute grande et les deux fillettes sortirent, Thérèse soutenant son amie défaite et pâle. Sœur Sainte-Catherine s'approcha d'elles et prit Simone par le menton. « Vous allez mieux, Simone ? » Cette dernière ravala plusieurs fois avant de répondre. « S'il vous plaît, dites-lé pas à ma mère que j'ai été malade ! A' s'rait capable de me défendre d'y aller ! Ch'tais trop énarvée, pis j'ai mangé mon orange trop vite ! » Elle regarda ensuite Thérèse avec un air de reproche. «Toé t'en as des idées plates, des fois, Thérèse ! » Au même moment, la porte de la salle de toilette s'ouvrit et quelques fillettes se faufilèrent dans la vaste pièce, les ailes déjà quelque peu rognées et les auréoles croches. Parmi elles, Lucienne Boileau qui tenait sa trompette comme si ç'avait été un cornet de crème glacée. «On voudrait aller aux toilettes, ma sœur ! » «Oui, euh... on a envie... C'est-tu possible ? » C'était chaque année la même chose et sœur Sainte-Catherine se résigna ; elle n'avait pas le choix. Mais avant que Simone ne sorte de la pièce, elle la prit à part. «Vous êtes sûre que vous voulez y aller, Simone ? Il n'est pas trop tard, vous savez, on peut décider qu'il n'y aura pas d'ange suspendu cette année... » «Non, non, c'est correct, ma sœur... ça va ben aller. De toute façon, y peut rien m'arriver de pire ! »

Les dames de Sainte-Anne, les filles d'Isabelle et les marguilliers de la paroisse Saint-Stanislas-de-Kostka s'étaient rassemblés dans le parterre de l'église avec leurs étendards et leurs banderoles représentant des saints aux robes surchargées de sequins et de paillettes, des agneaux-de-Dieu en véritable laine sur fond d'or, des Sacré-Cœur de Jésus flamboyants à la figure de jeune fille naïve, ou supportant des citations tirées d'un peu partout : de la Bible, de l'Évangile, des cantiques et même de la *Bonne Chanson* ; tout ce beau monde, les dames de Sainte-Anne bardées de violet, les filles d'Isabelle de bleu et de blanc et les marguilliers endimanchés, aux souliers qui craquaient et aux cheveux qui luisaient de brillantine, piaillait en se promenant dans l'allée centrale qui menait du boulevard Saint-Joseph au perron de l'église ; les femmes se pâmaient déjà sur la beauté du reposoir inachevé, les hommes toussaient régulièrement dans leurs poings pour cacher leur manque de conversation. Madame Duquette, la présidente des dames de Sainte-Anne, parlait plus et plus fort que quiconque ; elle donnait des ordres que personne n'écoutait sur un ton que tout le monde haïssait ; deux grands cernes de sueur sur sa robe de taffetas noir témoignaient déjà de sa grande nervosité. La présidente des filles d'Isabelle, mademoiselle Thivierge, que toute la paroisse appelait mademoiselle grosse vierge parce qu'elle était énorme, glissa entre ses dents, mais de façon à ce que tout le monde l'entende : « V'là la Duquette qui s'énarve ! A' va encore sentir fort que le yable ! J'plains les pauvres dames de Sainte-Anne qui vont être obligées d'endurer ça toute la soirée ! » Par-dessus les deux énormes bâtiments on entendait les garçons de l'école Saint-Stanislas et les filles de l'école des Saints-Anges s'énerver dans leurs cours respectives ; il était temps que quelque chose se passe. Sept heures dix, dix minutes en retard sur l'horaire, sœur Sainte-Philomène traversa le boulevard Saint-Joseph à la hâte et vint se présenter devant monsieur Charbonneau, le doyen des marguilliers depuis à peine deux mois (son prédécesseur, monsieur Saint-Onge, était mort d'une indigestion de blé d'Inde en boîte au mois de mars) et que les honneurs gênaient encore beaucoup. « Monsieur Saint-Onge, vous pouvez aller chercher le dais, y'est prêt dans la cour d'école... » « Charbonneau, ma sœur, pas Saint-Onge ! » « Excusez-moé, monsieur Charbonneau, c'est parce que vous êtes nouveau... » Le vieil homme fit signe aux quatre marguilliers qu'il avait choisis pour porter le dais à travers les rues de la paroisse et suivit sœur Sainte-Philomène qui était repartie en courant. Dans la cour de l'école des Saints-Anges, on avait parqué les fillettes de première année (engoncées dans leurs robes et leurs voiles de premières communiantes que leurs mères avaient déjà relégués aux boules à mites sans penser qu'elles auraient à les ressortir au début de juin, excitées parce qu'elles allaient ouvrir la procession de la Fête-Dieu en chantant *J'irai la voir un jour* et *Oh! Jésus, doux et humble de cœur*, mais impatientes parce qu'elles n'avaient pas le droit de bouger) dans l'espace situé entre les deux perrons de ciment. Les grandes de neuvième venaient leur dire qu'elles ressemblaient aux singes du zoo du parc Lafontaine et faisaient le geste de leur envoyer des pinottes. Le dais, resplendissant et d'une laideur à couper le souffle avec sa bordure de dentelle or et rouge et ses montants recouverts de cordages, de pompons, de papier crêpé, de glands et de franges de toutes les couleurs, attendait dans un coin ses quatre porteurs (ses quatre pousseurs, plutôt, puisqu'on l'avait affublé, deux ans auparavant, de roulettes énormes qui grinçaient abominablement et se bloquaient tous les quinze pieds) et le doyen des marguilliers qui le précéderait avec sa canne à pommeau d'or. Les pousseurs prirent leur poste, le doyen se plaça devant eux et l'on fit signe aux fillettes de première année de s'avancer par classes comme on le leur avait fait répéter depuis trois jours et d'aller se poster au milieu de la rue de Lanaudière. On dut ouvrir les doubles portes de la cour d'école pour laisser passer le dais qu'on ne voulait pas abîmer. Alors seulement la porte de l'école qui donnait dans la rue de Lanaudière fut ouverte et les figurantes du reposoir sortirent une par une pour aller se glisser sous le dais. Quelques curieux commençaient déjà à s'amasser sur le boulevard Saint-Joseph et lorsqu'ils virent les anges sortir de l'école, et Marie, et Bernadette, ce fut la ruée vers la rue de Lanaudière. Simone ouvrait la marche dans sa robe blanche aux ailes roses, suivie de Thérèse et de Pierrette qui semblaient plus grandes tant elles se tenaient droites, puis des autres anges qui ne s'étaient pas encore habitués à leurs trompettes et ne savaient qu'en faire. On applaudissait, on criait « Horray », on sifflait et Simone était heureuse. Sa mère était au premier rang des curieux et serrait ses mains contre sa poitrine. La mini-procession s'ébranla lentement, tourna dans le boulevard Saint-Joseph et s'avança vers le reposoir. Les fillettes de première année s'arrêtèrent au coin de la rue Garnier et se tournèrent vers le reposoir au signal de sœur Jeanne au Bûcher pour voir les anges s'installer. Les anges à trompettes furent les premiers à y grimper, contournant les statues et les candélabres pour aller s'agenouiller au pied de l'autel et se mettre à faire semblant de jouer de leurs instruments. Lucienne Boileau, ivre d'orgueil et rose de plaisir, envoya un timide baiser au trio « Thérèse pis Pierrette » qui ne le vit même pas. Les soldats romains étaient à leur poste et se tenaient droits comme des barreaux de chaise. Lorsque Pierrette, pâle de trac dans son voile bleu et la bouche hermétiquement close, passa devant lui, Maurice leva les yeux au ciel pour ne pas rougir. Thérèse et Pierrette passèrent par la petite porte de la clôture et se dirigèrent vers les deux piédestaux qu'on avait recouverts de papier crêpé imitant tant bien que mal les pierres d'une grotte. Thérèse était furieuse parce que sœur Sainte-Catherine n'avait pas suivi sa suggestion et avait laissé les deux piédestaux là où ils avaient toujours été ; elle s'agenouilla carrément de profil à la foule, se disant que montrer la moitié de son visage c'est mieux que rien. Quant à Pierrette, elle était bien nerveuse en montant sur la table que sœur Sainte-Catherine avait placée à côté de sa maudite colonne. Lorsqu'elle fut debout sur la petite plate-forme et que sœur Sainte-Catherine eut retiré la table, une véritable ovation s'éleva dans le boulevard Saint-Joseph et Pierrette crut défaillir. Au premier rang des curieux, sa mère et ses trois sœurs agitaient des drapeaux papaux en hurlant de joie. Puis vint le tour de Simone. Au dernier moment, pendant qu'elle habillait Simone avec toute la délicatesse dont elle était capable, sœur Sainte-Catherine avait eu une idée qui avait tout de suite été adoptée par sœur Sainte-Thérèse de l'Enfant-Jésus, sœur Sainte-Philomène et sœur Saint-Georges : au lieu de descendre le petit ange suspendu du fronton de l'école, on allait le monter du reposoir ; on n'aurait donc pas à basculer Simone dans le vide. Sœur Sainte-Philomène et sœur Sainte-Thérèse de l'Enfant-Jésus étaient age-nouillées sur le fronton et attendaient le signal de sœur Sainte-Catherine pour héler Simone au-dessus de l'autel. Simone, si petite et si fragile qu'on avait l'im-pression qu'elle allait s'envoler, monta très précau-tionneusement les marches du reposoir en retenant sa robe un peu trop longue. Elle ne voyait plus rien, elle n'entendait plus rien ; elle aurait voulu mourir là. Sœur Sainte-Catherine enfila la grosse corde dans l'anneau qui dépassait de son costume ; elle fit deux nœuds solides et fit signe à sœur Sainte-Philomène de tirer. Simone s'éleva dans les airs dans le silence le plus total. Même madame Duquette s'était tue et s'épongeait la figure avec son mouchoir imbibé de « Tulipe noire » de Chénard. Au moment où Simone s'immobilisait en plein centre de la rosace de l'école des Saints-Anges, sœur Saint-Georges, qui était préposée à l'éclairage du reposoir et qui n'attendait que cet instant pour agir, alluma les lumières du vestiaire et l'ange suspendu fut baigné de rouge et de bleu, découpé dans le vitrail comme un petit saint vivant, délicate silhouette flottant au-dessus de l'autel comme pour le protéger. Tous les garçons de l'école Saint-Stanislas étaient maintenant en rangs dans la rue Garnier et les filles de l'école des Saints-Anges attendaient impatiemment dans la rue de Lanaudière. Tout était prêt ; la procession pouvait se mettre en branle. Monsieur Charbonneau traversa alors cérémonieusement le jardin du presbytère et sonna à la porte en tenant son chapeau à la main. Monseigneur Bernier, précédé de mère Benoîte des Anges et de mère Notre-Dame du Rosaire, sortit sur le perron en dessinant dans l'air du soir une grande bénédiction que personne ne remarqua.

La veille, mère Benoîte des Anges avait disparu très tôt dans l'après-midi de l'école. Elle avait pris sur elle d'appeler un taxi (dépense presque impensable pour une religieuse de sa communauté ; mais mère Benoîte des Anges ne se voyait pas prenant l'autobus comme sœur Sainte-Catherine quelques jours plus tôt, parcourant le même itinéraire, peut-être dans les mêmes véhicules) dans lequel elle s'était forcée à réciter son chapelet, les yeux fermés, les bras croisés sur sa vaste poitrine. Elle était venue se prosterner aux pieds de sa supérieure. Mère Notre-Dame du Rosaire avait parlé d'humilité, mère Benoîte des Anges d'humiliation ; mère Notre-Dame du Rosaire avait parlé d'obéissance, mère Benoîte des Anges d'anarchie, de révolte, de rébellion. La directrice de l'école des Saints-Anges avait supplié sa supérieure de la retirer de son école si elle ne voulait pas la débarrasser de sœur Sainte-Catherine, prédisant que les problèmes avec la titulaire de la sixième année A décupleraient avec le temps ; elle avait déclaré froidement qu'une réconciliation était absolument impossible, que la guerre était inévitable et que tout le monde allait en souffrir. Rien n'y fit. Poussée par les exigences de monseigneur Bernier qui dirigeait l'une des paroisses les plus importantes de Montréal et qui voulait garder les deux religieuses en place, mais aussi par un besoin politique d'imposer sa volonté à ces deux rebelles qui se mettaient tout à coup, malgré leur vœu d'obéissance, à demander, à réclamer, à critiquer et à menacer, mère Notre-Dame du Rosaire fut intraitable. Mère Benoîte des Anges lui raconta sa semaine par le menu détail, n'omettant rien des insultes et des humiliations qu'elle avait dû subir, elle à qui on devait respect et obéissance à l'école des Saints-Anges et qu'on s'amusait méchamment, tout à coup, à contredire, à injurier et même à ignorer (le choix du trio «Thérèse pis Pierrette» pour le reposoir en était un exemple probant). Mais la décision était prise et irrévocable : la directrice et la titulaire de la sixième année A garderaient leurs postes et auraient à apprendre à s'endurer. Mère Notre-Dame du Rosaire avait suggéré à mère Benoîte des Anges de passer la nuit à la maison mère, de réfléchir humblement, de prier, d'accepter cette leçon avec résignation. Mère Benoîte des Anges avait encore une fois explosé. « Une leçon ! Mais, ma mère, je n'ai rien fait d'autre que punir une religieuse qui le méritait ! Tout ce qui a suivi est de sa faute ! Tout ! C'est elle qui mérite une leçon ! Elle et ses trois acolytes qui vireront l'école des Saints-Anges à l'envers si on n'y voit pas tout de suite ! Même la sœur portière, je vous l'ai dit, me mont en pleine face sans baisser les yeux, sans même rougir ! » Mère Notre-Dame du Rosaire l'avait congédiée sans plus de façon et elle était sortie du bureau ravagée et hagarde. Couchée dans le lit dur de la cellule que lui avait cédée sa supérieure, mère Benoîte des Anges avait pleuré de rage, fulminé et blasphémé une grande partie de la nuit. En sortant du presbytère, encadrée par monseigneur Bernier et mère Notre-Dame du Rosaire, et apercevant la foule déjà nombreuse et bruyante rassemblée devant le reposoir de sœur Sainte-Catherine, mère Benoîte des Anges prit conscience de l'importance exagérée et surtout de la futilité de ces grotesques simagrées dont on se servait pour engourdir les âmes naïves ; pour la première fois elle réalisa la laideur de cet étalage d'enfants fagotés et de statues peinturlurées, fades et risibles restes des mystères du Moyen Âge, et elle en fut effrayée. Alors qu'ils se dirigeaient tous trois vers le dais qui les attendait, l'ostensoir que porterait fièrement le curé et les banderoles qui les suivraient en tanguant au bout de leurs mâts, elle se surprit à sourire méchamment. « Jusqu'au fond. J'irai jusqu'au fond. Du désespoir et de l'humiliation. Et du ridicule. Mais j'en sortirai vainqueur ! Il me reste encore un an pour venir à bout de tout ça ! Dans un an, le reposoir n'existera plus et je passerai la soirée de la Fête-Dieu à ma fenêtre à savourer ma victoire ! » Le silence se faisait au fur et à mesure qu'ils approchaient du boulevard Saint-Joseph. Le curé prit sa place sous le dais, s'empara de l'ostensoir qu'il leva à la hauteur de ses yeux ; la foule s'agenouilla. Aussitôt, monsieur Charbonneau entonna un cantique que tout le monde reprit en chœur et le curé donna le signal du départ.

Les grosses mains de Josaphat-le-Violon emprisonnaient le frêle poignet de Victoire qui n'avait pas pris la peine de se lever pour accueillir son frère comme elle le faisait habituellement lorsqu'il arrivait pendant sa sieste. Elle n'avait même pas souri quand il l'avait embrassée sur le front et avait mollement repoussé l'orange qu'il lui tendait. « J't'ai connue ben plus excitée que ça quand tu voyais une orange, Victoire ! Quand on en trouvait une dans not'bas de Noël, tu t'en rappelles comme on était énarvés ? On mangeait une orange par année, pis on la mangeait tellement vite que cinq menutes après on s'en rappelait pus ! » Victoire avait tourné la tête vers le mur. « J'm'en vas, Josaphat... » « Tu t'en vas ? Où ça ? » « Tu le sais ! Fais pas l'hypocrite ! J'ai commencé à voir des affaires pis la mort me guette ! » Josaphat avait tiré une chaise à côté du lit de sa sœur, avait repris son poignet entre ses mains. Josaphat-le-Violon et Victoire ne s'étaient jamais tenus par la main ; une vieille pudeur, une vieille peur de pécher à force de contacts trop intimes les avait toujours empêchés de s'embrasser vraiment ou de franchement se serrer dans les bras l'un de l'autre. Prendre la main de sa sœur aurait signifié pour Josaphat l'inciter à quelque chose de défendu entre frère et sœur; aussi avait-il passé sa vie à la tenir par le poignet, délicatement, sans jamais presser ses doigts trop fort sur ses veines qu'il sentait battre. Ils s'étaient pourtant souvent dit qu'ils s'aimaient, sans équivoque et avec passion, mais les paroles s'envolent et on peut toujours prétendre qu'on ne les a pas entendues tandis que les gestes, eux, sont tellement compromettants! « Que c'est que t'as vu, au juste, Victoire? » Elle lui avait raconté le chat que personne ne voyait, qui suivait Marcel partout et qu'elle avait cru entendre *parler* et *rire*; les quatre femmes de la maison d'à côté qu'elle avait vues sortir dans la cour, en arrière, au mois de mai, pour aller semer des graines dans la partie ensoleillée de leur jardin, les gestes de la main qu'elles lui faisaient avant de rentrer chez elles et cet air complice que prenait la mère en lui souriant. « Marcel les voit, lui aussi, le chat, pis les femmes! Mais Marcel, y'est fou, Josaphat, pas moé! C'est pas un enfant ordinaire, Marcel, je l'ai toujours dit! Ça veut donc dire que chus t'après virer folle moé aussi! » Elle se retourna brusquement vers son frère et le regarda dans les yeux, intensément. « Toé aussi, Josaphat, tu disais que tu voyais des affaires, quand t'étais p'tit! J'm'en rappelle, une fois, ma tante Zonzon t'avait dit de pus parler de ça sinon qu'a' t'enverrait à l'asile des fous pis t'en avais jamais pus reparlé... En vois-tu encore, des affaires de même, Josaphat? As-tu passé toé aussi ta vie fou sans jamais le dire à personne? C'est-tu de famille? » Après un long silence, Josaphat-le-Violon se mit à tout raconter à sa sœur : Rose, Violette, Mauve, leur mère, Florence; leurs veilles immémoriales et leur éternel tricot; la musique de Mauve, le chant de Violette, la poésie de Rose; les années qu'il avait passées avec elles, enfant, à Duhamel, à apprendre les légendes orales de leur pays, pleines de merveilles à peine esquissées qu'on peut développer et multiplier à l'infini sans jamais les conclure parce qu'on ne veut pas qu'elles finissent ; les enchantements du violon qui creuse dans l'estomac un nid de sensations qu'on peut faire exploser quand on veut parce que la musique c'est en dedans autant qu'en dehors qu'on la trouve ; les chansons gaillardes et celles, plus sages, qui sont imprimées dans des livres, tous ces chants venus des vieux pays mais retouchés, retapés, transposés, transfigurés ici par les tapeux de pieds, les joueurs de cuillers et les joueurs d'accordéons et de violons avec leurs voix nasillardes qui aident à passer l'hiver sans tomber dans la mélancolie. Il lui vanta la beauté de tout ce qu'on ne peut pas comprendre et essaya de lui faire accepter la chance qu'ils avaient, eux, Victoire, Marcel et lui-même, Josaphat-le-Violon, de pouvoir goûter à tout ça alors que les autres étaient condamnés à la médiocrité de leur vie quotidienne. Mais Victoire se débattait dans son lit, agitait la tête en tous sens et repoussait son frère quand il se penchait trop sur elle. « Des foleries ! C'est juste des foleries, tout ça, Josaphat ! J'aime mieux m'en aller ! J'aime mieux mourir ! C'est pas à mon âge qu'on apprend ces choses-là, comprends-tu ? Chus trop vieille, qu'y me laissent tranquille ! Tout c'que j'veux c'est qu'on me laisse tranquille dans mon coin ! Avant... avant, peut-être, quand j'étais p'tite... peut-être qu'avec toé... tous'es deux ensemble, on aurait pu... mais là... Laisse-moé mourir avec mon âme propre, Josaphat ! » Josaphat essaya de la calmer mais Victoire disait « Non ! Non ! Non ! » en se bouchant les oreilles et en donnant de petits coups de pied sous son drap.

À bout d'arguments, Josaphat lui prit soudain les mains et Victoire s'immobilisa tout d'un coup. Ils se regardèrent longuement sans bouger ; la peur se lisait dans les yeux de Victoire et dans ceux de Josaphat un immense amour qui ne demandait qu'à éclater. Le vieillard bougea le premier ; il leva lentement les mains de sa sœur à la hauteur de sa bouche et y appliqua deux longs baisers. « Tu veux vraiment pas, Victoire ? » Elle retira brusquement ses mains comme si elle les avait trempées par mégarde dans une eau sale. « Non ! » Marcel, qui était entré discrètement dans la chambre depuis un bon moment, s'approcha du lit de sa grand-mère. « C'est tellement beau, grand-moman ! » La vieille femme ne lui répondit pas ; elle ne le regarda même pas. Marcel contourna le lit et vint tirer Josaphat-le-Violon par la manche. « C'est l'heure de faire se lever la lune, mon oncle... » Ils sortirent tous les deux sans faire de bruit, Josaphat avec son violon, Marcel avec son chat. Ils descendirent silencieusement l'escalier et vinrent se poster sur le perron de Florence pour regarder passer la procession de la Fête-Dieu. Rose, Violette et Mauve prenaient le thé. Florence, leur mère, leur coupait des tranches de gâteau. Marcel regardait Mauve en souriant. « Mauve, a'l' a joué du piano, l'aut' jour, mon oncle... C'tait tellement beau ! » Josaphat passait un morceau d'arcanson sur son archet. « Dans mon temps, a' jouait du violon... »

Ce soir-là, Albertine se retrouva donc seule sur le balcon pour regarder son Dieu passer devant sa porte : sa mère refusait de se lever, sa fille faisait une folle d'elle dans le parterre de l'école, ses deux neveux étaient dans la procession, son frère était aller visiter sa femme à l'hôpital, son fils écoutait son oncle jouer du violon pour séduire la lune sur le balcon d'à côté. Albertine tenait son petit drapeau papal en pensant : « Si c'est ça, la vie, le bon Dieu qui va passer devant moé t'à l'heure devrait rougir de honte ! »

« C'est pas mal plus plate que j'pensais... Trouves-tu ça plate, toé, Pierrette ? » Pierrette ne pouvait évidemment pas répondre à Thérèse sans dévoiler ses dents aux gens qui la regardaient ; aussi se contenta-t-elle de froncer les sourcils. Thérèse continuait : « Au commencement c'tait le fun parce qu'y'avait ben du monde, mais là y suivent quasiment toutes la procession pis j'commence à trouver le temps long... » Elle avait depuis un bon moment déjà abandonné la pose exaltée mais épuisante qu'elle avait d'abord adoptée (les bras tendus devant elle, les mains jointes sur son chapelet et la tête renversée par en arrière) pour s'asseoir mollement sur ses talons, bras croisés et la tête se tournant sans cesse d'un côté et de l'autre. « Sais-tu quoi, Pierrette ? Mon maudit bas est encore détaché ! » Il n'était pas question qu'elle le rattache et cela la rendait folle. Elle sentait la jarretière qui lui entrait dans le gras de la cuisse et elle avait toujours envie de se gratter. Heureusement, les coussinets que sœur Sainte-Thérèse de l'Enfant-Jésus lui avait posés aux genoux étaient très efficaces et elle ne ressentait aucune douleur sauf, peut-être, pour un léger engourdissement au genou gauche qu'elle arrivait toutefois à maîtriser en le massant du bout de ses doigts, le plus discrètement possible. « T'as pas de crampes, toé,

jouquée pis raide comme tu l'es?» Pierrette secoua
lentement la tête et Thérèse pouffa de rire dans son
chapelet. «Fais pas c'te tête-là, Pierrette, le monde vont
penser que t'as du poil à gratter dans le dos!» Pierrette
n'avait pas du tout envie de rire. Au début, elle avait
été très excitée par tous ces regards posés sur elle et elle
avait senti son cœur se gonfler d'orgueil lorsqu'on lui
souriait ou qu'un enfant lui envoyait la main; mais sa
paranoïa avait vite repris le dessus et lorsqu'elle voyait
deux têtes se pencher l'une vers l'autre ou des mentons
pointer dans sa direction, elle se demandait: «Y disent-
tu que chus belle ou ben donc si y risent de moé? Y
parlent-tu de mes dents? Y'es voyent-tu? Y disent-tu
que ça paraît que chus gênée? Y risent-tu de mes mains
que j'ai jointes en clocher d'église comme sus les vraies
statues? Mes mains sont tellement moins belles que celles
de la vraie Sainte Vierge! Y risent de moé, je le sais qu'y
risent de moé!» Sa mère et ses trois sœurs enceintes
avaient longtemps pleuré en récitant des prières et en
chantant des cantiques, mais quand la procession s'était
enfin mise en branle, Rita Guérin avait crié à sa fille:
«On va te laisser là, ma belle chouette... La parade va
passer devant chez nous pis j'veux pas que mon balcon
reste vide! J'ai toute sorti les drapeaux du hangar, t'à
l'heure, pis j'les ai installés dans le châssis pis
su'l'balcon... J'te dis que ça fait swell en grand! On va
revenir pour la messe...» Pierrette avait cru mourir de
honte. L'air s'était fait plus pesant et plus collant depuis
quelques minutes et parfois une perle de sueur coulait
de son front et se frayait un chemin jusque dans son cou.
Cela la chatouillait horriblement mais elle ne bougeait
pas. Elle était tellement immobile qu'elle avait entendu

une vieille femme demander à une autre : « C'est-tu une statue ou ben donc si c'est une vraie ? » En jetant un regard discret vers le reposoir, Pierrette aperçut Maurice Côté qui l'admirait bouche bée, appuyé sur sa lance de soldat romain, les yeux fixes, les mains à la hauteur du cœur. Elle eut envie de lui crier des bêtises comme elle le faisait si volontiers quand elle le surprenait au détour d'une ruelle à la guetter avec des airs pâmés ; elle aurait voulu pouvoir lui lancer des pierres, lui donner des claques derrière les oreilles, le renvoyer chez lui à grands coups de pieds aux mollets et au derrière. Lui, pendant ce temps-là, se rendait bien compte qu'elle le regardait et lui envoyait bêtement de petits baisers en oubliant complètement son rôle. La foule s'était quelque peu dispersée depuis que la procession avait disparu en direction de la rue Fabre qu'elle descendrait jusqu'à Mont-Royal pour ensuite remonter vers le boulevard Saint-Joseph par la rue Chambord. Les soldats romains s'en trouvaient donc quelque peu désœuvrés et commençaient à se pousser et à faire des farces plates. Sœur Sainte-Catherine, qui ne suivait pas la procession pour guetter le reposoir en compagnie de sœur Sainte-Thérèse de l'Enfant-Jésus, avait dû intervenir deux fois, déjà, mais les garçons continuaient à se pousser du coude en se racontant des insanités au sujet de la Sainte Vierge et des anges du reposoir. Simone, pendant ce temps-là, luttait contre une furieuse envie de dormir. Cela l'avait prise tout d'un coup, juste après que la procession eût disparu dans la rue Fabre. Jusque-là elle s'était concentrée sur son rôle, trouvant tout beau, les banderoles et les drapeaux qui étaient très différents vus d'en haut, le dais qui lui cachait complètement le curé et qui avait l'air d'un comptoir de

magasin chic, les gens qui hurlaient des cantiques en l'ad-
mirant, ses compagnes de classe qui lui envoyaient la
main et sa mère qui avait fini par se détendre et qui acceptait en rougissant les compliments des gens de la paroisse,
mais voilà que soudain, alors qu'elle faisait un petit signe
de la main à sœur Sainte-Catherine pour lui faire savoir
que tout allait bien, une folle envie de dormir s'était
emparée d'elle ; ses yeux se fermaient malgré elle, elle
dodelinait de la tête et sentait ses jambes s'engourdir
peu à peu. «Mon Dieu, y fait ben chaud, donc!» L'air
était de plus en plus pesant et de plus en plus chaud et
parfois un petit vent brûlant la faisait osciller au bout
de sa corde. «J'espère que mon mal de cœur me r'prendra
pas, là!» Sœur Sainte-Catherine lui avait bien expliqué
de la prévenir du geste si quelque chose n'allait pas; deux
fois elle faillit appeler la religieuse à son secours, mais
elle pensa à l'humiliation que cela représenterait et décida
de patienter encore un peu. Un coup de vent un peu plus
fort que les autres la fit tourner sur elle-même et elle se
retrouva le nez en face du vitrail de l'école. «Bon! que
c'est que je fais pour me r'tourner vers la rue, là!» Elle
battit un peu des jambes mais ne bougea pas d'un pouce.
Elle étendit le bras, s'appuya du bout des doigts contre
le vitrail et se donna une légère poussée. Elle revint lentement vers le boulevard Saint-Joseph. Elle sourit à sœur
Sainte-Catherine qui s'était approchée du reposoir. Elle
glissa entre ses dents : «Faites-vous-en pas, ma sœur,
j'vas toffer! Mais maudit que c'est long!» Elle pensa
à son petit lit frais, à son oreiller moelleux et son cœur
chavira. Dormir! Elle soupira profondément en fermant
les yeux mais une goutte d'eau qui vint s'écraser sur le
bout de son nez la réveilla en sursaut.

En tête venaient les fillettes de première année en robes blanches de premières communiantes, le voile empesé, le chapelet de pierres du Rhin à la main et le minuscule sac en simili-cuir attaché au poignet. Elles chantaient généralement à voix basse, gênées de se retrouver ainsi au milieu de la rue dans un costume qu'elles avaient cru relégué à tout jamais dans le fond de la garde-robe ou, au moins, jusqu'à ce qu'une petite sœur plus jeune vienne en âge de le porter. Tout de suite derrière suivaient les premiers communiants de l'école Bruchési, engoncés dans leurs chemises trop raides, embarrassés par les brassards tous plus spectaculaires les uns que les autres, bardés d'or, brodés ou chargés de dentelles, qui leur pendaient de la manche gauche. Quelques-uns portaient même une énorme boucle blanche en chiffon ou en poult-de-soie ; ceux-là avaient les oreilles rouges parce qu'on leur lançait sans cesse de cuisantes injures, genre : « Aïe, le fif, tes petites culottes sont-tu en soie, aussi ? » ; « Donne-moé un beau bec, mon trésor, pis j'te déferai pas ta belle boucle ! » ; « Mets-toé la su'a tête, tu vas avoir l'air de ta sœur ! » Ils chantaient tous très fort pour se donner une contenance et leurs professeurs, mademoiselle Saint-Jean, mademoiselle Karli et sœur Rose de la Croix, prenaient cela pour de la piété. Ensuite, l'école des Saints-Anges au complet défilait en rangs compacts et sages, les grandes de neuvième devant, calmes et disciplinées, pour une fois, les plus petites tout à fait à l'arrière ; elles devaient chanter le même cantique ou réciter la même prière mais il y avait souvent deux ou trois grosses secondes de décalage à cause de la longueur des rangs et cela produisait une désagréable cacophonie qui s'élevait dans la rue Fabre en vagues inégales et confuses. Toutes ces filles, futures femmes au foyer, obéissantes et discrètes, parfaits produits de la religion catholique, guettaient sans cesse de chaque côté de la rue les parents venus les saluer et surtout les jolis garçons d'autres paroisses venus les reluquer. Celles qui étaient en âge de flirter le faisaient sans vergogne, interrompant un vers de cantique ou une prière pour pouffer de rire et envoyer la main quand ce n'était pas franchement un baiser. Les garçons de l'école Saint-Stanislas-de-Kostka, juste derrière elles, s'ennuyaient à mourir et chantaient mollement, bayant aux corneilles et se grattant même le pénis, les mains fourrées dans les poches de leur pantalon. Leurs professeurs avaient beau hurler les cantiques en brassant leurs chapelets, les garçons répondaient à peine et parfois même pas du tout. Bouddha-pas-de-pouce, le sous-directeur de l'école, un frère énorme à la voix de stentor, fulminait, grotesque et rouge, à l'arrière des rangs et promettait aux plus jeunes élèves (il s'en prenait toujours aux plus jeunes parce que, au dire des aînés, ils étaient sans défense) des châtiments tous plus affreux les uns que les autres. Comme il était bien capable de les exécuter, les garçonnets tremblaient en essayant de répondre aux prières. Immédiatement derrière le gros religieux, qui traversait sans cesse les rangs des garçons comme un chien berger, venaient les différents clubs et associations de femmes de la paroisse, dames de Sainte-Anne, filles d'Isabelle et autres ramassis de vieilles filles ou de veuves frustrées qui se réunissaient chaque semaine pour se conter des peurs, se scandaliser pour rien et commérer à qui mieux mieux. Elles portaient des banderoles, des drapeaux, des brassards, des insignes, des étendards proclamant leur grande foi et leur amour de Dieu ; elles chantaient plus fort que tout le monde, plus en mesure et mieux ; elles marchaient la tête haute et les épaules droites et cachaient leurs visages secs derrière des voilettes épaisses qui ne laissaient filtrer d'elles que la voix. Elles étaient en quelque sorte les majorettes du dais qui les suivait immédiatement, clinquant et presque païen dans ses rouges et ses ors. Les curieux amassés de chaque côté de la rue se prosternaient sur son passage, se signaient puis se relevaient, convaincus d'avoir vécu un grand moment. Le curé Bernier prodiguait à ses ouailles de grandes bénédictions qu'il faisait en tenant le saint sacrement à deux mains ; il ressentait d'horribles crampes aux épaules, mais il tenait le coup courageusement. Il avait consacré l'hostie juste avant de partir et il avait sincèrement l'impression de guider le Seigneur lui-même à travers sa paroisse pour lui montrer la piété de ces pauvres gens naïfs sur lesquels on pouvait toujours compter et dont on pouvait faire tout ce qu'on voulait. Derrière le dais, mère Notre-Dame du Rosaire et mère Benoîte des Anges récitaient calmement leur chapelet, yeux baissés sur la pointe de leurs souliers. Elles étaient suivies des marguilliers de la paroisse qui marchaient au pas en hurlant des cantiques qui prenaient dans leurs bouches des airs de slogans. Les hommes et les femmes de la paroisse fermaient la marche en rangs précaires et désordonnés. Étrangement, aucune piété ni aucune joie ne s'élevaient de cette procession pourtant rassemblée pour fêter le Corpus Christi. Tout cela était d'une tristesse mortelle et comme le disait si bien Josaphat-le-Violon en regardant passer ce cortège presque funèbre : « Ça manque d'accordéons, de pianos, de violons, de turluteurs pis de tapeux de pieds, c't'affaire-là! C'est pas nous autres qui a inventé ça, ça se peut pas, c'est trop ennuyant! Mettez quequ'gigueux là-dedans, pis j'vous dis que ça va changer de poil!» Il hochait la tête en caressant son instrument. Marcel s'était installé sur les genoux de Mauve et essayait de la séduire à grands coups d'œillades meurtrières et de sourires cajoleurs, pour qu'elle joue un morceau de piano. «Plus long que l'autre fois, pis plus beau, encore!» Duplessis dormait dans un coin. Florence avait carrément tourné le dos à la procession et sirotait son thé en couvant Marcel du regard.

En entendant les voix des petites filles de première année mêlées à celles des sœurs qui les dominaient sans toutefois les couvrir complètement, Victoire crut qu'elle était en train de mourir. «Ça y est, les anges!» Mais en ouvrant les yeux elle aperçut sa petite chambre presque misérable aux rideaux de dentelle usés et jaunis par les trop nombreux lavages et elle poussa un soupir de soulagement. «La procession de la Fête-Dieu... c'est juste la procession de la Fête-Dieu...» Elle se leva sans difficulté, cela la surprit, d'ailleurs, et poussa impatiemment les rideaux qu'elle avait bien fermés avant de se mettre au lit. Elle colla son nez à la vitre. «Sont belles, les p'tites bonjour! Sont-tu assez belles!» Un léger sourire flotta quelques secondes sur son visage encore ravagé par les cauchemars qu'elle venait de faire. Les premières communiantes passaient, enrubannées et roses de gêne, et Victoire se revit quelque soixante ans plus tôt, déambulant dans le petit chemin de terre de Duhamel, toute blanche et presque honteuse dans sa robe longue aux multiples volants. Elle sentit l'odeur de muguet qui se dégageait de la couronne que lui avait tressée sa mère le matin même et elle revit son père, le gros Gaspard-la-pipe, qui s'essuyait les yeux avec son mouchoir à carreaux déjà sale malgré l'heure matinale. Sa robe était trop empesée et lui sciait le cou mais comme elle était heureuse! Victoire fit le geste de ramener ses longs cheveux d'enfant sur ses épaules; elle sourit plus largement et parla avec une petite voix pointue qui jurait avec sa vieille figure et ses lèvres plissées. «Pleure pas, popa, c'est le plus beau jour de ma vie!» Elle entendit la voix caverneuse de son père et son cœur fondit. «Le plus beau jour de ta vie! Mais t'as juste neuf ans, bâtard!» Et soudain, une furieuse envie de vivre s'empara d'elle, si forte et si impérieuse qu'elle dut s'appuyer contre les montants de la fenêtre. «Pourquoi c'que j'mourrais? Pour quelle raison j'me laisserais aller de même, sans me défendre? Parce que la folie s'en vient? Qu'a' vienne! C'est toujours ben mieux que de finir dans un trou!» Les petites filles étaient déjà loin; les garçons passaient en récitant un piètre «Je crois en Dieu». Victoire se rassit dans son lit et se pencha à la recherche de ses pantoufles. «Comme disait si ben Teddy Bear Brown quand on l'obligeait à parler français, le samedi soir, pis qu'y commençait à être pas mal chaudasse: *If you can't beat them, join them!*» Victoire rit de bon cœur en se remémorant la trogne invraisemblable de Teddy Bear Brown qui avait longtemps couru après elle en l'appelant «The Impossible Victory», ce qu'elle avait pris pour un compliment, mais que lui considérait comme sa pire défaite. Ah! l'odeur des foins et du trèfle brûlés par le soleil; le puits à côté de la maison, bâti au-dessus d'une crique dont l'eau était toujours glacée, même au pire de l'été, et infestée de couleuvres vertes qui dessinaient doucement des arabesques en cherchant des proies faciles ; la maison de son père juchée sur le haut d'une colline qui serait plus tard vendue à la Singer et qui était déjà à l'époque ceinturée par un petit chemin de fer qui transportait plus de bois que de passagers... « J'étouffe, icitte ! » Elle sortit de sa chambre en trottinant et se dirigea vers le balcon où Albertine agitait prudemment son petit drapeau jaune et blanc. En voyant passer sa mère à côté d'elle, Albertine eut un léger sursaut et cacha son drapeau entre ses jambes. « Ousque vous allez, de même ? » Victoire était déjà dans l'escalier. « Laisse faire, Bartine, tu comprendrais pas... » « Mais moman, vous êtes en jaquette ! » « Que c'est que t'as contre ma jaquette ? Est pas belle, ma jaquette ? » « Mais moman, le bon Dieu s'en vient ! » « Que le yabe l'emporte, le bon Dieu ! Y'a failli m'avoir aujourd'hui, j'en ai assez entendu parler ! » Au pied de l'escalier, elle hésita un instant. Elle tourna lentement la tête vers le balcon de la maison d'à côté. Ils étaient tous là. Les fous. Et les fantômes. Les trois tricoteuses. Leur mère qui buvait du thé. Marcel. Josaphat, son frère, qui la regardait avec des yeux grands comme des assiettes à soupe. Et le chat, aussi. Le maudit chat porteur de mort. Les quatre femmes tournèrent la tête dans sa direction en même temps. Elle s'approcha de la clôture, poussa la porte lentement. Au-dessus d'elle, Albertine s'était penchée sur la rampe de l'escalier. « Allez pas là, moman, y'a rien ! » Victoire leva la tête vers sa fille. Lui sourit. « C'est chez nous qu'y'a rien, Bartine ! » Elle traversa le parterre à petits pas prudents, monta les marches de bois qui menaient au balcon. « J'ai décidé de pas me laisser mourir!» Florence se leva aussitôt pour lui offrir sa chaise, mais Victoire refusa du geste. Elle s'assit à côté de son frère qui lui passa un bras autour des épaules. «J'pense que t'avais raison, Josaphat...» Au moment où elle posait la tête au creux de l'épaule de son frère, le saint sacrement passait devant la maison. Tout le monde sur le balcon détourna la tête.

Sœur Sainte-Catherine et sœur Sainte-Thérèse de l'Enfant-Jésus étaient appuyées contre la clôture du parterre de l'église. La procession revenait lentement vers le reposoir; on voyait déjà les premières communiantes qui tournaient le coin de la rue Chambord et du boulevard Saint-Joseph. La foule était de nouveau assez dense; des mères arrivaient en tirant des enfants par la main, des pères, par groupes de cinq ou six, sillonnaient les allées du parterre en jasant. Monseigneur Bernier allait célébrer une courte messe, distribuer la communion, et tout serait fini. Jusqu'à l'année prochaine. Sœur Sainte-Catherine avait posé une main sur le bras de sœur Sainte-Thérèse de l'Enfant-Jésus. Elles venaient d'avoir une longue conversation durant laquelle elles avaient analysé leur situation et réalisé qu'une seule sortie était possible, mais sœur Sainte-Thérèse de l'Enfant-Jésus n'arrivait pas à accepter cette solution; excessivement troublée, elle n'osait plus relever la tête et son visage était complètement caché par sa cornette blanche. «Vous y pensez pas, Sainte-Catherine? Défroquer!» Sœur Sainte-Catherine retira sa main vivement. «Quel mot affreux! Notre bonheur ne peut quand même pas se résumer à un mot aussi laid, Sainte-Thérèse!» Sœur

Sainte-Thérèse de l'Enfant-Jésus releva la tête. «Notre bonheur! Dans... le péché!» Sœur Sainte-Catherine regarda longuement la façade de l'école des Saints-Anges avant de répondre. «Les péchés que nous risquons de commettre dans le monde sont certainement pas pires que ceux qui nous guettent dans cette école, Sainte-Thérèse! Je vous avais dit, un jour, que je croyais m'être trompée, que je ne croyais pas vraiment avoir la vocation... J'en suis sûre, maintenant... À vous de scruter votre âme à votre tour...» «Retourner dans le monde serait au-dessus de mes forces... Il y a trop longtemps... que je vis protégée de tout!» «Mais nous pourrons continuer à enseigner, Sainte-Thérèse! Le monde nous montrera du doigt pendant un certain temps, mais il finira par oublier que nous avons été des religieuses... Ce sera dur et long, je le sais, mais nous arriverons à nous faire une vie! Une vie à nous!» «Et Dieu! Vous semblez l'oublier dangereusement, Sainte-Catherine!» Sœur Sainte-Catherine posa ses deux mains sur les épaules de son amie et approcha son visage du sien. «Dieu est en nous, Sainte-Thérèse. Pas là.» Elle pointait l'école des Saints-Anges du doigt. «Faites ce que votre conscience vous dicte de faire. Tout va s'arranger avec le temps...» Sœur Sainte-Thérèse se dégagea de l'étreinte de son amie. «Pour le moment, vous jouez un peu trop le rôle de ma conscience, Sainte-Catherine! Laissez-moi réfléchir à tout ça... Et toute seule.» La procession arrivait, quelque peu échevelée; les enfants commençaient à être sérieusement fatigués: les fillettes bâillaient, les garçons traînaient les pieds. Les banderoles étaient moins hautes et moins droites, même les dames de Sainte-Anne chantaient moins fort. On fit place au dais qui vint s'arrêter devant le reposoir. Et l'orage survint tellement vite que personne ne le vit venir. Depuis quelques minutes, de gros nuages s'étaient amassés au-dessus de Montréal, virant rapidement au jaune vers l'ouest, là où monseigneur Bernier allait faire signe aux quatre porteurs de pousser le dais vers le trottoir, des trombes d'eau froide se mirent à tomber, mouillant tout en quelques secondes. Des cris s'élevèrent parmi la foule, des enfants se mirent à courir en tous sens, le dais fut emporté par un coup de vent et s'abattit sur le trottoir avec un gros floc mouillé et monseigneur Bernier se précipita en direction de l'église en serrant l'ostensoir contre sa poitrine, suivi de mère Benoîte des Anges et de mère Notre-Dame du Rosaire dont les uniformes ruisselaient déjà d'eau. Au reposoir, Pierrette fut la première à être renversée. Aussitôt qu'elle avait vu la pluie commencer à tomber, elle s'était accroupie sur son piédestal en appelant Thérèse à son aide. Mais le coup de vent qui avait emporté le dais l'avait arrachée de son socle et elle s'était retrouvée à quatre pattes dans le gazon sale. Thérèse était à genoux à côté d'elle. «Tu t'es-tu faite mal, Pierrette?» «Maudite marde! Je le savais que ça finirait mal, c't'affaire-là! Je le savais!» Là-haut, au-dessus de l'autel improvisé, Simone hurlait pendant que les anges à trompettes et les soldats romains quittaient le reposoir et suivaient la foule qui s'engouffrait dans l'église. Un éclair fendit le ciel en deux quelque part vers l'ouest et le tonnerre retentit presque aussitôt. Sœur Sainte-Catherine et sœur Sainte-Thérèse de l'Enfant-Jésus avaient traversé le boulevard Saint-Joseph en courant et sœur Sainte-Catherine intima l'ordre à sœur Sainte-Philomène, qui était restée figée au pied de l'escalier de l'école, d'aller détacher la corde qui soutenait Simone. Sœur Sainte-Catherine grimpa les marches du reposoir et vint s'appuyer sur l'autel en criant : « N'ayez pas peur, Simone, nous allons vous détacher tout de suite ! » La pluie, qui tombait de plus en plus drue, pinçait la peau de Simone qui se cachait la figure dans ses mains. Elle agitait les jambes, tournait sur elle-même au bout de sa corde et ne pouvait s'empêcher de hurler. Thérèse, Pierrette, Charlotte et Maurice avaient rejoint les deux religieuses à l'autel. Une statue fut renversée et deux drapeaux se détachèrent de leurs supports et s'abattirent dans les marches. Simone se balançait de plus en plus rapidement ; le vent la collait quelquefois contre le vitrail auquel elle essayait en vain de se retenir. Maurice avait grimpé sur l'autel et il essayait d'attraper sa sœur par les talons. « C'est trop haut ! J'arrive pas à y toucher ! » Sœur Sainte-Philomène parut soudain sur le fronton glissant et cria aussitôt quelque chose que personne ne comprit. La pluie avait resserré les nœuds de la corde et elle n'arrivait pas à les débloquer. Les paroissiens avaient tous trouvé refuge dans l'église et le boulevard Saint-Joseph était vide, battu par la pluie à laquelle se mêlaient maintenant quelques grêlons. Simone hurlait : « Ça pince ! Ça pince ! » Au pire de l'orage, alors que les arbres échevelés agitaient leurs branches d'une façon inquiétante, sœur Sainte-Philomène sortit un couteau de sa poche et le montra à sœur Sainte-Catherine qui lui fit signe de couper la corde. Sœur Sainte-Catherine monta à son tour sur l'autel et prit Maurice Côté par les épaules. « Quand elle va tomber, il faut l'attraper... À nous deux, nous pouvons y arriver... » Lorsque la corde cassa, le temps parut se suspendre pendant une fraction de seconde. Simone sembla flotter au-dessus de l'autel, le visage figé dans une grimace d'horreur, puis descendit lentement, petit paquet de guenilles mouillées, vers les bras tendus dans ma direction.

Le vent et la pluie disparurent aussi vite qu'ils étaient venus. À l'ouest, le ciel était rouge sang. Simone tremblait dans les bras de sa mère qui jetait des injures à tout le monde. Le prix à payer était trop élevé et Simone décida qu'elle ne voulait plus être belle.

Outremont, 1ᵉʳ mai 1979 – 27 août 1980

DU MÊME AUTEUR

ROMANS, RÉCITS ET CONTES

Contes pour buveurs attardés, Éditions du jour, 1966
La Cité dans l'œuf, Éditions du jour, 1969
C't'à ton tour, Laura Cadieux, Éditions du jour, 1973
Le Cœur découvert, Leméac, 1986 et Babel n° 167
Les Vues animées, Leméac, 1990
Douze coups de théâtre, Leméac, 1992
Le Cœur éclaté, Leméac, 1993 et Babel n° 168
Un ange cornu avec des ailes de tôle, Leméac/Actes Sud, 1994
La Nuit des princes charmants, Leméac/Actes Sud, 1995

CHRONIQUES DU PLATEAU MONT-ROYAL

La grosse femme d'à côté est enceinte, Leméac, 1978 et Babel n° 179
Thérèse et Pierrette à l'école des Saints-Anges, Leméac, 1980 ; Grasset, 1983 et Babel n° 180
La Duchesse et le Roturier, Leméac, 1982 ; Grasset, 1984
Des nouvelles d'Édouard, Leméac, 1984
Le Premier Quartier de la lune, Leméac, 1989

THÉÂTRE

Les Belles-Sœurs, Leméac, 1972
En pièces détachées, Leméac, 1970
Trois petits tours, Leméac, 1971
À toi pour toujours ta Marie-Lou, Leméac, 1972
Demain matin, Montréal m'attend, Leméac, 1972
Hosanna suivi de *La Duchesse de Langeais,* Leméac, 1973
Bonjour là, bonjour, Leméac, 1974
Les Héros de mon enfance, Leméac, 1976
Sainte Carmen de la Main suivi de *Surprise ! Surprise !,* Leméac, 1976
Damnée Manon, sacrée Sandra, Leméac, 1977
L'impromptu d'Outremont, Leméac, 1980
Les Anciennes Odeurs, Leméac, 1981
Albertine en cinq temps, Leméac, 1984
Le Vrai Monde ?, Leméac, 1987

Nelligan, Leméac, 1990
La Maison suspendue, 1990
Le Train, Leméac, 1990
Marcel poursuivi par les chiens, Leméac, 1992
Théâtre I, Leméac/Actes Sud Papiers, 1991
En circuit fermé, Leméac, 1994

TRADUCTIONS ET ADAPTATIONS (THÉÂTRE)

Lysistrata (d'après Aristophane), Leméac, 1969, réédition 1994
L'Effet des rayons gamma sur les vieux garçons (de Paul Zindel), Leméac, 1970
Et Mademoiselle Roberge boit un peu (de Paul Zindel), Leméac, 1971
Mademoiselle Marguerite (de Roberto Athayde), Leméac, 1975
Oncle Vania (d'Anton Tchekov), Leméac, 1983
Le Gars de Québec (d'après Gogol), Leméac, 1985
Six heures au plus tard (de Marc Perrier), Leméac, 1986
Premières de classe (de Casey Kurtti), Leméac, 1993

TABLE DES MATIÈRES

B&BEL

Extrait du catalogue

COÉDITION ACTES SUD – LABOR – L'AIRE – LEMÉAC

Ouvrage réalisé
par Mégatexte, Montréal.

Achevé d'imprimer
en août 1995
par l'Imprimerie Darantiere
à Quetigny-Dijon
sur papier des
Papeteries de Jeand'heurs
pour le compte
d'ACTES SUD
Le Méjan
Place Nina-Berberova
13200 Arles

N° d'éditeur : 1837
Dépôt légal
1re édition : septembre 1995
N° impr. : 95-0760